THE Warrior
Gale of Wind

광풍의 전사

태백산 퓨전 판타지 소설
FUSION FANTASTIC STORY

광풍의 전사 1

태백산 퓨전 판타지 소설

초판 1쇄 찍은 날 § 2007년 10월 8일
초판 1쇄 펴낸 날 § 2007년 10월 13일

지은이 § 태백산
펴낸이 § 서경석

편집장 § 문혜영
편집책임 § 심재영
편집 § 유경화 · 김규진

펴낸곳 § 도서출판 청어람
등록번호 § 제1081-1-89호
등록일자 § 1999. 5. 31
어람번호 § 제1-0894호

주소 § 경기도 부천시 원미구 심곡1동 350-1 남성B/D 3F (우) 420-011
전화 § 032-656-4452 팩스 § 032-656-4453
http://www.chungeoram.com
E-mail § eoram99@chollian.net

ⓒ 태백산, 2007

ISBN 978-89-251-0946-6 04810
ISBN 978-89-251-0945-9 (세트)

광풍의 천사

1

[블랙울프 전사단]

태백산 퓨전 판타지 소설

FUSION FANTASTIC STORY

도서출판
청어람

THE Warrior Gale of Wind

Contents

마법등이 희미하게 비치는 동굴 안에서 소년은 죽어가는 남자를 그러안고 눈물을 뿌리고 있었다.

"아버지, 눈을 떠! 눈을 뜨라고!"

이제 열두 살 정도의 소년의 눈에 눈물이 끊임없이 흐르고 있다. 아들의 피 끓는 외침에 가까스로 눈을 뜬 아버지가 안간힘을 쓰며 입을 열었다.

"헤럴드야, 잊지 마라……. 우리는 쥬신의 가문이다……. 헉헉! 제국 놈들에게 복수를… 이 원한을… 큭."

힘겹게 말하던 아버지의 머리가 힘없이 떨어져 내렸다.

소년은 숨이 끊어진 아버지의 품에 얼굴을 묻었다.

"아버지, 죽으면 안 돼!"

어린 소년이 몸부림치며 울부짖었지만 아버지는 갔다. 이 험한 세상에 어린 자식을 홀로 남겨놓고.

원한과 복수의 심정을 안고 소년의 눈이 동굴의 천장을 쳐다보았다.

헤럴드 르 쥬신, 이것이 소년의 이름이었다.

아이리스 왕국 최고의 가문인 제롬 르 쥬신 가의 장자가 소년이었다.

지금으로부터 천 년 전, 헤레스 대륙은 광룡 레드 드래곤의 공격을 받아 멸망의 위기에 처하였다. 두 마리의 레드 드래곤은 대륙을 날아다니며 인간들이 사는 곳이라면 모조리 불길로 태워 버렸다.

전 대륙이 드래곤의 브레스로 불타올랐고, 사람들이 통구이가 되어 죽어갔다.

대륙의 기사들도, 군사들도 중간계 최강자인 드래곤을 당해낼 수가 없어 한 줌 핏물로 시체의 산을 쌓으며 죽어갔다.

하늘땅이 불구름에 휩싸이고, 인간의 종말이 오는 것 같았다.

절망한 사람들은 손에서 창검을 떨어뜨리고 주신께 살려달라고 빌고 또 빌었지만 하늘은 대답이 없었고, 인간의 피는 바다가 되어 대륙의 산과 들을 적셨다.

하늘땅이 핏빛으로 가득 차고 사람들이 암흑과 절망 속에 허덕이는 그때 혜성처럼 나타난 한 사람이 있었으니 그가 바로 헤럴드의 초대 조상인 이한 르 쥬신이었다.

"감히 미물이 인간을 해치다니! 오라! 나 이한이 너를 징벌하리라!"

그것은 헤레스 대륙이 생긴 이래 최초로 인간이 드래곤을 이긴 불멸의 서사시였다.

한 자루 장검을 쥔 용사는 하늘을 평지처럼 걸어다니며 광룡 레드 드래곤과 칠 주야 동안 경천동지할 대격전을 벌였다.

번개와 우레, 폭음이 하늘땅을 뒤흔들었고, 용사의 검에서 푸른빛이 뻗어나가 핏빛 하늘을 밝혔다.

하늘이 무너지고 대지가 불타오르길 칠 주야. 드디어 두 마리의 레드 드래곤은 용사의 검에 피를 폭포처럼 쏟으며 꺼꾸러졌다.

그날 간절하게 기도를 하던 대륙민들은 산천이 떠나가라 만세를 불렀고, 위대한 용사, 절세의 영웅을 찾아 달려갔다. 그리고 사람들은 보았다.

온몸에 부상을 입었지만 드래곤하트에 삼 척 장검을 박고 거연히 서 있는 영웅을!

그것은 인간의 위대함을 만방에 선포한 드래곤 슬레이어의 장엄한 탄생이었다.

구름처럼 모여든 전 대륙의 사람들이 용사 앞에 무릎을 꿇고 경배를 드렸다.

"위대한 전설의 드래곤 슬레이어시여, 인간들을 구한 불멸의 용사시여, 그대는 우리 모두의 은인이시고 인간들의 영웅이십니다!"

용사는 그 후 대륙의 미인이라고 하던 아이리스 왕국의 공주와 결혼을 하였고, 왕국의 공작이 되었다.

그런데 특이하게도 공작은 검은 머리였고, 그 후 그의 후손들도 모두 검은 머리였다.

이때부터 검은 머리는 대륙에서 가장 존경받는 사람 중의 하나로 인식되었다.

대륙의 처녀들은 검은 머리 남자들을 혼인의 상대로 찾았고, 남자들은 검은 머리로 염색하는 것이 유행하였다. 그리고 천 년의 세월이 흘렀다.

지금도 그의 무덤에는 사람들이 용사에게 바친 시가 있다.

이곳을 지나는 사람들이여,
옷깃을 여미고 머리를 숙이라.
여기 위대한 용사 전설의 드래곤 슬레이어가 있나니,
영웅은 영원히 잠들지 않았다.
이 땅에 인간을 위협하는 자 또다시 나타나면
용사의 검은 세상을 구원하리라.

나는 이 세계의 사람이 아니었다. 어느 날 운기를 하던 중 깨달음을 얻고 눈을 뜨니 내가 살던 곳이 아닌 다른 차원이었다.

나는 어떻게 이곳으로 왔는지, 왜 왔는지 깊이 생각하지 않았다. 하늘이 나를 여기로 보냈으면 그만한 이유가 있을 것이니.

나는 다른 세계의 고려라는 나라에 있는 백두산 천지문의 장로였다.

이곳에 들어온 나의 후예여,

비록 차원은 다르나 너는 고려의 후인이라는 것을 잊지 말고 천지문의 무공을 이어라.

천지문의 무공은 자연과 우주 속에 있는 혼돈의 기를 사용하는 이치를 집대성한 것이다.

나의 후손이여, 고려의 후예는 도전하는 적을 용서하지 않는다.

은혜는 십 배로, 복수는 백배로 이 세계의 모든 사람들에게 고려인의 힘을 보여줘라.

초대 조사 이한 르 쥬신.

헤럴드는 조상의 위패 앞에 앉아 중얼거렸다.

"천 년 전 조상님께서 광룡으로부터 지켜준 그 제국 놈들이 우리 가족을 모두 죽였습니다. 전설의 드래곤 슬레이어의 씨를 말려야 한다고요. 저는 우리 가족을 죽인 제국 놈들을 반드시 멸망시킬 것입니다. 제가 가는 앞길에 피가 강을 이루고 시체가 산을 쌓아도 전 후회하지 않겠습니다. 쥬신의 가문을 건드린 것을 땅을 치고 통곡하도록, 그들의 아내들이 치욕과 고통 속에 헤매도록, 그들의 자식들이 대를 두고 노예의 피를 저주하도록 천 배, 만 배의 복수를 할 것입니다. 나 헤럴드 르 쥬신은 조상님 앞에 맹세합니다."

위패에 허리를 굽혀 인사를 한 헤럴드가 안쪽의 수련장으로 걸어가기 시작하였다.

어린 헤럴드의 뒤로 한 마리의 검은 늑대가 따라가고 있었다.

조상이 만든 쥬신 가의 비고를 지키는 가디언인 검은 늑대였다.

대륙력 12,000년, 아이리스 왕국은 니힐리스 제국의 침략을 받아 멸망하였고, 쥬신 공작 가문은 몰살되었다.

제국은 드래곤 슬레이어 가문의 남자는 애들까지 모조리 찍어 죽였고 여자들은 집단 강간을 한 다음 이마에 노예의 도장을 찍어 팔아넘겼다.

자기들을 드래곤으로부터 구해준 은인의 가문을 니힐리스 제국은 그렇게 멸살시켰다.

그러나 검은 머리 쥬신의 가문은 죽지 않았으니 어린 헤럴드가 조상의 무공을 넘겨받았다. 먼 훗날 니힐리스 제국을 피와 죽음으로 몰아넣을 어린 복수자가 사람들이 모르는 곳에서 복수의 검을 벼리며 자라나고 있었다.

CHAPTER
01

복수자

THE Warrior
Gale of Wind

이 세계는 거대한 하나의 대륙과 두 개의 큰 섬이 있는 헤레스 대륙이라고 한다.

남쪽에는 두 개의 왕국과 한 개의 제국, 서쪽에 한 개의 제국, 북쪽에 얼음의 왕국과 동쪽에는 초원왕국이 있다. 석양이 붉게 물드는 어느 날, 타판파스 초원의 경계인 니힐리스 제국의 첫 번째 관문 도시 코스타 시에 한 명의 남자가 걸어오고 있었다.

이제 20대 초반이나 되었을까? 검은 가죽옷에 요즘은 보기 힘든 까만 머리가 허리까지 흘러내린 사내는 짙은 눈썹과 우뚝한 코, 두툼한 입을 꽉 다문 강인한 표정이었다.

사내의 옆구리에 걸려 있는 샤벨(군도)을 보니 용병 같았다.

전사나 기사라면 가문이나 기사단의 표식이 있겠는데 그것은 보이지 않았다.

그런데 이상한 일이다. 아이리스 왕국이 멸망하고 드래곤 슬레이어의 가문이 멸문한 후 더 이상 대륙에서는 검은 머리가 유행되지 않았다. 그것을 보면 이 사내는 유행을 타지 않는 사람이거나 관심이 없는 사람인 것 같았다.

저녁이 되어 급히 집으로 돌아가는 사람들을 보며 사내는 여관으로 들어섰다.

"어서 오세요. 숙박을 하시겠습니까?"

여관의 소년이 다가오는 손님에게 친절하게 인사를 하였다.

"음, 우선 방을 하나 주고 음식을 준비해라."

"예, 2층 8호에 좋은 방이 있습니다."

소년을 따라 2층에 올라선 손님이 창밖을 바라보았다.

"괜찮구나. 이것을 받아라."

손님이 던져 주는 1실링을 받은 소년의 입이 함박만 해졌다. 소년의 하루 일당이 2실링이니 이건 횡재였다.

"감사합니다. 무엇이든 부족한 것이 있으면 불러주세요."

소년이 돌아서려고 하는데 손님이 불러 세웠다.

"아참, 여기 예전에 에드몽 백작이라고 있었는데 지금도 잘 있느냐?"

손님의 말에 소년이 머리를 흔들었다.

"손님은 정말 오랜만에 오셨군요? 에드몽 후작님은 왕국이 제국에 멸망한 후 후작이 되셨고, 지금은 이 영지의 영주이십니다. 오늘 저녁에 셋째따님의 결혼 피로연을 한다고 온 시내가 떠들썩합니다."

"그렇구나. 고맙다."

"뭘요. 그럼 편안한 밤 되세요."

소년이 사라지자 부드러운 표정으로 서 있던 남자의 얼굴에 차가운 서리가 돋쳤다.

"에드몽, 내가 돌아왔다. 주군을 팔아 부귀영화를 만든 너의 행복이 얼마나 비참한지 오늘 알게 될 것이다."

그는 헤럴드였다. 열두 살에 비고에 들어갔던 헤럴드가 8년 만에 세상에 나왔다.

조상이 남긴 천지무라는 무공과 비고에 있던 두 개의 드래곤하트는 헤럴드의 수련을 앞당겨 주었다.

레드 드래곤의 두 개의 하트는 헤럴드가 무공을 수련하면서 하나는 사용하였고, 나머지 하나는 지금 품속에 있었다. 헤럴드가 세상에 출도하였으니 가문을 배신한 놈들은 이제부터 발 편잠을 못 잘 것이다.

니힐리스 제국이 침공할 당시 쥬신 가를 배반하고 수도의 성문을 열어준 놈들과 기사들을 다른 곳으로 이동시켜 몰살하게 한 놈들이 지금 니힐리스 제국의 귀족들이 되어 거들먹거리며 살고 있었다. 그놈들을 이대로 놔둘 수는 없었다. 제국을 멸망시키는 것은 시간이 걸리겠지만 배신자들에 대한 복수는 당장 하려는 것이 헤럴드의 결심이었다.

밤이 깊어지자 헤럴드의 얼굴이 울근불근하게 변하기 시작하였다.

헤럴드는 180㎝의 키로 어머니를 많이 닮았다. 그러나 지금 변하고 있는 얼굴은 예전 아버지의 모습과 거의 유사하였다.

바로 천지무에 있는 천면만화공을 응용하여 모습을 바꾼 것이다. 이제부터 이 모습으로 배신자들에게 징벌을 안겨줄 것이다.

"내가 간다, 에드몽."

헤럴드의 신형이 고양이처럼 지붕을 날아 넘어갔다.

코스타 시의 북쪽에 있는 에드몽 후작의 영주성은 수많은 귀족들이 모여들어 대성황을 이루고 있었다.

오늘이 딸의 결혼식이었고, 지금은 귀족들이 모여 결혼 피로연을 하고 있었다.

은은한 음악이 흐르는 정원에 귀족들과 레이디들이 쌍쌍이 춤을 추며 돌아갔고, 와인 잔을 든 남자들이 귀부인들에게 끈적끈적한 눈길을 던지고 있었다.

"축하합니다, 후작님."

"어서 오시오. 모두 모이니 기쁩니다."

뚱뚱한 배에 기름기가 철철 흐르는 얼굴을 들고 에드몽 후작이 들어오는 귀족들을 맞으며 만면에 웃음을 짓고 있었다.

많은 귀족들이 자기에게 아부하는 것을 보며 에드몽은 흡족하였다.

옛날, 겨우 백작에 불과하고 궁벽한 영지를 가지고 있던 그가 니힐리스 제국의 중신이 되었고, 정계를 이끌어가는 스텔리츠 공작파의 한 성원이 된 것이다.

저쪽에서 오늘의 주인공인 딸 스베타가 하얀 드레스를 입고 귀족 청년들에게 둘러싸여 깔깔거리는 것이 보였다. 결혼 첫날 신부로서는 조금 경망스럽기는 했지만 에드몽 후작은 개의치 않았다. 지체 높은 가문의 레이디의 경망은 오히려 장점이 될 수도 있기 때문이다.

기분이 좋은 에드몽이 귀족들의 앞에 나섰다.

"신사숙녀 여러분! 오늘은 제 딸이 결혼식을 한 날입니다! 우리가 이렇게 행복한 삶을 누릴 수 있는 것은 모두 제국의 황제 폐하의 은덕입니다! 모두 이 잔을 들고 황제 폐하의 은혜를 축복합시다! 황제 폐하 만세!"

에드몽이 와인 잔을 들고 소리치자 귀족들도 다 같이 잔을 높이 치켜들었다.

"황제 폐하 만세!"

쨩, 쨩, 쨩!

술잔을 부딪친 귀족들이 잔을 내려놓으려고 하는 순간이었다.

"에드몽, 나라와 주군을 배신하고 얻은 부귀영화가 그렇게 자랑스러운가?"

비록 큰 목소리는 아니었지만 연회장에 모인 모든 귀족들의 귀에 똑똑하게 들렸다. 내공을 실어 보냈으니 당연한 일이었다.

"누, 누구냐?"

흠칫 놀란 에드몽이 검은 망토를 휘날리며 다가오는 남자를 바라보았다. 어디서 나타났는지 이제 20대 정도의 남자가 얼음처럼 차가운 얼굴로 거침없이 다가오고 있었다.

"8년 전의 빚을 받으러 왔다."

저벅저벅!

"무, 무슨 소리를 하느냐? 당장 저놈을 잡아라!"

기사들이 검을 뽑아 들고 달려왔지만 정원을 가로질러 오는 남자는 걸음을 멈추지 않았다.

"서라! 서지 않으면 목을 벨 것이다!"

기사단장이 사내의 앞을 막고 소리쳤다.

"내 앞을 막는 자는 모두 죽인다. 길을 비켜라."

사내의 입에서 차가운 말소리가 흘러나왔다.

"천둥벌거숭이 같은 놈이구나! 놈을 잡아라!"

"옛!"

앞에 서 있던 세 명의 기사가 브로드 소드를 뽑아 들고 다가왔다.

"손을 들면 죽이지는 않겠다! 손을 들어라!"

세 명의 기사가 삼각형으로 둘러싸자 걸음을 멈추지 않고 다가오던 사내의 옆구리에서 하얀 광채가 일어났다.

촤악!

"컥, 큭!"

빛이 번쩍이고 난 후 세 명의 기사가 동시에 어깨서부터 옆구리까지 갈라져 스르륵 무너져 내렸다.

푸확!

"아앗! 꺄앗!"

기사들이 쓰러지자 귀부인들과 레이디들의 찢어지는 비명 소리가 들려왔다. 쏟아진 창자들에서 역한 냄새가 코를 찔렀다. 기사들의 눈에 경악이 어렸다.

대체 뭐가 어떻게 된 영문인지도 모르고 세 명의 기사가 허무하게 죽어버렸다.

"이미 경고했다. 막는 자는 죽는다."

사내의 입에서 나오는 소리는 무엇인가 섬뜩한 감이 느껴졌다.

"네놈이 감히 기사들을 죽이다니, 오늘 네놈은 살아 돌아갈 생각을 마라! 저놈을 죽여라!"

분노한 기사단장의 명에 검을 뽑아 든 기사들이 살기를 번뜩이며 달려들었다. 저놈을 죽여 동료의 복수를 하려는 기사들의 살기가 주변을 차갑게 냉각시켰다.

밀려오는 20여 명의 기사를 바라보는 사내의 얼굴은 무표정했다.

"내 앞길을 막는 자, 누구든 죽인다."

사내의 묵직한 도가 하늘로 쳐들렸다. 그리고 벼락 치는 소리가 울려왔다.

우르릉— 쾅쾅쾅쾅!

주변의 공기가 회오리치고 아무것도 없던 허공에서 열여섯 개의 칼날이 나타나 달려오는 기사들을 향하여 무서운 속도로 쇄도해 들었다. 천지도법의 환이었다.

"피해라!"

달려오던 기사들이 새하얀 칼날을 피하려고 몸을 비틀었지만 어디에도 피할 곳은 없었다. 전후좌우가 모두 샤벨의 칼바람에 휩쓸리고 있었다.

촤촤촤촤!

도(刀)가 지나가는 모든 곳에서 기사들의 플레이트 메일이 종잇장처럼 베어졌고, 팔다리와 몸통이 썰려 나갔다. 막을 수도 피할 수도 없는 도의 바다였다.

"이, 이건 대체?!"

억이 막힌 기사단장이 천천히 다가오는 사내를 바라보았다.

잘려진 팔다리와 흐르는 핏물 속에서 검은 망토를 날리는 사신이 다가오고 있었다.

"너, 너는 누구냐? 왜 이런 짓을 하느냐?"

기사단장의 눈에 숨길 수 없는 공포가 드러나 있었다. 검을 잡은 손이 중풍을 만난 것처럼 떨렸고, 주위의 기사들도 온몸을 후들후들 떨고 있었다.

방금 전의 검술은 보지도 못했고 상상할 수도 없었던 무서운 것이었다.

만약 다시 한 번 그 검술이 전개된다면 여기 있는 기사들은 한 명도 살아남지 못할 것이다.

"후후, 내가 누구냐고 물었나? 나는 제롬 르 쥬신 공작의 아들 헤럴드 르 쥬신이다."

모든 귀족들과 기사들의 눈에 경악의 빛이 떠올랐다.

"드래곤 슬레이어의 가문!"

"쥬신 공작의 아들!"

왕국이 망하던 날 쥬신 공작가는 개 한 마리 남김없이 몰살되었다고 알고 있다.

그러나 오늘 그들의 눈앞에 쥬신 가의 장자가 복수의 검을 잡고 나타나 있다. 이십 년이 지난 오늘에 말이다. 귀족들의 얼굴이 하얗게 질려갔다. 그것은 공포와 경악의 감정이었다.

"당신이 쥬신 가의 생존자라고 하여도 나는 물러설 수 없소. 난 충성을 맹세한 기사이기 때문이오. 마지막으로 당신에게 도전하오."

단장이 검을 겨누며 하는 말에 헤럴드는 머리를 끄덕였다. 쉽지 않은 용감한 기사였다.

그러나 도전자는 무자비하게 죽인다는 것이 헤럴드의 의지였다.

"그 기백이 마음에 든다. 오라."

헤럴드의 말에 단장은 남은 기사들을 돌아보았다.

"내가 죽으면 모두 항복하라! 이건 명령이다!"

"단장님!"

기사들의 눈에서 눈물이 흘렀다. 단장은 자기들을 살리기 위하여 검을 들고 나선 것이다.

"자, 가겠소! 얏!"

단장의 검에 푸른 오러 블레이드가 검을 덮고 일렁였다. 이 세계에는 5단계의 등급이 있다.

초급기사, 중급기사, 상급기사, 최상급기사, 그리고 소드 마스터가 있다.

초급기사는 수련 기사를 벗어나 검을 잘 쓰는 기사를 말하고, 중급기사는 몸속에 마나를 보유한 기사를 말한다. 상급기사는 마나를 검에 주입하는 단계, 즉 검기의 단계이고, 최상급기사는 검기와 강기의 중간 단계인 검사의 경지다. 그 위가 소드 마스터인데 그들은 검의 절대 강자를 말한다.

바로 단장은 검기의 단계인 것이다. 푸른빛이 일렁이는 검이 빛살처럼 헤럴드를 향해 짓쳐들었다. 달려오는 단장과 헤럴드의 몸이 교차하며 검을 휘둘렀다.

샤악, 버언쩍!

푸른빛이 번쩍 스쳐 지난 후 기사단장의 몸이 기우뚱했다.

"컥, 훌륭한 검법… 내 부하들을… 살려… 컥!"

쿠쿵!

기사단장의 잘려진 몸이 통나무처럼 넘어갔다. 쓰러진 단장을 내려다보는 헤럴드의 입에서 조용한 말이 흘러나왔다.

"그대는 훌륭한 기사였다!"

귀족들과 기사들이 침묵을 지켰고, 주위가 정적 속에 잠겼다. 그러나 그것도 잠시, 정적이 깨어졌다.

"저놈을 죽이자!"

"와~!"

단장의 죽음으로 몸을 떨던 기사들이 분노를 참지 못하고 달려들었다. 반드시 저놈을 죽여 단장의 원수를 갚으리라. 하지만 그것은 그들의 마음뿐이었다.

헤럴드의 신형이 기사들 사이를 바람처럼 누비기 시작하였다. 천지무에 있는 부신귀보법이다.

귀신의 바람처럼 움직이며 기사들을 모조리 때려눕힌 헤럴드의 움직임이 멈춰 섰다. 마치 돌풍이 서는 것 같았다.

"크윽… 으으!"

온 마당에 레더 메일을 입은 기사들이 몸을 비틀며 굴러다니고 있었다. 정말 잠깐 사이에 일어난 일이라고는 믿을 수 없는 일이었다.

기사들을 쓸어버린 헤럴드의 눈길이 귀족들 사이에서 떨고 있는 에드몽을 바라보았다.

저벅저벅.

헤럴드가 다가오자 숨을 죽이고 있던 귀족들이 성문을 향하여 내달리기 시작하였다. 놈들은 예전에 쥬신 공작을 배신하고 제국에 붙은 놈들이었다.

"도, 도망쳐야 해!"

배신자들이 해일이 밀려가듯 성문으로 미친 듯이 달려갔다.

"가, 같이 가요!"

레이디들이 옷자락을 잡았지만 그들은 냉정하게 뿌리쳤다. 방금 전까지 사랑의 밀어를 은밀하게 속삭이던 그들이지만 죽음의 사신 앞에서는 나부터 살고 봐야 했다. 아우성치며 살기 위해 귀뿌리에 바람이 일도록 도망치는 놈들을 보던 헤럴드의 발이 화강암을 깐 바닥을 내리밟았다.

쾅~!

파파파팟!

천지무의 진각으로 밟힌 바닥이 산산이 쪼개져 날아올랐고, 도망치는 귀족들을 향하여 총알처럼 날아갔다.

"크악! 아악!"

머리가 터져 죽는 놈, 몸뚱이가 벌 둥지처럼 헤쳐져 쓰러지는 놈, 정원 안이 아비규환의 생지옥으로 변해갔다. 하얀 화강암 바닥이 붉은 피로 물들어갔다.

공포에 질린 귀족들이 다리를 후들후들 떨며 주저앉았다. 그들의 발밑으로 누런 오줌이 주르르 흘러나왔지만 귀족들은 느끼지도 못하고 있었다.

헤럴드가 한 걸음씩 걸어오자 살아남은 귀족들의 얼굴에 절망이 어렸다.

어깨 위에 날리는 망토가 저승으로 불러들이는 깃발같이 펄럭였다.

"으으으, 사, 살려주게. 무, 무엇이든 다 주겠네. 제발 살려주게. 어허허!"

에드몽은 땅바닥에 머리를 찍고 헤럴드의 발밑에 조아렸다. 정말 살고 싶었다.

어떻게 얻은 부귀영화인가? 살아서, 살아서 이 모든 것을 천년만년 누리고 싶었다.

"에드몽, 8년 전 쥬신 공작가는 개 한 마리까지 무참하게 찢겨 죽었다. 네놈들은 공작가의 모든 남자들을 죽였고, 여자들은 모조리 강간하고 노예로 팔아버렸다. 벌써 잊었는가?"

헤럴드의 추상같은 목소리가 울려 퍼지자 에드몽은 벌벌 기며 다리를 잡았다.

"사, 살려주게. 제국이 시켜서 어쩔 수 없이 한 일이네. 저, 정말일세."

놈을 차가운 눈으로 내려다보던 헤럴드가 도를 쳐들었다.

"너를 시작으로 가문을 위해한 놈들은 모두 죽는다. 잘 가라, 에드몽."

"사, 살려주게. 살… 크악!"

차악!

샤벨의 하얀 날이 에드몽의 몸을 사선으로 지나갔다.

툭, 데구루루!

살기 위해 눈물을 흘리며 몸부림치던 에드몽의 목이 떨어져 화강암 바닥에 굴러갔다. 나라와 주인을 팔아 부귀영화를 누리려던 배신자의 말로였다. 목이 잘린 에드몽의 몸뚱이에서 피가 분수처럼 뿜어져 나와 화강암 바닥을 붉게 물들였고, 귀족들은 머리를 땅에 박았다.

"아악, 아버지! 이 살인마 같은 놈아, 나도 죽여라!"

에드몽의 딸 스베타가 드레스를 잡고 헤럴드에게 달려들었다.

달려오는 스베타를 향하여 하얀빛이 번쩍였다.

촤악!

"까악!"

철퍼덕!

스베타의 하얀 드레스를 입은 몸이 절반으로 갈라져 에드몽의 앞에 풀썩 쓰러졌다. 두 동강이 난 스베타의 몸에서 피와 내장이 우르르 쏟아졌다.

"나에게 자비를 바라지 마라."

철컥!

헤럴드의 샤벨이 검집에 들어가는 소리에 귀족들이 흠칫 몸을 떨며 머리를 땅에 박았다.

저벅저벅!

복수자가 걸어가는 소리가 피에 젖은 연회장을 울렸다. 헤럴드가 떠난 후에도 귀족들은 땅에서 머리를 들지 못했다. 그리고 복수자의 출현이 니힐리스 제국을 뒤흔들기 시작하였다.

*　　　*　　　*

니힐리스 제국의 수도는 인구 30만의 대도시다. 도시로 들어가는 성문에 수많은 사람들이 줄을 서서 검열을 받았고, 파수병들에게 시달림을 받고 있었다.

파수병들이 한 장의 초상이 그려진 그림을 가지고 사람들의 얼굴을 대조해 보고 있었다.

코스타 시에서의 무자비한 살인 사건은 수많은 귀족들을 공포에 떨게 하였고, 각 도시마다 파수대와 자경대가 용모파기로 검문을 하고 있지만 범인은 하늘로 올랐는지 땅으로 잦았는지 어디서도 찾았다는 소식이 없었다.

성문으로 용병 차림을 한 헤럴드가 들어서고 있었다. 그런데 얼굴이 다른 모습이었다. 코스타 시를 벗어나면서 천면만화공으로 모습을 바꾸었기 때문이다.

"신분패를 보이시오."

이 시대의 신분패는 모두 마법으로 만들어져 위조하기가 매우 어려운 물건이다.

"용병 제롬, B급. 흠."

그림과 얼굴을 대조해 본 파수병이 용병을 통과시켰다.

"가시오."

성문을 통과한 헤럴드는 천천히 시내를 둘러보며 걸어갔다. 코스타 시에서의 사건이 있은 후 제국은 비슷한 용모의 사람들을 수없이 잡아들였지만 어디에도 범인은 없었다. 전국에 광고가 나붙고 첩자들과 현상금 사냥꾼들이 깔렸지만 헤럴드는 유유히 수도까지 왔다. 모습을 바꾼 헤럴드를 알아볼 자는 없었기 때문이다.

이곳 수도에는 나라를 팔아먹고 주인을 배신한 공작 스텔리츠가 살고 있었다. 놈은 니힐리스 제국에서 상당한 정치 세력을 가지고 있었고, 무력도 대단하였다.

하지만 헤럴드는 반드시 놈을 죽여 버릴 것이다. 아버지가 가장 믿었던 놈이 바로 이놈 스텔리츠였다. 그러나 놈은 아버지를 배신했고, 어머니까지 무참하게 겁탈하여 죽인 놈이었다. 복수의 검은 그림자가 스텔리츠를 향하여 다가가고 있었다.

　수도의 동쪽에 있는 빈민가에는 어느 도시에나 있는 부랑자들의 소굴이 있다. 골목에는 가득 쌓인 오물이 썩어 악취가 풍기고, 늙은 퇴물 창녀들과 거지들이 힘겹게 앉아 있는 그곳으로 한 명의 남자가 걸어 들어오고 있었다.

　찌그러져 가는 문에서 내다보던 부랑자들이 흔들거리며 남자의 주위로 모여들었다.

　“용병 나리, 여긴 어떻게 오셨소? 이빨 빠진 갈보라도 하나 찾으려오? 흐흐.”

　“흐흐흐, 히히히.”

　이들은 낮에는 이렇게 누더기를 입고 빈들거리고 있지만 밤이면 골목길을 누비는 도둑 길드의 성원들이다. 살인과 폭력, 강간을 눈 깜빡 않고 하는 무법자들이 바로 이들이었다. 그들을 둘러보던 사내의 손이 주머니에서 쑥 나왔다.

　“돈을 벌고 싶지 않나? 금화다.”

　사내가 쳐든 손에 반짝거리는 금화가 보였다. 골목길에서 시시덕거리던 도둑들의 눈에 살기가 번뜩거리기 시작하였다. 벌써 골목에서 나가는 길을 앞뒤로 막은 놈들이 점차 조여들어 왔다.

　“그래, 무슨 일인가?”

　두 팔에 털이 가득 돋은 털보가 남자의 앞에 다가와 섰고, 주변에도 도둑들이 둘러쌌다.

　“손 좀 봐주고 싶은 사람이 있어서 너희 마스터를 만나고 싶다.”

　사내의 말에 둘러싼 도둑들이 킬킬거리며 웃음을 터뜨렸다.

"마스터? 무슨 마스터? 이보게들, 이 용병 나리께서 마스터를 찾는데 자네들은 혹시 아는가?"

털보의 말에 도둑들이 어깨를 으쓱했다.

"소드 마스터를 찾으려면 귀족가에 가야지, 여긴 빈민촌이야, 용병 나리?"

"돈을 벌고 싶지 않은 모양이군."

사내가 몸을 돌렸다.

"이봐, 올 때는 마음대로 왔지만 갈 때는 그렇게 안 되지. 물어본 값은 주고 가야 하는 게 아닌가?"

털보의 말에 도둑들이 시시덕거렸다.

"당연하지. 주머니에 있는 금화를 다 주어야 네 목숨이 살아서 나갈 수 있을 게다. 흐흐흐."

털보가 시퍼런 나이프를 뽑아 들고 사내의 목에 가져다 대었다. 그런 털보를 올려다본 사내가 히죽 웃었다.

"좋은 말로는 통하지 않는 자들이군. 할 수 없지."

사내의 말이 끝나는 순간 털보의 나이프 든 손이 비틀리기 시작하였다.

우두둑, 뿌지직!

"으악!"

털보는 팔이 부서지는 고통에 온몸을 비틀었다. 어찌나 악력이 센지 들어 올리는 팔에 따라 털보의 몸이 공중으로 쳐들렸다.

퍼억!

“크악!”

땅바닥에 패대기쳐진 털보가 그 자리에서 눈을 까뒤집고 기절하였다. 엄청난 완력이었다.

“저저, 쳐라!”

단검과 나이프를 뽑아 든 도둑들이 와락 달려들었다.

휘익!

“크악! 아악!”

몸을 젖혀 찔러 들어오는 단검을 피한 사내의 주먹이 앞에 선 자의 명치끝에 박혔고, 뒤따라 들어오는 두 놈의 면상에 두 개의 족각이 연이어 꽂혔다.

펄써덕! 쿠쿵!

세 명의 도둑이 땅바닥에 처박혀 피를 질질 흘리며 꿈틀거렸다. 주변의 도둑들이 황급히 대거를 뽑아 들었고, 살기를 풍기기 시작하였다.

짝, 짝, 짝!

“그만.”

살기 띤 눈초리로 달려들던 도둑들은 말소리가 들려오자 일제히 양옆으로 비켜서고 키가 작달막한 놈이 물결처럼 갈라진 속으로 들어왔다.

“대단한 솜씨요. 그래, 무슨 청부요?”

얼굴이 뚱뚱하고 뱀눈처럼 날카로운 자가 사내의 아래위를 순식간에 훑어보았다.

“당신이 길드 마스터인가?”

“난 마스터는 아니지만 그만한 권한이 있는 사람이오.”

“이건 500골드다. 내일 태양의 신전으로 가는 길에 이런 마차가 갈 것이다. 당신들은 이 마차를 습격하라. 그러면 구하는 건 내가 하지. 해보겠나?”

사내가 주는 수표와 마차의 그림을 보던 뱀눈의 눈에 희미한 웃음이 어렸다. 이 세계에서는 수표가 곧 돈이나 같다. 어느 상단이든 신용있는 수표라면 바로 환불해 주고 있었다.

“크크, 레이디 앞의 백마 탄 왕자가 되시려는군!”

“출세란 수단 방법 가릴 것이 없지.”

사내의 말에 뱀눈이 통쾌한 웃음을 터뜨렸다.

“크하하! 좋아. 그런데 우리가 돈을 먹고 입을 씻을 수도 있는데, 그건 생각해 보았나?”

뱀눈의 말에 사내의 입가에 차가운 웃음이 스쳐 지나갔다.

“그럼 이 수도의 도둑들은 모두 시체가 되어 있겠지. 내일이다.”

수표를 던져 준 사내가 뒤를 돌아 골목길에서 사라져 갔다. 그 많은 도둑들 속에서도 사내는 태연하게 걸어갔다.

“마스터, 저놈 없애 버릴까요?”

뱀눈의 옆으로 다가온 놈이 하는 말에 도둑 마스터가 머리를 흔들었다.

“저놈, 무서운 놈이야, 상급전사인 나도 놈의 수준이 어느 정도인지 모르겠다. 저런 놈은 피하는 것이 장수에 이로운 법이다. 내일 신전 산마루에 가서 연극이나 하고 오자.”

"옛, 마스터."

손쉽게 큰돈을 번 도둑들이 의기양양해서 안으로 들어갔다.

놈들이 가는 것을 지붕 위에서 내려다보고 있는 헤럴드의 입에서 한마디 말이 흘러나왔다.

"너희들이 딴생각을 했으면 오늘 밤 모두 시체가 됐을 것이다."

파파팟!

헤럴드의 신형이 소리없이 어둠 속으로 사라졌다. 천지무의 경공 부신귀영이다.

수도 동쪽에 있는 초스나이 산에는 거대한 신전이 있다. 이 세계에는 여러 개의 신전이 있지만 그중에서도 라키시스 신은 질병을 치유해 주는 신이라 하여 많은 사람들이 받드는 신 중의 하나다.

그 신전으로 가는 길에 한 대의 사두마차가 달려가고 있었다.

니힐리스 제국의 법은 신분 계급이 철저하여 육두마차 이상부터는 황족밖에 탈 수 없으니 아마도 고위 귀족이 탄 모양이었다.

마차의 양옆으로 네 명의 호위기사가 말을 타고 달리고 있었다.

화려한 장식을 한 마차의 창문으로 아름다운 암갈색 머리의 18세 정도의 레이디가 창밖을 바라보고 있었다. 동그란 눈과 붉은 입술, 오뚝한 콧마루와 하얀 피부는 이 여자가 어디에 내

봐도 미인이라는 소리를 들을 수 있을 것 같았다.

이 레이디가 스텔리츠 공작의 하나밖에 없는 막내딸인 브리지트이다.

어머니인 레가사가 벌써 일 년째 병에 걸려 자리에서 일어나지 못하고 있어 브리지트는 10일에 한 번씩 신전에 찾아와 기도를 드리고 있었다.

"호~!"

어머니의 병이 낫지 않아 한숨을 내쉬던 브리지트는 대로 옆에서 걸어가는 젊은 사람의 얼굴을 얼핏 바라보았다.

남자는 검은 가죽옷을 입었고, 훤칠한 키에 20살 정도의 미끈한 남자였다. 아마도 신전에 기도하러 가는 사람인 것 같았다.

어머니 때문에 안타까운 브리지트는 신전을 찾아가지만 별로 기대는 하지 않는다. 일 년 동안 기도를 하고 신전에 돈을 기부했지만 별로 차도가 없었기 때문이다.

두거덕두거덕!

히히잉! 히히잉!

달려가던 말들이 갑자기 무엇에 걸린 듯 투레질을 하며 앞으로 꼬꾸라졌다. 그 바람에 말을 타고 가던 기사들이 말과 함께 땅바닥에 태질을 하였다. 길을 가로지른 가느다란 줄에 말들이 걸려 넘어간 것이다.

그리고 협곡의 양옆에서 검은 복면을 쓴 자들이 번개처럼 달려나왔다.

휘익, 퍽, 퍽!

“큭, 끄윽!”

네 명의 기사가 무거운 갑옷을 일으킬 새도 없이 투구에 떨어지는 메이스에 맞아 그 자리에 쓰러졌다. 기사들을 모두 때려죽인 복면인들이 마차로 달려들었다.

“잡아라!”

“옛!”

덫을 놓아 말을 넘어뜨리고 기사들을 처리한 놈들이 마차로 달려들었다.

신속하고도 일사불란한 동작이었다.

“아, 아니, 이놈들이!”

“내려, 이년들아!”

하녀와 같이 타고 있던 브리지트는 우악스럽게 잡아당기는 놈들에게 꼼짝없이 끌려 내렸다. 아무리 발버둥 쳐도 그녀들의 힘으로는 무지막지한 놈들의 힘을 당할 수가 없었다.

“끌고 가라!”

“가자, 이년들아!”

놈들에게 끌려가는 브리지트와 하녀의 눈에 절망이 어렸다. 이놈들이 누군지는 몰라도 이렇게 끌려가면 다시는 귀족가에 돌아올 수가 없다.

“네놈들은 뭐냐? 백주에 레이디들을 납치하다니!”

갑자기 울리는 소리에 돌아보니 검은 가죽옷을 입은 남자가 도를 뽑아 들고 달려오고 있었다. 복면인들이 검을 들고 남자를 맞받아 달려갔다.

“죽여라!”

사내가 달려들자 혹시 하는 희망을 가졌던 브리지트는 절망하였다.

사내 혼자서 일곱 명이나 되는 이놈들을 당할 수가 없었다.

촤앙! 촹! 촹!

그런데 기적이 일어났다. 번개처럼 달려든 남자의 몸이 희끗하더니 복면인들이 연이어 도에 맞아 쓰러졌다.

“컥, 크악!”

복면인들의 두목 같은 자가 소리쳤다.

“한꺼번에 덤벼라!”

“얏!”

휘익, 버언쩍!

복면인이 고함을 지르는 순간 청년의 몸이 도약을 하며 도를 휘둘렀다.

차차창!

두 명의 복면인을 베어버리고 순식간에 브리지트의 옆에 나타난 사내가 브리지트를 끌어당겼다.

“아~!”

사내의 품에 안긴 그녀의 눈에 달려드는 복면인들이 보였다. 황급히 마차 쪽으로 그녀를 밀어낸 사내가 소리쳤다.

“레이디, 빨리 마차로!”

그리고는 복면인들을 향해 샤벨을 휘둘렀다.

브리지트가 돌아보니 산 위에서 또 한패의 복면인들이 달려

내려오며 활을 겨누는 것이 보였다. 허겁지겁 마차에 오른 브리지트가 발을 동동 구르며 소리쳤다.

"빨리 오세요, 기사님!"

핑, 핑, 핑!

"큭!"

청년의 왼팔에 화살이 박혀 붉은 피가 흘러나왔다.

"저걸 어떡해?!"

브리지트의 눈이 안타까움으로 물들었다.

"빨리 마차를 모시오! 빨리!"

청년의 소리에 브리지트는 더욱 급해졌다.

"마, 마차를 어떻게 몰지?!"

그녀나 하녀나 둘 다 마차를 몰 줄 모르는 것이다.

"잡아라!"

복면인들이 점점 다가왔다.

"야앗!"

차창!

앞을 막는 복면인을 베어버린 청년이 질풍처럼 달려와 마차에 올라 냅다 말을 때려 몰았다.

"쩌, 쩌어!"

두두두두!

네 마리의 사두마차가 갑작스런 채찍질에 정신없이 내달렸다.

핑, 핑, 핑!

달려가는 사두마차의 뒤에 화살들이 빗발처럼 날아와 박혔다. 정신없이 달려가는 사두마차가 저 멀리 산굽이를 돌아 사라져 갔다.

마차가 굽인돌이를 돌아 보이지 않자 복면인의 입에서 클클거리는 소리가 새어 나왔다.

"크크, 우린 돈값을 했다. 철수하라!"

"옛!"

복면인들이 산발을 타고 순식간에 사라져 가고, 고갯마루에는 죽은 기사들의 시체만 덩그러니 놓여졌다.

두두두두!

성문 앞에 서 있던 파수병들은 호위기사들도 없이 질풍처럼 달려오는 스텔리츠 공작가의 마차를 보고 눈이 둥그레졌다. 마차에는 화살들이 박혀 있었고, 마부석에 타고 있는 청년의 팔에는 피가 흘러내리고 있었다.

"빨리 군사들을 보내 산 위에 있는 기사들을 구하시오! 습격을 받았소!"

청년의 외침에 기겁한 파수병들이 달려나왔다.

"빨리, 빨리 출동하라! 공작가가 습격을 받았다!"

성문에서 군사들이 말을 타고 신전 쪽으로 먼지를 일으키며 달려갔다.

두두두두!

사두마차가 질풍처럼 달려 공작의 저택 안으로 들어섰다.

“어떻게 됐다고? 누가 습격을 받아?!”

방 안에서 보고를 받은 스텔리츠 공작이 저택의 마당으로 달려나왔다.

그의 눈에 보인 마차에는 화살이 수십 발 박혀 있고, 마부석에서 내리는 낯선 청년의 팔에는 피가 흘러 온통 새빨갛다.

“어느 놈이냐? 감히 어느 놈이 공작가의 마차를 습격했단 말이냐?”

노발대발한 스텔리츠의 목소리가 저택을 드르릉 울렸다.

“아직은 모르겠습니다. 사람들을 보냈으니 곧 알게 될 것입니다.”

부관의 말에 화를 가까스로 가라앉힌 공작이 헤럴드를 돌아보았다.

“자넨 귀족인가?”

“예, 귀족이지만 명칭만 있는 몰락귀족입니다. 폰 르 아우취라고 합니다.”

헤럴드가 공손히 허리를 굽히고 말하자 공작이 가까이 다가왔다.

“자네의 공은 내 잊지 않겠네. 검술이 상당한 것 같은데?”

스텔리츠가 날카로운 눈매로 바라보았다.

“중급전사입니다. 그동안 용병 전쟁터를 돌아다니며 검술을 연마하였습니다.”

“흠, 고생했겠구먼. 이보게, 집사. 폰 군에게 방을 하나 내주게.”

“옛, 공작 각하.”

집사의 말에 헤럴드가 나섰다.

“아닙니다, 공작님. 전 귀족으로서 해야 할 일을 했습니다. 여관에 나가서 쉬겠습니다.”

헤럴드의 말에 스텔리츠 공작이 손을 내저었다.

“아닐세. 내 딸의 은인인데 밖에서 쉰다는 것은 말이 안 되지. 그리고 후원에 방이 많으니 걱정 말게.”

“감사합니다, 공작 각하.”

허리를 굽힌 헤럴드가 뒤로 물러나자 집사가 방으로 안내하였다.

헤럴드가 후원으로 집사를 따라가자 공작의 눈이 부관을 향하였다.

“저자의 신원을 확인하라.”

“옛, 공작 각하.”

스텔리츠는 저자 혼자서 여섯 명의 적을 물리치고 브리지트를 구했다는 말을 들었다. 그렇다면 실전에서 많은 경험을 쌓았다는 소리다. 니힐리스 제국에는 몰락귀족이 너무도 많다. 그들 모두를 확인하기는 힘들지만 그래도 신원을 확인할 수만 있다면 충실한 부하를 얻을 수 있는 것이다.

스텔리츠 저택의 후원은 상당히 넓었고, 갖가지 꽃이 활짝 핀 화원이었다.

“기사님, 아가씨께서 오셨습니다.”

밖에서 하녀의 말소리가 들리고 문이 열렸다.

“아, 어떻게 레이디께서 오셨습니까?”

헤럴드의 놀란 듯한 얼굴에 브리지트는 얼굴을 붉혔다.

“저어, 상처에 좋은 약이 있어서 가지고 왔습니다.”

“아, 이건 약간 다친 것이니 괜찮습니다.”

“그래도 치료하면 좋을 것입니다. 팔을 내주세요.”

“하, 이것 참.”

헤럴드가 못 이기는 척하며 팔을 내놓았다.

“아가씨께서는 왜 신전에 가셨습니까?”

팔에 약을 바르고 화원에 앉은 헤럴드가 브리지트에게 말을 건넸다. 브리지트의 얼굴이 어두워졌다.

“어머니가 1년째 앓고 있어요. 그런데 아무리 치료를 해도 낫지 않아서 신전에서 기도를 했습니다. 호!”

브리지트의 한숨에 헤럴드는 머리를 끄덕였다. 아무리 원수의 딸이지만 어머니를 걱정하는 것을 보니 같은 인간이라는 생각이 든 것이다. 사실 헤럴드는 의술도 알고 있었다.

조상이 만든 비고에는 침으로 치료하는 기술이 있었다.

“제가 의술을 좀 압니다. 한번 볼까요?”

헤럴드의 말에 브리지트의 눈이 둥그레졌다. 이 남자 검술만 강한 줄 알았는데 의술도 알고 있다니 놀라웠다.

“저, 정말인가요? 하지만 신관들도 고치지 못했어요.”

“아가씨, 원래 병은 자랑하라고 했답니다. 그러니 한번 봅시다.”

헤럴드의 말에 자리에서 일어선 브리지트는 어머니의 방으로 향했다. 하지만 기대는 하지 않았다. 그러나 오늘의 이 일이 자기의 인생을 바꾸어놓을 줄은 그녀도 생각을 못하였다.

"아가씨를 뵙습니다."

방 앞에 있던 하녀들이 브리지트를 보고 인사를 하였다.

"어머니는 어떠하시냐?"

"여전히 정신을 잃고 계십니다."

하녀의 말에 한숨을 내쉰 브리지트가 안으로 들어가려고 하자 방을 지키던 기사가 막아섰다.

"아가씨, 외부인은 들이지 말라는 각하의 명입니다."

"이분은 어머니의 병을 고치려고 한다. 그러니 비켜라."

브리지트의 말에 기사는 어리둥절하였다. 이자는 분명 떠돌이 전사라는 소리를 들었다. 그런데 병을 고치다니…….

"예? 그게 무슨……?"

"비켜라. 내 말이 들리지 않느냐?"

브리지트의 호령에 기사는 할 수 없이 물러섰다.

"어서 들어가요, 폰님."

헤럴드와 브리지트가 안으로 들어가자 기사의 눈에 질투의 불꽃이 타올랐다.

자기들에게는 한겨울의 얼음처럼 대하는 여자가 저 방랑자 놈에게는 따뜻한 봄날이다.

"빨리 각하께 알려라."

한 명의 기사가 공작에게 달려가자 그는 숨을 씩씩거렸다.

"빌어먹을 새끼, 거짓말이면 네놈은 죽었다."

공작은 자기 부인의 병을 고친다고 찾아왔던 어중이떠중이 치료사들을 모두 목을 베어버린 인간이었다. 치료사들은 공작가에서 내건 돈을 보고 욕심이 나서 찾아왔던 엉터리 치료사들이었던 것이다.

침대에 누워 있는 여자는 의식이 없었다. 바짝 말라서 의식을 잃고 있는 환자를 진맥해 본 헤럴드는 무슨 병인지 알 것 같았다. 이 여자는 양기가 대뇌로 밀고 올라가면서 혈맥을 막아서 정신을 차리지 못하고 있었다. 이 상태로 놔두면 아마 서서히 말라 죽을 것이다.

"어떠세요?"

"흠, 어머니는 밤에만 정신을 차리고 낮에는 의식을 잃어버리지요?"

헤럴드의 말에 브리지트의 눈이 둥그레졌다.

"예. 마, 맞아요. 그걸 어떻게……?"

"어머니의 병은 치료할 수 있습니다."

"그게 정말인가?"

갑자기 뒤에서 공작의 말이 들렸다. 뒤를 돌아보니 공작과 기사들이 서 있었다.

"예, 각하. 한 7일만 치료를 하면 부인의 병은 고칠 수 있습니다."

공작과 기사들이 멍해서 헤럴드를 쳐다보았다. 누구도 고치지 못한 병을 고칠 수 있단다. 그것도 치료사나 신관이 아닌 전사가.

"자네, 치료사인가?"

"아닙니다. 예전에 스승님에게 치료술을 배운 적이 있는데 이런 병에 대해서 들은 적이 있습니다."

"그, 그럼 어서 치료를 하게. 그리고 필요한 것이 있으면 서슴없이 말하고. 내가 모두 구해주겠네."

공작이 서두르며 하는 말에 헤럴드는 머리를 흔들었다.

"그냥 방만 비워주시면 됩니다. 그럼 부인의 병은 고칠 수 있습니다."

브리지트만 남고 모두 나가자 헤럴드는 공작부인의 몸에 침을 꽂고 혼돈의 기를 혈도를 따라 밀어 넣기 시작하였다. 브리지트가 보기에는 그냥 진맥을 하는 것 같았지만 실제로는 기를 보내어 양기를 제어하려는 것이었다.

노도처럼 여자의 혈맥을 따라 몸을 회전하는 혼돈의 기가 양의 기운을 한쪽으로 밀어내고 막힌 혈을 풀어내기 시작하였다.

옆에 앉은 브리지트는 눈을 감고 앉아 있는 헤럴드를 보며 마음을 조이고 있었다.

한 시간쯤 시간이 지나자 어머니의 창백하던 얼굴에 붉은 혈색이 피어나기 시작했고, 거칠던 숨소리가 정상으로 돌아오기 시작하였다.

"후!"

한숨을 내쉬며 눈을 뜬 헤럴드가 브리지트를 돌아보았다.

"이제 두 시간쯤 자고 나면 정신을 차릴 것입니다. 이제부터 정신을 잃는 일은 없을 것입니다. 하지만 치료는 며칠 더 해야 합니다."

헤럴드의 말에 브리지트는 너무 기뻐 그의 손을 잡고 어찌할 바를 몰라 했다.

"정말 고마워요, 폰님. 정말……."

그녀는 자기가 헤럴드의 손을 잡고 있다는 것도 의식하지 못하고 있었다.

"저는 그만 돌아가 보겠습니다. 그런데 이 손을 좀……."

"어머나!"

헤럴드의 말에 그제야 손을 화다닥 놓은 브리지트의 얼굴이 홍당무처럼 빨개졌다. 헤럴드가 밖으로 나가자 브리지트는 자신의 손을 가만히 쓸어보았다. 방금 잡았던 그의 온기가 가슴을 설레게 만들었다. 여태껏 없었던 마음의 변화였다. 그의 눈이 밤하늘의 샛별처럼 반짝였다.

스텔리츠의 방에는 두 부자가 모여 무엇인가 이야기하고 있었다.

"그러니까 제 생각에는 놈이 이미 수도에 들어왔다고 생각합니다. 그렇지 않다면 브리지트를 납치할 놈이 없습니다."

아들의 말에 스텔리츠는 머리를 끄덕이며 생각에 잠겨 있었다.

8년 전 스텔리츠는 제롬 르 쥬신 공작의 가장 충실한 가신이었다. 제롬 공작은 모든 일을 스텔리츠에게 맡겼고, 그것을 이용하여 그는 왕국의 기사단을 자기의 손아귀에 넣었다.

니힐리스 제국이 아이리스 왕국을 삼키려 한다는 것을 알았
을 때 스텔리츠는 그들과 공작의 자리를 약속받고 서슴없이
성문을 열어 적을 맞아들였다.

모든 것은 만족하게 이루었지만 단 한 가지만은 실행하지 못
하였다. 그것은 제롬 르 쥬신 공작가의 초대 조상의 검술이었다.

제국과의 약속대로 공작의 가솔을 모두 체포하고 심문을 하
였지만 아는 자는 한 명도 없었다. 그 당시 스텔리츠는 화가
솟구쳐 제롬 공작의 아내를 겁탈하였다.

상전의 아내를 범한다는 생각이 스텔리츠의 검은 피를 끓게
하였고, 참을 수 없게 한 것이었다. 그러나 어디에서도 검술서
는 찾아내지 못하였다.

그러나 이번 코스타 시에서의 사건을 보면 그자의 아들이
검술을 얻은 것이 분명하였다.

목격자들의 말에 의하면 상상을 초월하는 검술이라고 하니
어떻게 해서든 그 검술을 빼앗아야 했다. 니힐리스 제국의 3대
공작가 중에 가장 약한 것이 스텔리츠 공작가다.

황실과 2대 공작가는 모두 한 명씩의 소드 마스터가 있지만
자기에게는 없기에 항상 한 수 지고 들어가는 실정이다. 스텔
리츠는 어금니를 물었다.

"너는 항상 기사단과 함께 생활하라. 놈이 언제 기습을 할지
모르니까. 만약 기습을 한다면 기사들과 함께 달려들어 어떤
수를 써서라도 놈을 잡아야 한다. 알았느냐?"

"예, 아버지. 반드시 그렇게 될 것입니다."

아들도 그 검술이 얼마나 중요한지 알고 있었다. 말 그대로 드래곤을 잡은 검술이 아닌가? 더 이상 말이 필요없는 검술이었다.

"그리고 저 폰 군 말입니다. 알아보니 제국에 그런 귀족은 없다고 합니다. 혹시 뭔가 노리고 들어온 놈이 아닐까요?"

아들의 말에 스텔리츠는 생각에 잠겼다. 폰이 치료하면서 아내는 정신을 차리고 생활하고 있고 몸도 회복되어 가고 있었다. 정말 놀라운 치료술이었다.

스텔리츠에게는 그자가 귀족이든 아니든 상관이 없었다. 야망을 가지고 자기에게 들어왔다면 그건 오히려 좋았다. 그런 자들은 출세를 위해서 충실한 개 노릇을 하기 마련이다.

또 그렇지 않다면 죽여 버리면 그만이다.

"이번 귀족회의가 언제냐?"

"이제 3일 후입니다."

제국에는 3대공작가를 중심으로 파벌이 형성되어 있다. 스텔리츠는 몇 달에 한 번씩 자기를 따르는 귀족들과 회의를 한다. 바로 옛 아이리스 왕국을 배신하고 자기를 따른 귀족들이었다.

"그때까지 폰의 신원을 확인해라. 만약 안 되면 그날 연무장에서 대전을 핑계로 죽여 버리면 된다."

"알겠습니다, 아버지."

"그리고 마검의 진행은 어떻게 되었느냐?"

"이제 거의 되어갑니다. 우리의 뜻대로 일이 될 날이 가까워지고 있습니다, 아버지."

아들의 말에 스텔리츠 공작은 머리를 끄덕였다.

"마검 할바데루가 부활하면 우린 제국의 주인이 될 수 있다. 비밀에 만전을 기해야 한다."

"알고 있습니다."

부자의 모의가 깊어가고 있었다. 그런데 마검 할바데루라면 대륙에 떠도는 그 마검 할바데루란 말인가?! 이 세계에는 언제부터인지 이런 말이 구전으로 내려오고 있었다.

할바데루의 검을 얻는 자, 세상을 지배하고 차이데루의 지팡이를 얻는 자, 세상을 멸할 힘을 가지게 되리라.

이 두 가지는 대륙에서는 얻을 수 없는 보물이라고 한다. 아직까지 단 한 번도 세상에 나타난 적이 없기 때문이다.

그런데 그 마검 할바데루가 이들에게 있단 말인가? 모를 일이었다.

"저, 기사님."

밤이 깊어 후원의 별장에서 운기조식을 하던 헤럴드는 다가오는 두 명의 발소리를 들었다.

저건 브리지트와 하녀의 기파다. 문 앞에 다가온 두 여자의 발걸음이 멎고 하녀의 말소리가 들려왔다.

"폰님, 아가씨께서 왔습니다."

하녀의 말에 빙그레 웃음 지은 헤럴드가 문을 열었다.

“이 밤중에 어떻게? 들어오시죠.”

헤럴드가 비켜서자 안으로 들어온 브리지트가 얼굴에 기쁨을 가득 담고 입을 열었다.

“폰님, 내일 별장의 연무장에서 폰님을 기사단에 입단시키는 검증을 한답니다. 방금 아버지와 어머니가 하는 이야기를 들었어요.”

“고맙습니다, 브리지트님. 이 모든 것이 브리지트님의 덕입니다.”

헤럴드의 감사에 브리지트의 얼굴이 살짝 붉어졌다. 헤럴드가 기사검증대전을 마치면 기사단에 들어올 것이고, 그러면 매일 볼 수가 있다.

요즘 열여덟 살의 브리지트의 가슴에는 핑크빛 사랑이 움트고 있었다. 방에 있을 때나 잠들기 전에나 느닷없이 헤럴드의 모습이 떠올라 잠들기가 힘들었다.

“제가 한 것이 뭐 있다고요. 모두 폰님의 능력입니다.”

브리지트가 똑바로 마주 보는 헤럴드의 눈빛에 얼굴을 붉히고 고개를 숙였다. 그녀의 하얀 목덜미가 빨갛게 물들어가는 것이 보였다.

“아닙니다. 난 브리지트님을 항상 고맙게 생각합니다.”

헤럴드가 성큼 다가와 브리지트의 손을 잡았다.

“포, 폰님!”

브리지트는 헤럴드의 손에 잡힌 손을 꼼지락거리며 가슴이 세차게 뛰는 것을 억제할 수가 없었다. 헤럴드의 팔이 브리지트를 끌어당겼다.

"포, 폰님, 이러시면… 아……!"

헤럴드의 입술이 브리지트의 입을 덮쳤다. 온몸이 달아오른 브리지트는 마치 손안에 잡힌 참새처럼 파들파들 떨고 있었다.

긴 입맞춤이 끝나자 브리지트의 탄력적인 몸이 무너지듯 헤럴드의 품에 안기어들었다. 그리고는 온몸을 열고 헤럴드에게 자신을 내맡겼다.

'아아, 죽어도 좋아!'

헤럴드의 손에 의하여 그녀의 옷이 하나하나 밑으로 벗겨져 내려갔다. 미끈하고 아름다운 그녀의 싱싱한 나체가 기대와 야릇한 홍분으로 몸을 바르르 떨고 있었다.

브리지트를 그러안은 헤럴드의 눈이 차갑게 번뜩이고 있었다.

'스텔리츠, 나는 받은 만큼 너에게 돌려주겠다. 나를 원망하지 마라.'

방에서 격렬한 춘풍이 몰아치기 시작하였다.

"하악, 폰, 폰님. 아흑……."

문밖에 있던 하녀는 안에서 들리는 소리에 살그머니 일어나 정원으로 사라져 갔다.

"앞으로는 어떻게 하시려고 하지요?"

방금 전의 열기가 아직도 가시지 않아 얼굴이 발그레한 브리지트가 헤럴드의 팔을 베고 묻는 소리다.

"나야 몸밖에 없으니 공을 세워 자그만 영지라도 하나 차례가 오길 바라야지.”

헤럴드의 말에 브리지트가 머리를 흔들었다.

“그래도 몸을 조심하세요.”

브리지트의 걱정스러운 말이다.

“참, 공작님의 기사는 몇 명이나 돼?”

“가문의 기사들은 43명, 지금 연무장에 있어요. 내일 아버지를 따르는 귀족들이 그곳에 모여요. 기사검증대전도 그곳에서 하고.”

“고마워, 브리지트.”

헤럴드의 말에 브리지트가 픽 웃었다.

“뭐가요?”

“그냥 모든 것에 대해서.”

“아이참, 우린 남이 아니잖아요?”

헤럴드는 속으로 한숨을 내쉬었다. 복수를 하려고 브리지트를 짓밟았지만 마음이 편안치가 않았다. 왜 이렇게 마음이 무거운지 헤럴드는 답답하기만 하였다.

‘헤럴드, 마음을 굳게 가져라. 이 여자는 원수의 딸일 뿐이다.’

헤럴드는 검에 맞아 피를 흘리며 죽어가던 가문의 사람들과 제국의 기사들에게 겁탈을 당하던 누나와 가문의 여자들을 머릿속에 떠올렸다.

‘그래, 이건 응당한 복수다. 양심의 가책을 가지지 말자.’

그래도 마음이 무거운 것은 변함이 없었다. 헤럴드는 내일 모든 것을 끝낼 결심이었다.

그리고 미련없이 제국을 떠날 것이다. 어디서든 세력을 길러 반드시 제국을 멸망시킬 것이다. 내일 떠나면 이 여자도 원수가 될 것이고, 앞으로 만난다면 부모를 죽인 원수가 되어 검을 겨눌 것이니 마음을 독하게 먹어야 했다.

하지만 헤럴드는 미래를 내다보는 신이 아니었다.

*   *   *

두두두두!

화려한 장식을 한 마차들과 수십 마리의 말이 수도 교외의 별장 같은 저택으로 들어서고 있었다. 여기가 바로 스텔리츠 공작의 기사들이 훈련을 하고 있는 연무장이었다.

"공작 각하께서 도착하셨다!"

집사의 외침이 울리고 하인들이 공작이 내리는 것을 부축하였다.

"공작 각하를 뵙습니다."

먼저 도착하여 기다리고 있던 10여 명의 귀족들이 스텔리츠 공작에게 인사를 올렸다.

바로 이들이 주인을 배신하고 제국에 성문을 열어준 스텔리츠의 심복들인 배신자들이었다.

또한 스텔리츠 파의 기둥들이었다.

"자, 모두 들어가자."

넓은 연무장에는 스텔리츠의 기사 43명이 정렬하여 공작을 맞이하고 있었다.

"공작님께 경례!"

"충성을!"

"충성을!"

기사들이 외치는 소리가 연무장을 쩌렁쩌렁 울렸다.

연무장의 연단에 공작이 앉자 다른 귀족들과 기사들이 앉았다.

"오늘 우리 기사단에 새로운 기사를 받아들이는 실력 검증을 하려고 여기에 모였다. 바로 여기 있는 폰 르 아우취 군이다. 이제부터 기사 검증을 위한 대결을 할 것이다. 자유 대결이니 누구든 나와서 폰 군과 대결해 주기 바란다."

기사단장의 말이 끝나자 모든 기사들의 눈이 헤럴드에게 집중되었다.

호기심과 질투에 싸인 눈길들이다.

"나는 슈발추 기사다. 내가 대결해 보겠다."

큰 목소리가 울리고 한 명의 기사가 플레이트 아머를 철컥거리며 연단 앞으로 걸어나왔다. 그가 나서자 연단에 앉은 귀족들이 웅성거렸고, 줄을 지어 서 있던 기사들도 웅성거렸다.

슈발추는 대결 때마다 중상이 아니면 사람을 죽여 경고를 받는 기사이지만 타고난 힘으로 공작의 총애를 받는 기사였다.

"받아들이지요."

헤럴드가 마주 걸어나가자 브리지트의 눈이 파르르 떨렸다.

저 기사가 왜 나왔는지 알 만하였기 때문이다.

슈발추는 예전부터 자기를 좋아하는 기사였고, 그것을 알지만 브리지트는 모른 척하곤 하였다. 오늘 슈발추는 폰을 죽이려는 마음을 가지고 있는 것 같았다.

"아빠, 저 사람, 폰님을 죽일 수도 있어요."

브리지트의 말에 스텔리츠는 얼굴을 찡그렸다. 딸의 음성에서 폰을 걱정하는 미묘한 감정을 읽은 것이다.

"기사란 결투를 하다가 죽을 수도 있는 것이다. 그런 각오가 없으면 기사가 될 수 없다."

딱 잘라 말하는 스텔리츠의 말에 브리지트는 입술을 피 나게 깨물었다. 브리지트의 눈에 대결장에 서서 서로 인사를 하고 있는 헤럴드의 모습이 보였다.

'이기세요. 지면 안 돼요.'

거대한 바스타드 소드를 든 슈발추는 마주 선 사내를 바라보았다.

들리는 말에 의하면 몰락귀족의 후예라고 한다. 운 좋게 브리지트님의 위기를 구해주고 기사로 들어온다는 것이 슈발추에게는 참을 수가 없었다.

3년간 브리지트의 마음을 얻으려고 따라다녔지만 자기는 끝내 그녀의 마음을 차지하지 못하였다.

대결장에 나와 힐끔 브리지트를 보니 그녀의 얼굴에는 이 비리비리한 놈에 대한 걱정이 가득 어려 있는 것이 보였다. 그것이 더욱 질투를 불타오르게 하였다.

'네놈을 죽여 버리고 말 테다.'

슈발추의 검을 잡은 손에서 으드득 소리가 났다. 지금 이 기사단에 있는 기사 중 누구도 브리지트를 노리지 않는 기사는 없었다. 그녀의 마음을 얻기만 하면 출세의 길은 보장된 것이기 때문이다. 그러나 아직까지 단 한 명도 그녀의 눈에 든 기사는 없었다.

그런데 어디서 굴러먹던 개뼈다귀가 그 꽃을 차지하려는 것이다.

"용병들의 검술과 기사들의 검술은 다르다. 싸우다 죽을 수도 있지. 조심하라. 검에는 눈이 없으니까."

슈발추가 헤럴드를 보며 하는 소리다. 헤럴드의 얼굴에 엷은 미소가 스쳤다.

"충고해 줘서 고맙다. 나도 한마디 하지. 싸움은 말로 하는 것이 아니다."

"건방진 놈!"

슈발추의 눈에 살기가 끓어올랐다.

"시작하라!"

기사단장의 목소리가 울려 퍼졌다.

검을 치켜든 슈발추가 이를 갈며 트롤처럼 달려들었다.

횡! 콰쾅!

거대한 바스타드 소드가 헤럴드의 샤벨과 부딪쳐 푸른 불꽃을 축포처럼 수놓았다.

바스타드 소드가 엄청난 바람을 일으키며 횡으로 휘둘러 들어왔다. 순식간에 몸통을 잘라 버릴 듯한 기세였다.

콰쾅!

샤벨을 들어 슈발추의 소드를 막은 헤럴드의 발이 슈발추의 면상으로 날아갔다.

헤럴드의 족각에 얻어맞은 슈발추의 큰 몸집이 날아가 연무장의 바닥에 피를 뿌리며 떨어져 내렸다.

쿠쿵!

먼지가 자욱한 땅바닥에 슈발추의 목이 기형적으로 꺾여 있었다. 볼 것도 없이 즉사였다.

연무장에 모인 기사들이 멍해서 바라보았다. 세상에, 힘 하나는 누구에게도 밀리지 않던 슈발추가 순식간에 그만 죽음을 맞았다. 모두들 아연하여 숨소리 하나 없이 조용한 속에 수석 기사의 목소리가 울려 퍼졌다.

"폰 르 와우취 군 승!"

짝짝짝!

공작이 박수를 치기 시작하자 귀족들이 박수를 쳐댔다. 하지만 기사들의 숨결은 거칠어지고 있었다. 정식 기사도 아닌 용병 출신에게 죽었다는 것은 자기들 전체에 대한 모욕이었고, 참을 수 없는 일이었다.

"다음은 내가 하겠소."

"나도."

"나도."

기사들이 살기를 뿌리며 나오자 헤럴드는 공작을 향해 돌아섰다.

"공작 각하, 저는 일 대 다수의 대결을 해보고 싶습니다. 허락해 주십시오."

헤럴드의 말에 귀족들이 웅성거렸다.

"대단하군."

"최상급기사가 나오려는 모양이야!"

귀족들의 말을 들은 스텔리츠는 기사단장을 불렀다.

"단장, 기사대전을 시켜라."

"예? 그, 그건… 알겠습니다."

기사단장도 놀랐지만 더 놀란 것은 뒤에 앉아 있던 브리지트였다.

최상급기사 대전. 이 세계에는 기사들의 위에 최상급기사가 있다. 최상급기사가 되려면 검술과 창술이 모두 능해야 하고 일 대 다수와의 대결에서 승리하여야 한다. 하지만 그 대결은 말 그대로 생사를 걸고 하는 결전이다.

"공작 각하의 명이다. 이제부터 기사들은 최상급기사 대전을 위한 준비를 하라."

잠시의 소란 후에 연무장에는 검을 든 기사들이 빙 둘러서 있었다.

40명의 기사들이 두 개의 원형진으로 헤럴드를 둘러싸고 첫째 원형진은 검으로, 두 번째 원형진의 기사들은 창으로 하는 연환 공격이었다.

플레이트 아머의 투구 속에 번쩍이는 기사들의 눈이 살기에 번뜩였다. 그들의 눈동자 속에 저 건방진 놈을 반드시 죽이리라는 투지가 불길처럼 타오르고 있었다. 연무장에 질식할 듯한 살기가 끈끈하게 내리덮었다.

"시작하라!"

명과 함께 공격이 개시되었다. 첫 번째 줄이 빙빙 돌며 순차적으로 검을 내려치고, 두 번째 줄이 그 사이사이로 창을 빗살처럼 찔러 넣었다.

마치 물레바퀴가 돌아가는 듯한 형세였다. 원형진을 짠 기사들이 돌아가는 속도가 점차 빨라지고, 검과 창이 빗발처럼 공격해 들어가기 시작하였다.

고오오!

40명의 기사가 내뿜는 마나가 공간을 장악하고 옷자락들이 터질 것처럼 부풀어 올랐다. 가운데 선 헤럴드를 향해 적개심이 어린 기사들의 마나가 폭풍처럼 밀려왔다. 웬만한 기사들은 저 원형진 속에 갇히면 숨 쉬기조차 힘들다. 그러나 헤럴드는 태연하였다. 마나의 힘이 밀려들자 천지무의 내공이 활성화되면서 온몸에 힘을 주고 있었다.

쉬쉬쉬, 차차, 차창!

헤럴드의 샤벨이 번개처럼 내려쳐지는 검을 막았고, 왼쪽손에서 수십 개의 주먹이 튀어나왔다.

콰콰쾅, 콰쾅!

방패와 창이 산산이 부서져 날아가고 기사들이 허깨비처럼 날려갔다. 천지권법 연환타에 실린 혼돈의 기가 모든 것을 부쉬 버렸던 것이다. 한 걸음 내짚은 헤럴드의 도가 사선으로 빛을 뿜었다. 천지도법의 환의 폭우였다.

쏴쏴쏴!

공기를 찢어발기는 듯한 소리와 함께 열여섯 개의 도가 불쑥 나타나 빛살처럼 주변을 휩쓸었다. 그것은 항거할 수 없는 사신의 칼날이었다.

"멈춰라."

그러나 이미 늦었다. 새파란 칼날들이 기사들의 머리와 팔다리를 사정없이 날려 버렸다.

처참하였다. 주변이 온통 피에 젖었고, 20여 명의 기사가 목과 팔다리가 절단되어 시체가 되어 있었다. 부르르 떨던 스텔리츠가 천천히 자리에서 일어섰다. 공작의 눈에 살기가 번쩍였다.

"그랬군. 너였어. 혹시 하였건만……."

스텔리츠의 눈이 헤럴드에게 박혀 떨어지지 않았다.

"기사들은 놈을 포위하라!"

차차착, 차차착!

창검을 비껴든 기사들이 헤럴드를 겨누고 빙 둘러 포위하였다.

"내가 너의 신원을 알아봤지. 하나 그 어디에도 폰 르 와우취라는 귀족은 없었다. 이제 정체를 밝히는 것이 어떤가?"

스텔리츠의 말에 브리지트가 소스라쳐 일어났다.

"아빠, 대체 무슨 소리예요?"

"저자는 폰 르 와우취가 아니다. 그런 귀족은 니힐리스 제국 그 어디에도 없다. 자, 말해라. 너는 누구냐?"

스텔리츠의 말에 헤럴드는 빙그레 웃음을 지었다.

"이미 짐작하고 있을 텐데, 스텔리츠. 나는 헤럴드 르 쥬신, 쥬신 공작의 아들이다."

헤럴드의 말이 떨어지자 귀족들과 기사들이 부르르 떨었다.

"쥬신 공작가의 아들?!"

모든 귀족들과 기사들이 놀라 웅성거리며 헤럴드를 보고 있었다.

"그런 줄 알았다, 헤럴드. 보았느냐? 이곳은 이미 포위되어 있다. 너는 어디로도 빠져나갈 수가 없다. 나는 이미 너에 대한 의심을 품고 오늘의 이 자리를 마련하였다. 항복한다면 너에게 내 딸을 주고 최상급기사의 대우를 해줄 것이다. 어떠냐?"

연무장의 주변으로 군사들이 땅속에서 일어나 정렬하여 있었고, 기사들의 눈은 당장이라도 찢어 죽이고 싶다는 살기가 들끓고 있었다.

"스텔리츠, 너와 나는 한 하늘을 이고 살 수 없다. 둘 중 하나는 죽어야 한다. 와라!"

헤럴드의 샤벨이 은빛 칼날을 드러냈다. 이곳에 들어올 때부터 헤럴드는 주변에 숨은 군사들의 기감을 알고 있었지만 별로 신경 쓰지 않았다.

오늘 모든 것을 끝내려고 마음먹은 것이다. 게다가 이곳에 배신자들인 귀족들이 모두 모여 있으니 찾아다니는 수고도 하지 않게 되었다.

“이제부터 8년 전의 원한을 갚겠다.”

헤럴드의 눈을 들여다보던 스텔리츠는 비릿한 웃음을 지었다. 저자는 항복할 자가 아니었다. 그렇다면 죽여주면 그만이다.

“할 수 없지. 끝내 벌주를 마시겠다면 너를 마지막으로 쥬신가를 영원히 없애주마. 저놈을 죽여라!”

공작의 명이 떨어지는 순간 브리지트가 달려나왔다.

“안 돼요, 아빠! 안 됩니다!”

“비켜라! 미쳤느냐?!”

공작의 명령에 기사들의 공격이 개시되었다.

“안 돼! 멈춰!”

비명을 지른 브리지트가 기사들의 앞을 두 팔을 벌리고 막아섰다.

“저, 저년이! 어서 비키지 못할까?!”

“안 돼요, 아빠! 난 이미 저분의 여자입니다! 안 돼요!”

브리지트의 절규에 스텔리츠의 입이 쩍 벌어졌다. 공작의 눈이 헤럴드를 쏘아보았다.

“네놈이 감히 내 딸을……..”

헤럴드의 얼굴에 비웃음이 어렸다.

“가슴이 아픈가, 스텔리츠? 네놈이 한 짓에 비한다면 그 정도는 아무것도 아니다.”

입술을 푸들푸들 떨던 스텔리츠 공작이 옆에 있는 군사의 활을 잡아챘다.

피융!

"죽어라, 이년! 원수의 품에 안기다니……."

"윽, 아빠!"

브리지트의 가슴에서 붉은 피가 터져 나오고 서서히 땅으로 쓰러지기 시작하였다.

그녀의 흐릿해 오는 망막에 헤럴드의 모습이 가까스로 보였다.

"사랑했……."

브리지트의 머리가 땅으로 떨어져 내렸다.

"네놈이, 네놈을 갈가리 찢어 죽이리라!"

스텔리츠가 피를 흘리며 쓰러져 죽은 딸을 보고 부들부들 떨었다. 비록 귀족의 명예를 위하여 화살을 날리긴 했지만 자식은 자식인 것이다.

"스텔리츠, 8년 전 나는 받은 만큼 돌려주겠다고 결심하였다. 이제 우리 사이의 묵은 빚을 끝내자."

헤럴드의 말에 스텔리츠는 부들부들 떨었다.

"저놈을 잡아라! 그냥 죽이지는 않을 것이다!"

놈의 명에 기사들이 공격을 개시하였다.

"공격하라!"

"와~!"

기사들의 브로드 소드가 파도처럼 밀려왔다. 검과 창의 파도였다.

쏴아, 콰콰콰콰!

전 내공을 끌어올린 샤벨의 칼날이 하얀빛을 뿌리며 달려오는 기사들을 향해 휘둘러졌다.

수십, 수백 개의 유성우가 강기가 되어 날아간다. 그것은 화려한 오러 블레이드의 축제였다.

달려오던 기사들의 눈이 화등잔만 해졌다.

"오러 블레이드?"

"소드 마스터다!"

미처 피할 사이가 없이 쇄도해 들어온 수백 개의 유성우가 플레이트 메일을 모조리 뚫고 지나갔고, 기사들의 목숨을 빼앗아갔다. 기사들의 온몸에서 피가 분수처럼 뿜어 나왔다.

콰콰콰콰!

이번에는 수십 개의 시뿌연 주먹의 형태로 생긴 권강이 달려오는 기사들의 면전에 도달하였다. 헤럴드의 왼손에서 뻗어나간 천지파멸권이다.

콰콰쾅, 콰쾅!

폭탄이 터지는 것과 같은 무서운 폭음과 함께 사람과 레더 메일이 산산이 뜯겨 날아갔고, 팔다리와 살점이 비산하였다. 혼돈의 기는 닿는 모든 것을 폭발시켜 버려 주변을 초토화시켜 버렸다. 자욱한 먼지 속에 피가 분수처럼 뿌려졌다.

"으악! 악마다!"

"사, 사신이야!"

혼비백산한 군사들은 창검을 집어 던지고 주저앉았고 귀족들은 덜덜 떨며 오줌을 지리고 있었다. 온통 주검이 가득한 곳에서 헤럴드가 도를 들고 스텔리츠를 쏘아보고 있었다.

모든 것이 전멸한 주변을 둘러보는 스텔리츠는 허탈하였다. 드래곤 슬레이어의 검술이 이 정도였던가? 대체 저것이 인간의 검술인지도 이해되지가 않았다.

이제 20대에 불과한 저자가 이 세계 최강의 무력인 소드 마스터라니, 역시 쥬신 가의 검술은 최강이었다.

저벅저벅.

샤벨을 늘어뜨리고 다가오는 헤럴드를 바라보던 스텔리츠는 자신의 가슴에 검을 박았다.

"컥! 죽어도 네놈 손에는… 죽지 않는다. 내 아들이 반드시… 복수를… 크윽!"

스텔리츠가 털썩 쓰러져 눈을 부릅뜨고 하늘을 쳐다보았다.

스텔리츠의 꿈틀거리는 몸뚱이를 내려다보던 헤럴드의 눈길이 귀족들에게로 돌아갔다. 이놈들은 가문을 배신하고 스텔리츠의 심복이 되어 날뛰던 놈들이다. 귀족들은 심장이 섬뜩한 감을 느꼈다. 아차 하면 오늘이 이 세상에서의 마지막 날이 될 수도 있었다. 그들이 무릎을 꿇고 주저앉았다. 살 수만 있다면 무슨 짓이라도 해야 했다.

"사, 살려주십시오."

주변에 무릎을 꿇은 귀족들이 헤럴드를 보며 머리를 조아리고 있었다. 그러나 헤럴드의 얼굴에는 무자비한 표정만이 어려 있었다. 그의 손에 들린 샤벨이 가차없이 휘둘러졌다.

"배신자들에게는 죽음뿐이다."

휘익, 콰콰콰콰!

대기를 찢는 듯한 날카로운 소리와 함께 사방으로 날아간 오러 블레이드가 귀족들의 더러운 몸뚱이들을 갈가리 찢어발겼다.

"큭!"

목구멍으로 비릿한 냄새가 올라왔다. 너무 무리한 내공을 사용하여 단전이 텅 비었고, 얼굴이 백지장처럼 하얘졌다.

아직 천지심법이 8성밖에 안 되어 세 번 이상의 오러 블레이드를 쓸 수가 없었다. 내공이 바닥이 나 주저앉고만 싶었다. 하지만 여기서 쓰러질 수는 없었다.

아직도 숨어서 보고 있는 군사들이 힘이 빠졌다는 것을 알게 되면 달려들 것이기 때문이다.

"아가씨, 정신 차려요! 아가씨!"

뒤에서 하녀가 브리지트를 찾는 소리가 애처롭게 들려왔다.

발길을 돌려 걸어가던 헤럴드가 발을 멈추었다. 복수를 하였는데 왜 이렇게 가슴이 아플까?! 왜? 도대체 왜?!

헤럴드의 손에서 하나의 약이 하녀의 손에 떨어졌다.

"약이다."

헤럴드가 천천히 걸어가자 하녀의 눈이 원망으로 일그러졌다.

"아가씬 진심으로 사랑했어요. 그런데… 어떻게……."

멈칫 섰던 헤럴드의 걸음이 점차 빨라지더니 사라져 갔다.

군사들이 석양의 핏빛 노을 사이로 걸어가는 복수자를 두려움 가득한 눈으로 바라보았다.

CHAPTER
02
타판파스 초원

THE Warrior
Gale of Wind

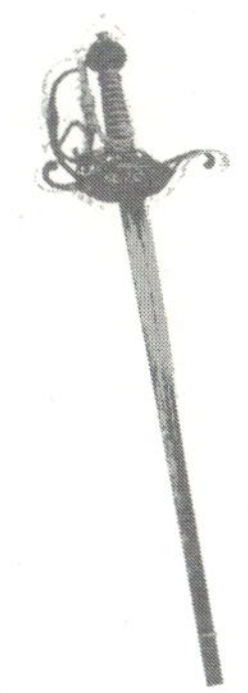

탁, 탁, 탁!

빨간 불꽃을 날름거리며 불길이 타오르는 곳에 한 명의 청년과 늑대가 너울거리는 불길을 바라보며 앉아 있었다.

보글보글.

모닥불에 고기가 노릇노릇하게 익으며 고소한 냄새를 풍기고 있었다.

청년의 옆에 앉은 늑대가 입을 쩍 벌리고 빨간 혀를 내밀어 주둥이를 핥는다.

아마도 고기가 익는 냄새에 군침이 도는 모양이다.

"블랙아, 먹고 싶니? 조금만 참아. 이제 다 익어간다."

청년이 말을 하자 늑대는 마치 말을 알아듣는 것처럼 그의 무릎에 머리를 비벼댔다. 참으로 신기한 일이었다. 늑대가 사람 말을 알아듣다니…….

물끄러미 모닥불을 바라보던 청년이 손을 들어 당기는 시늉을 하자 불속의 고기가 훅하니 밖으로 날아 나왔다. 누가 보았다면 눈이 휘둥그레질 일이었다.

저것은 분명히 극강의 허공섭물이다. 하지만 청년은 그것을 대수롭지 않게 해내고 있었다.

끄응, 끙.

검은 늑대가 청년에게 머리를 비벼댄다. 아마도 빨리 먹자는 것 같았다.

"조금 기다려. 너무 뜨거워."

말을 하는 청년의 손에서 얼음처럼 찬 기운이 흘러나와 고기를 식히기 시작하였다.

뜨거운 고기가 순식간에 식어가기 시작하였다. 저것은 극음의 기운이 아닌가? 놀랄 일의 연속이었다. 대륙의 기사들이 보았다면 기가 막혀 눈이 뒤집어질 것이다. 하지만 이곳은 동부의 타판파스 초원. 황량한 바람만이 몰아치는 곳이었다.

"자, 이젠 먹자. 배고팠지?"

청년이 말을 하며 먹기 알맞게 식은 뒷다리를 늑대에게 주고 자기도 하나 뜯어 먹기 시작하였다. 1인 1수가 맛있는 식사를 하기 시작하였다.

쩝쩝쩝, 짭짭짭.

한참 고기를 먹던 검은 늑대의 귀가 발딱 일어섰다. 그리고는 저 멀리 광대한 초원을 바라보며 으르렁거리기 시작하였다.

"신경 쓰지 마. 누가 싸우는 모양이야. 우리와는 상관없어."

청년이 말을 하며 고기를 뜯어 먹자 늑대는 다시 주저앉더니 고기를 뜯어 먹기 시작하였다. 하지만 쫑긋 일어선 귀는 내려앉지 않았다. 역시 늑대는 항상 준비하고 있는 맹수였다.

청년과 늑대는 헤럴드와 비고의 가디언인 블랙이었다. 니힐리스 제국에서 배신자들을 처단하고 비고로 돌아와 한동안을 지낸 헤럴드가 블랙을 데리고 동부의 타판파스 초원왕국에 나타났다. 이제 이곳에서 새로운 인생을 시작하기로 결심한 것이다. 이곳은 지리적으로 니힐리스 제국과 국경을 마주하고 있었고 유목 민족이어서 용맹성이 뛰어난 사람들이 살고 있다. 헤럴드는 이곳에서 자기만의 세력을 만들고 싶었다. 제국을 치자면 혼자만의 힘으로는 어림도 없었다.

대지에 미약한 진동이 오고 초원의 저 끝에서 말들이 맹렬하게 달려오고 있었다.

두두두두!

피융, 피융, 피융!

"컥, 으악!"

말을 타고 달려오던 사람들이 추격자들의 화살에 맞아 굴러 떨어졌다.

"앗, 꿀 투르!"

말을 타고 오던 여인이 기겁하여 떨어지는 사람을 불렀다.

"샤칸님, 어서 가십시오."

가슴에 화살을 맞아 피투성이가 된 남자가 검을 들고 비칠 거리며 달려오는 기마들과 마주 섰다.

"오라, 이 더러운 놈들! 내가 살아 있는 한 샤칸님의 손끝 하나도 건드리지 못한다."

검은 가죽옷을 입은 남자가 결연한 의지로 다가오는 적을 맞아 검을 휘둘렀다.

차차창!

"크윽, 이놈들……!"

달려오는 기마병을 쳐 눕힌 남자가 검에 맞아 털썩 쓰러졌다.

"잡아라! 반드시 잡아야 한다!"

"옛, 단장님!"

여덟 기의 기마가 화살처럼 추격해 갔다. 다우리스 영지의 기사단장 사모트는 분통이 터졌다. 15명의 기사들이 드래곤하트를 빼앗기 위해 공격했지만 일곱 명의 기사가 목숨을 잃었다.

기가 막힌 일이었다. 샤칸의 기사들이 목숨을 걸고 결사적으로 달려들었기 때문이다.

"빨리 잡아라! 놓치면 다른 놈들에게 빼앗긴다!"

말들이 먼지를 뽀얗게 일으키며 달려갔다. 말등에 허리를 바싹 붙인 샤칸은 이를 악물고 내달렸다. 그녀의 땀에 젖은 얼굴에 다급한 마음이 어렸다.

"안 돼. 이 하트는 어떻게 해서라도 지켜야 해."

말을 때려 모는 그녀의 다급한 마음과는 달리 적은 점점 가까이 다가오고 있었다.

정신없이 달리던 그녀의 눈에 모닥불이 보였다.

"혹시……?"

모닥불이 보이는 것으로 보아 저곳에 사람이 있을 수가 있었다. 초원에는 모두 무장을 하고 다니니 도움을 받을 수가 있다.

희망이 생긴 샤칸이 달리는 말 위에서 메모라이즈해 두었던 마지막 마법을 날렸다.

"파이어 볼, 윈드커터!"

파앗, 쐐애액!

공기가 급격한 파동을 일으키며 둥근 불의 구와 바람의 칼날이 달려오는 기사들을 향하여 쇄도해 갔다.

멈칫한 기사들의 브로드 소드가 파이어 볼을 쳐냈다.

콰쾅, 쾅, 펑펑!

기사들이 파이어 볼을 쳐내는 동안 샤칸은 전속력으로 말을 몰았다. 이제 더 이상 몸속에 남은 마나도 없었고 메모라이즈해 둔 마법도 없었다.

"쩌, 쩌쩌."

두두두두!

입을 악문 샤칸의 말이 날 듯이 달려갔다. 그 뒤로 기사들의 말이 질풍처럼 달려간다.

"조금만, 조금만 더."

슈슈슛, 픽픽픽!

기사들이 쏘는 화살이 새까맣게 날아왔다.

히히힝, 와다탕!

마지막 힘을 다하여 달리던 말이 화살에 맞아 앞발을 들고 울부짖더니 땅 위로 뒹굴었다.

"앗!"

샤칸은 어쩔 새도 없이 말 위에서 떨어져 뒹굴었다.

"크하하, 잡았다! 빨리 하트를 빼앗아라!"

사모트의 환희에 찬 목소리와 함께 기사들이 말에서 내려 달려온다. 급히 모닥불 가로 눈길을 돌린 샤칸은 그만 절망하였다.

불가에 앉아 있는 것은 20세 정도의 어린 청년과 한 마리의 검은 개였다.

"아아!"

기가 막힌 샤칸은 품속에서 드래곤하트를 꺼내 들었다. 남에게 주어도 저놈들에게는 빼앗기고 싶지 않았다.

"이것 받아요. 드래곤하트예요."

샤칸이 힘껏 던진 드래곤하트가 포물선을 그리며 모닥불 가로 날아들었다.

"아, 아니, 저런!"

"빨리 잡아라!"

단장의 외침에 달려가던 기사들의 눈이 퉁방울처럼 커졌다. 모닥불 가에 앉아 있는 청년은 멀뚱하니 보기만 하고 있고 옆에 있던 검은 개가 휘익 날아올랐다.

"저, 저저⋯⋯!"

기사들이 입을 쩍 벌리고 소리치는 사이에 날아오른 검은
개의 입에 드래곤하트가 들어갔다.

턱, 꿀꺽!

드래곤하트를 눈 깜박할 새에 먹어치운 검은 개가 사람들을
스윽 둘러보고는 청년의 옆으로 달려가 앞발로 턱을 고이고
편안히 누워버렸다.

샤칸도 기사들도 멍하니 개를 바라보았다. 주위의 공기가
진공 상태가 된 듯 모든 것이 조용해졌다. 너무도 황당한 일이
벌어진 것이다.

지금 저 드래곤하트 때문에 수많은 사람이 난리가 났는데
개가 먹어버렸으니 어처구니가 없는 일이었다. 너무도 어이없
는 일에 기가 막혀하던 단장이 악을 쓰듯 소리쳤다.

"야, 저놈의 개 배를 째라!"

멍하니 있다가 정신을 차린 단장의 외침에 그제야 기사들이
검을 치켜들고 달려들었다.

그래, 배를 째면 되는 것이다. 그들의 눈에는 누워 있는 검
은 개가 드래곤하트로 보였다.

"너희들은 뭐냐?"

달려가는 기사들의 앞에 앉아 있던 어린 청년이 하는 소리다.

"비켜, 죽고 싶지 않으면!"

기사들이 막아서는 청년에게 소리치고 달려 들어가는 순간
이었다. 청년의 몸이 갑자기 기사들의 앞으로 날아올랐다. 그
리고 기사들의 비명이 합창하듯 터져 나왔다.

휘익, 퍽퍽퍽!

"크악, 케엑!"

기사들이 들어가던 속도보다 더 빨리 튕겨 나왔다. 그것도 흘흘 날아 땅바닥에 처박혀 피를 쿨럭쿨럭 토해냈다.

창창창!

검을 뽑아 든 기사들의 눈에 살기가 어렸다. 이놈 보통 놈이 아니었다. 혹시 드래곤하트를 노리고 이곳에서 기다린 어느 영지의 기사일 수도 있었다.

"너는 누구냐? 어느 영지 소속이지?"

사모트가 살기를 띠며 물었다.

"여행자다."

청년의 말에 기사들은 어이가 없었다. 방금 얻어맞아 쓰러진 세 명의 기사들은 중급의 기사들이다. 아무리 방심을 했다고 하여도 반항도 못하고 당할 기사들은 더욱 아니었다. 그렇다면 이놈은 그 이상이라는 소리다.

"네놈이 기사든 전사든 죽이면 그만이다. 죽여라!"

사모트의 명에 기사들이 검을 치켜들고 청년의 주위를 빙 둘러 포위하였다.

"너희들, 그렇게 죽고 싶나?!"

청년이 달려드는 기사들을 보며 하는 말이다. 청년의 얼굴에 어린 희미한 미소를 보는 순간 기사들은 뭔가 섬뜩한 감에 주춤거렸다.

"뭐 하느냐? 죽여라!"

"얏!"

기사들의 검이 빛살처럼 청년을 향하여 사면에서 내려쳐졌
다. 물샐틈없는 연수합격이다.

그 순간 청년의 몸이 한 바퀴 회전하는 것 같더니 하얀빛이
번쩍였다.

그리고 처절한 비명이 터져 올랐다.

"크악! 아악!"

달려들던 기사들의 목이 둥실 떠올랐고, 땅 위로 후두두 떨
어져 내렸다.

투두둑, 데구루루!

그리고 잠시 후에야 기사들의 몸들이 쓰러져 버렸다.

쏴아!

쓰러진 기사들의 몸뚱이에서 피가 분수처럼 뿜어져 나오면
서 땅이 파였다.

"네, 네놈이 감히! 야앗!"

자신의 기사들이 순식간에 모두 죽어버리자 분노에 눈이 뒤
집힌 사모트가 검을 휘두르며 달려들어 갔다. 지금 이 순간은
방금 전의 놈의 검술이 보통이 아니라는 생각도 떠오르지 않
았다. 반드시 죽이겠다는 생각뿐이었다.

버언쩍!

"컥!"

달려들어 가던 사모트는 목이 타는 듯한 감과 함께 갑자기
땅이 눈앞으로 달려오는 것을 느꼈다. 그리고는 모든 것이 캄

캄하였다.

잘린 목이 땅바닥에 떨어진 것이다.

"썩은 너희들의 눈을 원망해라."

헤럴드가 중얼거리는 소리였다.

샤칸은 멍하니 청년을 바라보았다. 분명 칼을 휘두른 것 같았는데 얼마나 빠른지 눈에 보이지도 않았다. 다만 샤벨의 번뜩이는 빛과 함께 사모트의 목이 떨어지는 것만 보였다.

순간 샤칸의 머릿속에 번뜩이는 생각이 떠올랐다. 이제는 갈 곳도 없었다. 어떻게 해서든 이 청년을 잡아야 했다.

"난 마이칸 영지의 샤칸이라고 해요. 우리 계산을 해야죠?"

샤칸의 말에 헤럴드는 물끄러미 그녀를 쳐다보았다. 헤럴드의 짙은 눈썹과 강인해 보이는 입술을 바라보는 순간 그녀는 왠지 이 남자를 이용하는 것 같아 마음이 착잡했다.

하지만 살기 위해서는 어쩔 수가 없었다.

"계산, 무슨 계산?"

"제 드래곤하트를 저 개가 먹었으니 당연히 값을 줘야 하지요. 그렇지 않은가요?"

샤칸의 말에 헤럴드가 머리를 끄덕였다.

"뭐 블랙이 먹었으니 할 수 없지. 얼마면 돼?"

헤럴드의 태연한 말에 샤칸은 어이가 없었다. 드래곤하트가 어떤 물건인데 저렇게 태연할까? 아니면 그만큼 돈이 많다는 소린가?

"드래곤하트는 돈으로 값을 치를 수 없어요. 이렇게 하면 어떨까요. 제가 보기에 당신은 검술이 강하니 한동안 제 호위를 해주세요. 그러면 값을 치른 것으로 하지요.”

샤칸의 말에 헤럴드는 속으로 웃었다. 드래곤하트라면 그것은 값을 매길 수 없는 보물이다.

“언제까지 호위해야 하지?”

“제가 안전해질 때까지요.”

“흠, 그거 기한이 없잖아 그래도 보물을 없앴으니 그렇게 하지 뭐.”

헤럴드의 말에 그제야 마음이 놓인 샤칸은 갑자기 어이가 없었다. 아무리 봐도 이 남자는 자기보다 나이가 어린 것 같은데 계속 반말을 하고 있었다.

“이봐요, 그런데 왜 반말이죠? 내가 나이가 더 많은 것 같은데…….”

샤칸이 쏘아붙이자 헤럴드는 심드렁하게 뇌까렸다.

“나이 많은 거, 자랑 아냐. 그리고 싫으면 너도 반말해.”

그리고는 개에게 다가간다. 그의 뒤통수를 쏘아보던 샤칸은 그만 깜짝 놀랐다.

갑자기 엎드려 있던 개에게서 하얀 빛이 뿜어져 나오고 있었다.

“저게 뭐지?!”

검은 개를 중심으로 반달형의 둥그런 빛이 뻗어 나오고 뜨거운 열기가 사방으로 뿜어진다.

헤럴드는 지금 블랙에게서 뿜어져 나오는 엄청난 마나를 보며 긴장하고 있었다.

드래곤하트를 먹었으니 혹시 탈태환골을 하는 것인지도 몰랐다.

한참 동안 빛을 뿜던 블랙의 몸이 허공에 둥실 떠오르고 몸의 가죽과 뼈가 뒤틀리기 시작하였다.

투두둑, 투두둑!

샤칸은 이 믿기지 않는 일에 침을 꼴깍 삼키고 바라보았다. 얼마나 시간이 지났을까?

빛이 사그라지고 눈앞에 나타난 블랙은 엄청난 크기였다.

"이, 이게 대체?!"

너무도 어이없는 일에 그녀는 할 말을 잃고 멍하니 바라보고만 있었다.

개는 군마만큼이나 커져 있었다.

우우우!

거대한 블랙이 하늘을 향해 포효하더니 헤럴드에게 다가와 머리를 비볐다.

"그러게, 왜 아무거나 먹니. 그러니 몸집만 커지잖아."

끄응!

헤럴드의 말에 말만 해진 늑대가 머리를 흔들었다.

"이제부터 너를 타고 다니면 되겠다. 어서 앉아."

헤럴드가 말을 하자 늑대가 슬그머니 땅에 허리를 굽히고 앉는 것이 아닌가?

그것을 보던 샤칸은 눈이 휘둥그레졌다.

"그 개, 사람 말 알아들어… 요?"

"이건 개가 아니라 늑대야."

헤럴드의 말에 샤칸은 소스라치게 놀랐다. 그러고 보니 정말 늑대였다.

세상에! 늑대를 데리고 다니는 사람이나 말을 알아듣는 늑대나 그녀에게는 불가사의였다.

늑대에게 등을 기대고 편안히 누운 헤럴드가 샤칸을 쳐다보았다.

"그런데 왜 사람들이 너를 쫓아오고 있지?"

헤럴드의 말에 그녀는 깜짝 놀랐다.

"그걸 어떻게 알았죠?"

"지금 우리 주위에 사람들이 다가오고 있어. 500m 정도에 다섯 명. 모두 검술이 강한 자들이야. 그리고 그 뒤에 오는 자들은 마나의 흐름으로 봐서 마법사들 같아. 모두 이쪽으로 급히 오고 있는데 살기를 풍기고 있어. 너, 무슨 죄를 졌어?"

헤럴드의 말에 그녀는 분해서 눈물이 핑 돌았다.

"드래곤하트 때문이야. 저 개가, 아니, 늑대가 먹은 드래곤하트는 조상 대대로 내려온 우리 집안의 가보야. 그런데……."

샤칸의 말을 들은 헤럴드는 머리를 끄덕였다.

지금 이 타판파스 초원은 약육강식의 땅이었다. 타판파스 왕실이 유명무실해지고 귀족들은 각 나라를 등에 업고 먹고 먹히는 영지전을 벌이고 있었다.

힘이 없으면 먹히는 세상인 것이다.

샤칸의 아버지는 동부 초원의 작은 영지를 가지고 있는 남작이었다. 그런데 얼마 전에 이웃하고 있던 가니아 백작의 영지와 충돌이 일어났다.

놈들은 영지로 들어오는 상단을 습격하고는 그 죄를 마이칸 영지에 뒤집어씌웠다.

샤칸의 아버지 길버트는 강력하게 항의하였지만 누구도 마이칸 영지의 편을 들어주는 귀족은 없었다.

그리고 가니아 백작은 영지대전을 선포하였다. 하지만 마이칸 영지가 이길 수 있는 확률은 없었다. 마이칸 영지의 기사들은 중급이 겨우 한 명이고 나머지는 초급이나 수련 기사였다.

그런데 스텔리츠 영지에는 상급기사만 해도 두 명이나 되었고 중급은 더 말할 것도 없었다.

그 대전에서 샤칸의 아버지 길버트 남작은 처참하게 패배했고, 결국 목숨을 잃었다.

영지를 빼앗긴 샤칸은 훗날 복수를 맹세하며 충성을 맹세한 네 명의 기사를 데리고 정처없이 길을 떠났다. 하지만 영지에서 벗어나자마자 샤칸은 맹렬한 공격을 받았다.

바로 드래곤하트를 빼앗기 위해 사방에서 기사들과 전사들이 달려들었다. 어떻게 자기에게 드래곤하트가 있는 것을 알았는지는 모르지만 여기까지 밤낮으로 결전을 하며 왔다.

그녀의 말을 들은 헤럴드가 머리를 끄덕였다. 지금 세상에서 드래곤하트가 있는 것을 알면 누구도 가만있을 수가 없는 것은 당연한 일이다.

“사람은 죄가 없지만 보물은 죄가 있는 법이야.”

“뭐, 뭐라고요?!”

화가 난 샤칸이 빽 소리를 질렀다.

“그래, 그리고 너, 말을 작게 해라. 블랙이 자고 있잖아.”

샤칸은 어이가 없었다. 늑대가 잔다고 조용히 하라니…….

그래도 이 남자의 검술은 강하니 지금은 어쩔 수가 없었다. 앞

으로도 공격은 계속될 것이고, 힘을 키울 때까지는 어떻게든

이 남자의 도움을 받아야 했다.

“그런데 너, 마법사야? 마나가 심장에 뭉쳐 있네.”

헤럴드의 말에 샤칸은 흠칫 놀랐다. 아까 이곳으로 오는 사

람들을 아는 것도 이상하였는데 이제는 자기의 마나까지 알아

본다. 도저히 이 남자는 이해가 안 되는 남자였다.

“어, 어떻게 알았어… 요?”

“응, 아는 방법이 있어. 그나저나 손님들이 왔네.”

헤럴드의 말에 샤칸은 벌떡 일어섰다.

“빨리 도망쳐야 해요. 놈들은 우리를 죽이려고 할…….”

급히 말하던 샤칸은 입을 다물었다. 헤럴드가 와락 그녀를

잡아당겨 품에 끌어안았기 때문이다.

“이게 무슨 짓……?!”

슉슉슉, 턱턱턱!

샤칸은 눈이 동그래져 헤럴드의 손을 바라보았다. 공기를

찢는 날카로운 소리와 함께 날아온 세 개의 단검이 손가락 사

이에 끼어 있었다.

정말 순간적으로 벌어진 일이었다. 헤럴드의 넓은 품에 안긴 샤칸은 안도의 숨을 내쉬었다. 이상한 일이었다. 만난 지 몇 시간밖에 안 된 남자에게 믿음이 가다니……. 그녀는 머리를 흔들었다.

"흐흐, 이거 미안해서 어쩌나. 뜨거운 사랑을 나누는 시간 같은데……."

느끼한 말소리와 함께 다섯 명의 사내가 그들을 둘러쌌다. 놈들은 헤럴드의 품에 안겨 있는 샤칸을 탐욕스런 눈길로 훑어보고 있었다. 샤칸은 사실 타판파스 초원의 이름난 미녀다. 이번 영지전도 가니아 백작의 아들이 샤칸에게 청혼을 하였다가 퇴짜를 맞고 분노해서 벌인 일이라는 말이 있을 정도로 그녀는 팔등신 미인이었다.

허리까지 치렁치렁 드리운 황금빛 머리칼, 그리고 호수같이 맑고 푸른 눈, 거기다 유목민족의 전통 옷인 몸에 꽉 끼는 가죽 옷을 입고 있어 그렇지 않아도 늘씬한 몸매가 용병들의 눈을 자극하였다.

"자, 일을 빨리 끝내자고. 하트를 내놓으면 우린 조용히 물러가지. 어때? 참고로 말해둘 것은 우린 시 울프 용병단이야. 소문은 들었겠지?"

얼굴에 칼자국이 길게 난 놈이 하는 소리에 그녀는 흠칫 놀랐다.

시 울프 용병단. 이놈들은 다섯 명이 한 개의 용병단을 구성하고 있고 검술도 높지만 그 악명으로 이름을 떨치는 놈들이다.

맡은 청부는 어떤 일도 해결한다는 놈들로, 주로 보물 사냥이나 납치, 살해 청부를 하는 놈들로 강간도 서슴없이 자행하는 놈들이었다.

이놈들은 증거를 없애기 위해 강간한 여자들을 모두 없애버리는 악독한 놈들이기도 하였다.

"시 울프 용병단? 그게 뭔데?"

헤럴드의 무심한 말에 시시덕거리던 놈들의 눈에 살기가 비쳤다. 감히 이 어린 놈의 새끼가 자기들을 놀리는 것이 아닌가?

"시 울프 용병단은 보물 사냥이나 사람들의 납치, 살해, 여자들을 강간하고 죽이는 악당들이에요."

어떻게 된 것인지 샤칸은 흉악한 놈들이 둘러싸고 있는데도 마음이 편안하였다.

"명이 짧은 자들이군."

시 울프 용병들의 얼굴이 대번에 일그러졌다. 사람들은 자기들이 누구라는 것을 알면 공포에 벌벌 떤다. 그만큼 자기들의 악명은 높았다. 그런데 계집년은 남자의 품에 안겨서 종알거리고 어린 놈은 아예 무시하는 것이 아닌가?

"하트만 주면 조용히 가려고 했는데 안 되겠구나. 하트를 빼앗고 네년은 오늘 밤 우리들의 진짜 맛을 보여주지. 죽어서도 잊지 못하게 해주마. 흐흐."

두목인 듯한 자의 말에 나머지 놈들이 누런 이를 드러내고 킬킬거렸다.

"크크크, 두목, 아마 저년은 너무 좋아 죽을 거요. 흐흐."

시시덕거리는 놈들을 바라보던 헤럴드가 차갑게 말했다.

"살고 싶으면 꺼져라. 알았냐?"

용병들의 눈에 황당함이 어렸다. 그러나 곧 얼굴이 일그러졌고 온몸에서 살기가 흘러나왔다. 아무리 봐도 비리비리한 놈이 겁없이 대들고 있는 것이 기가 막혔다. 마치 하룻강아지가 오거에게 덤비는 것 같았다.

"이놈의 새끼가 계집 앞이라 간덩이가 부었구나. 아예 죽여주마. 헉!"

말을 하던 용병의 눈이 커졌다. 눈앞에 있던 어린 사내가 순간적으로 없어진 것이다.

그리고 뺨에서 요란한 소리가 났다.

짜자작, 짝짝!

"큭, 컥!"

살기를 뿌리며 칼자루를 잡던 시 울프 용병들은 눈앞에 불이 번쩍하는 것과 함께 뺨이 화끈하였다. 얼결에 손을 들어 뺨을 만지니 입에서 피가 쏟아져 나온다.

"이, 이게……?"

그들이 서로를 쳐다보니 모두 입이나 코에서 피가 흐르고 있었다.

"이런 죽일 놈의 새끼가… 컥!"

짝짝짝!

"크윽, 윽!"

말 한마디 하기가 바쁘게 또다시 눈앞에 불이 번쩍하였고,

이번에는 입 안에서 이빨이 우수수 쏟아져 나왔다.

헤럴드는 샤칸을 품에 안고 놈들이 한마디 할 때마다 뺨을 갈겨주고 있었다.

"풋, 호호호!"

헤럴드의 품에 안겨 그것을 보던 샤칸은 그만 웃음이 터져 나왔다. 세상에 악명을 떨치던 시 울프 용병단이 마치 애들처럼 맞고 있으니 웃음을 참을 수가 없었다.

창, 차앙!

"네놈을 갈가리 찢어주마."

칼을 뽑아 들고 살기를 흘리던 용병들은 뒤에서 나는 인기척을 느끼고 머리를 휙 돌렸다.

그리고는 너무 놀라 입을 쩍 벌렸다. 거대한 늑대가 아가리를 쩍 벌리고 내려다보는데 시뻘건 입에서 침이 뚝뚝 떨어지고 있었다.

퍽, 퍽퍽!

또다시 뺨이 화끈하더니 이번에는 아예 날려갔다.

휘잉, 철써덕, 철썩!

어처구니없게도 블랙의 발에 얻어맞아 날려간 용병들은 그대로 땅바닥에 구겨 박혀 기절하고 말았다. 하긴, 그게 더 좋은 것인지도 몰랐다. 정신을 차렸으면 블랙의 커다란 앞발에 또 얻어맞았을 것이다. 블랙이 그들의 주위를 빙빙 돌며 발로 툭툭 건드려 보고 있었던 것이다. 그리고는 하늘에 대고 우렁차게 소리를 질렀다.

우우우!

마치 경기에서 이긴 승자가 포효를 터뜨리는 것 같았다.

"호호호!"

샤칸이 너무 우스워 배를 그러쥐고 웃었다. 천하의 시 울프 용병들이 늑대에게 맞아 쓰러졌다고 하면 사람들은 믿지 않을 것이다.

"블랙, 그만 가자."

헤럴드가 블랙을 등에 올라앉자 샤칸의 눈이 둥그레졌다.

"그, 그걸 타고 가… 요?!"

"어서 타. 사람들이 오기 전에 가야지."

지금도 저 뒤에서는 사람들이 오고 있었다.

"하, 하지만 어떻게……."

샤칸은 감히 늑대의 등에 오를 수가 없어서 우물쭈물하였다. 헤럴드가 샤칸을 번쩍 안아 올렸다.

"어머!"

"가자, 블랙."

두거덕두거덕!

처음에는 천천히 달리던 블랙이 점점 속도를 높이기 시작하자 바람이 눈을 뜰 수 없게 볼을 스쳐 지났다. 헤럴드의 품에 꼭 안긴 샤칸은 자기도 모르게 감탄을 하였다.

"대, 대단해!"

두 명의 남녀가 탄 블랙이 어둠의 초원을 질풍처럼 달려갔다.

CHAPTER 03

오크 사냥꾼 타마와 레나

THE Warrior
Gale of Wind

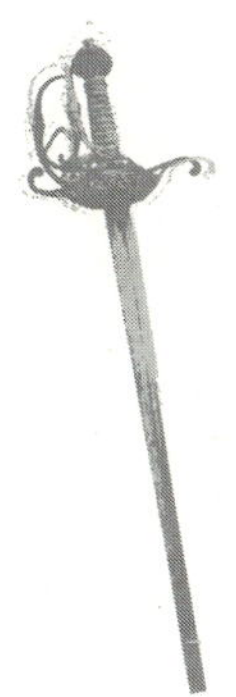

"그놈은 몸이 엄청 빠른 자였습니다. 그리고 놈에게는 블랙 울프가 있었는데 그놈에게 당했습니다."

시 울프 용병단의 두목이 마법사의 로브를 입은 자에게 엎드려 하는 말이다. 정신을 차린 시 울프 용병들의 주위에는 하얀 로브를 입은 마법사들이 둘러싸고 있었다.

"정말 블랙울프였는가?"

얼굴까지 검은 가면을 쓴 자가 묻는 말에 두목이 머리를 조아렸다.

"사실입니다. 놈은 몸이 날랠 뿐이었지만 그 검은 늑대에게는 어떻게 당할 재간이 없었습니다. 불이 번쩍하는 순간에 그만 정신을 잃고 말았습니다."

두목의 말에 검은 가면이 뒤의 놈에게 눈짓을 하였다.

"수고했다. 이젠 그만 가라."

머리를 들려던 시 울프 용병들의 머리 위에 커다란 해머가 떨어져 내렸다.

퍽퍽, 콰자작!

"크악! 아악!"

해머에 맞아 머리가 박살이 난 용병들이 허연 뇌수와 피를 뿌리며 엎어졌다.

동료들이 죽는 것을 보고 정신없이 도망치던 용병의 뒤로 검은 가면의 주문이 뒤따랐다.

"파이어 랜스!"

"크악!"

시뻘건 불의 창이 도망치는 두목의 몸통을 무자비하게 꿰고 지나갔다.

사람이 죽어가며 살이 타는 노린내가 지독하게 풍겼지만 주위에 서 있는 로브들은 무표정한 모습이다.

"즉시 첩자들에게 통신을 하라. 어떤 일이 있어도 하트는 우리가 가져야 한다. 대업을 위해서라도."

"알겠습니다, 마도사님."

마법사들이 일제히 허리를 굽혔다. 그런데 이상한 일이었다. 지금의 세계에 가장 높은 수준의 마법사가 5서클이다. 그런데 어떻게 마도사라고 할까? 마도사는 6서클이 돼야 주어지는 칭호인데 말이다.

"텔레포트."

파앗, 버언쩍!

마법사들의 텔레포트 마법이 시행되고 초원은 고요한 어둠에 덮였다. 어둠에 잠긴 초원은 인간들의 피 비린 행태에도 묵묵히 침묵을 지키고 있었다.

*   *   *

샤칸은 몇 시간 동안 초원을 달려오면서 궁금한 것들을 모두 물었고, 헤럴드에 대해 알게 되었다. 나이는 20세이고, 산속에서 수련을 하고 세상에 나온 지 보름밖에 안 됐다는 것. 이 세상에 친구는 블랙울프밖에 없다는 것을 알게 되었을 때는 왠지 마음이 슬퍼졌다.

샤칸은 올해 스물다섯 살의 3서클 마법사이다. 이 세계에서 마법의 최고위자는 5서클 마스터인 니힐리스 제국의 황실 마법사이다. 일반적으로 마법사들은 2~3서클이 보통이다.

때문에 전쟁이 일어나면 마법사들은 보조를 하고 기사나 전사들이 주역이 되어 싸우는 것이 지금의 실정이었다.

"그럼 헤럴드는 앞으로 어떻게 하려고 해?"

"세상을 돌아보고. 아직은 결정된 것이 없어."

말은 그렇게 했지만 헤럴드에게는 마음속에 품은 뜻이 있었다. 가문을 말살하고 아버지를 죽게 만든 니힐리스 제국을 절대로 용서할 수 없었다.

아직은 아니지만 언젠가는 반드시 복수를 할 것이다.

"우린 둘 다 방랑자네."

샤칸이 시무룩해서 하는 말이다.

꼬르륵!

갑자기 샤칸의 배에서 신호가 왔다.

"너, 배고픈 모양이구나? 빨리 가자."

헤럴드의 말이 떨어지기가 바쁘게 블랙이 귀뿌리에서 바람이 일도록 달리기 시작하였다.

'그런데 어떻게 해야 저렇게 강할까? 저 어린 나이에……'

샤칸은 헤럴드가 움직이던 모습을 떠올리며 고개를 갸웃거렸다.

헤럴드의 까만 머리와 짙은 눈썹, 고집스런 입매가 눈에 안겨왔다. 갑자기 마음이 든든해졌다. 샤칸은 한시라도 빨리 마법 실력을 키워서 언젠가는 가니아 백작에게 복수를 할 것을 단단히 결심하고 있었다. 드래곤하트를 늑대가 먹어서 기가 막혔지만 이제는 방법이 없었다.

어쨌든 그 덕에 든든한 호위를 얻지 않았는가? 아무튼 샤칸은 아무 전사단이라도 들어가려고 생각하고 있었다. 전사단에 마법사는 귀하니까.

헤레스 대륙에는 용병단과 별도로 전사단이 있다. 옛날 드래곤 슬레이어가 나타난 후 대륙에는 검술에 대한 열망이 높아지면서 각지에 전사단이 조직되었고, 천 년의 세월이 흘렀다.

이제 그 전사단들은 세력이 강해져 귀족들도 함부로 하지 못하고 서로 타협을 하는 정도였다.

"저건 뭐지?"

한참 생각에 잠겨 있던 샤칸은 헤럴드의 말에 정신을 차리고 앞을 내다보았다.

저 앞 자그마한 마을에 사람들이 아우성을 치며 도망치고 있었고, 먼지가 구름처럼 일어나며 무엇인가 달려오고 있었다.

"저건 오크?"

그것은 오크 무리였다. 타판파스 초원의 오크들은 수백 마리가 무리를 지어 이동하며 산다. 그런 오크 무리는 맞닥뜨리면 무엇이든 남아나는 것이 없는 무서운 악몽이었다.

"저건 오크 무리야. 빨리 피해야 돼."

샤칸이 헤럴드에게 소리쳤지만 그는 무엇인가를 뚫어지게 바라보고 있었다.

오크들이 누군가를 쫓고 있었다.

한 명의 몸집이 큰 남자가 웬 여자를 업고 달려오는데, 통나무 같은 모닝스타를 휘두르고 있었다.

그런데 힘이 얼마나 강한지 모닝스타에 맞아 오크들의 머리와 몸이 박살이 나서 짓이겨지고 있었다.

"오빠, 날 두고 가! 어서!"

천이통을 시전한 헤럴드의 귀에 등에 업힌 은발의 아가씨가 안타깝게 소리치는 것이 생생히 들려왔다.

"어헝! 안 돼! 안 돼!"

모닝스타를 든 사내가 큰 머리를 흔들고는 횡으로 휘둘렀
다.

휘잉, 콰두득!

"꿰엑, 꿱!"

모닝스타에 맞은 오크들이 비명을 지르며 사방으로 날려갔
다.

"취익, 인간 죽여라! 취익, 원수다! 죽여라! 취익!"

오크 대장이 꿱꿱거리며 소리치고, 칼과 도끼를 든 오크들
이 셀 수도 없이 달려들었다.

모닝스타를 든 사내가 피를 철철 흘리며 비칠거린다. 아무
래도 힘이 진해가는 모양이다.

"오빠, 날 버리고 가라니까! 여기서 둘 다 죽어!"

등에 업힌 은발의 아가씨가 사내의 등을 마구 두드렸지만
모닝스타는 비칠거리면서도 계속 달리고 있었다.

"어허헝, 안 돼! 내 동생, 죽일 수 없어!"

사내가 큰 눈을 번들거리며 힘겹게 모닝스타를 휘두르고 있
었다. 등에 업힌 아가씨의 몸에서도 피가 흘러내리고 있었다.
아마도 부상을 입은 모양이었다.

"저건 오크 사냥꾼 남매?!"

가까이 다가온 그들을 본 샤칸이 놀라며 말했다.

"오크 사냥꾼?"

"응, 1년 전부터 저 남매는 오크를 사냥하고 있어. 오크가
있는 곳엔 항상 저 두 남매가 나타나서 사람들이 오크 사냥꾼

남매라고 불러.”

헤럴드는 이제 힘이 진한 듯한 모닝스타를 바라보았다. 더이상 놔두면 저들은 살지 못할 것이다. 아무래도 자기가 나서야 할 것 같았다.

“블랙, 샤칸을 지켜라.”

헤럴드의 말에 블랙이 큰 머리를 주억거렸다.

“아, 아니, 저길 가려고?”

샤칸은 기겁하였다. 누가 봐도 이건 목숨을 버리는 일이었다. 이미 두 남매는 오크의 무리 속에 포위되었고, 빠져나올 길이 없었다.

아무리 헤럴드가 강하다고 해도 이건 자살하러 가는 것과 마찬가지였다. 게다가 적은 인간이 아니라 포악한 몬스터인 오크 무리였다.

“안 돼! 가면 죽어! 절대로 안 돼, 헤럴드!”

샤칸은 그만 자기도 모르게 빽 소리를 질렀다.

“너, 날 걱정하는 거니?”

헤럴드가 빙그레 웃으며 하는 말에 샤칸은 얼굴이 빨개졌다.

“누, 누가 걱정하니? 그냥 위, 위험하니까 그렇지.”

말을 더듬는 샤칸을 보던 헤럴드가 등을 두드려 주었다.

“걱정 마. 난 죽지 않으니까. 잘 지켜라, 블랙.”

우어어!

블랙이 걱정 말라는 듯 길게 울음소리를 냈다.

휘익, 척, 파파팟!

블랙에게서 뛰어내린 헤럴드가 바람처럼 달려가기 시작했다.

"이 바보야, 난 어떡하라고?!"

눈물이 글썽해서 소리치던 샤칸의 눈이 둥그레졌다. 저건 사람의 속도가 아니었다. 얼마나 빠른지 수십 개의 헤럴드가 잔상으로 나타났고, 이미 오크들 속에 들어가고 있었다.

그리고 푸른 피와 둔탁한 소리가 메아리치기 시작했다.

콰콰콰콰!

공기가 회오리치며 귀청을 찢는 듯한 소리가 나고 수십 개의 시뿌연 주먹이 전방을 향해 쇄도하였다. 천지권의 연환타가 오크들을 무자비하게 두들기고 있었다.

"꿰엑! 쿠엑!"

오크들이 날아드는 주먹에 머리가 맞으면 머리가 터져 나갔고, 팔다리가 사정없이 뜯겨져 날아갔다. 헤럴드가 달려들어가는 전방의 오크들이 무더기로 죽어갔고, 오크의 살점과 푸른 피가 우박처럼 날아올랐다가 떨어져 내렸다.

세상에, 저건 말 그대로 도살이었다. 샤칸은 입을 헤벌리고 멍하니 바라보았다.

헤럴드가 강하다는 것은 알았지만 이건 상상을 초월하는 무위였다. 수백의 오크 무리 속에 돌진해 들어가는 헤럴드는 수만의 적진을 누비는 무적의 기사 같았다.

아니, 정말 기사였다. 검은 가죽옷을 입은 흑기사! 오크들이 물결처럼 갈라지기 시작하였다.

그들도 강자를 알아보는 것이다.

"취익, 강한 인간이다! 도망쳐라, 취익! 이길 수 없다!"

오크 대장의 취익거리는 소리와 함께 오크들이 우르르 도망치기 시작하였다. 먼지를 뽀얗게 날리며 오크들이 도망치자 여자를 등에 업은 사내가 풀썩 주저앉았다.

"헉헉! 고마워, 형아."

"형?"

헤럴드가 모닝스타를 든 사내를 보니 적어도 25~6세는 된 것 같았다. 그런데 형이라니?

등에 업었던 아가씨를 안아 내린 사내가 눈물을 뚝뚝 떨어뜨렸다.

"형아, 내 동생 살려줘. 어허헝! 내 동생 살려줘."

꾹꾹거리며 우는 사내를 보니 지능이 조금 어린 것 같았다.

"어디 보자, 동생을 살려야지."

말을 하면서 아가씨를 받아 안은 헤럴드는 깜짝 놀랐다. 샤칸이 늘씬한 팔등신 미인이라면 이 아가씨는 인형 같았다.

은발의 머리와 꽃술 같은 긴 눈썹, 발그레한 얼굴, 오크 가죽으로 만든 긴 부츠와 짧은 치마를 입은 아가씨는 하나의 조각상이었다.

정신을 잃은 아가씨는 피가 기도를 막아 얼굴이 하얗게 질려 있었다.

"기도가 막혔구나."

헤럴드는 아가씨의 입술에 입을 들이대고 힘껏 빨아주기 시
작하였다.

"지, 지금 뭐 하는……?"

블랙을 타고 달려온 샤칸이 아가씨의 입을 맞추고 있는 헤
럴드를 보고 놀라 소리치다가 입을 다물었다. 무엇을 하는지
알아차린 것이다. 하지만 왠지 마음이 쓰렸다.

"푸하!"

잠시 후 아가씨의 입에서 입술을 뗀 헤럴드가 입 안 가득한
피를 뱉어냈다. 그리고 한 번 더 피를 빨아내려고 입을 맞추려
던 헤럴드는 깜짝 놀랐다.

짜악!

"큭!"

숨을 내쉬며 눈을 뜬 아가씨가 입을 맞추려는 헤럴드의 뺨
을 힘껏 후려갈긴 것이다.

"이 치한, 저리 못 비켜!"

아가씨의 날카로운 목소리에 헤럴드는 기가 막혔다. 이건
뭐 주고 뺨 맞는다더니 딱 그 격이다. 옆에서 보고 있던 사내
가 황급히 동생을 말렸다.

"레나야, 형아가 너를 살렸어, 형아, 좋은 사람이다."

샤칸이 화가 나서 씩씩거렸다. 그렇지 않아도 화가 나는 판
인데 감히 뺨을 치다니…….

"지금 뭐 하는 짓이에요? 구해주고 살려주었는데 뺨을 때리
다니. 어이가 없네, 정말."

그때야 사태를 알아차린 레나의 얼굴이 빨개졌다. 그러고 보니 자기는 이 남자의 품에 안겨 있는 것이 아닌가?

"죄, 죄송해요. 제가 그만 오해를 해서……."

레나가 어쩔 바를 몰라 하자 헤럴드는 입맛을 다셨다.

"뭐, 괜찮다."

"뭐가 괜찮아요? 뺨이 빨개졌는데……."

옆으로 달려온 샤칸이 화가 난 눈으로 레나를 흘겨보았다. 얌체도 없는 계집 같으니. 아직도 헤럴드의 품에 안겨 있는 것이 샤칸은 싫었다. 그런데 일이 더 가관이 되었다.

레나가 신음을 지르며 헤럴드의 품에 쓰러지는 것이 아닌가?!

"아욱."

"어, 레나야! 어허형! 형아, 레나 또 쓰러졌어!"

사내가 황급히 헤럴드를 잡아 흔들었다.

"걱정 마라. 조금 있으면 정신을 차릴 거다. 샤칸, 저기 마을에 가서 말을 세 마리만 사와."

헤럴드의 말에 샤칸은 싫었지만 어쩔 수 없이 달려갔다.

샤칸이 달려가자 헤럴드는 레나를 안고 블랙에 올랐다. 그런데 레나의 눈이 살그머니 떠지더니 달려가는 샤칸을 보는 것이 아닌가?

'흥, 저 아줌마, 질투하는 것이 재밌네!'

그리고는 헤럴드를 살짝 흘겨보고는 눈을 감았다. 얼마 후.

네 마리의 말이 광야를 달려가고 있었다. 아니, 한 마리는 늑대고 나머지는 말이다.

레나의 부상은 그리 대단한 것이 아니었고 피를 많이 흘려 정신이 혼미해졌던 상태였다. 한 식경쯤 헤럴드의 추궁과혈을 받아 기운을 회복했고 지금은 헤럴드에게 종달새처럼 재잘거리고 있었다.

"우린 그 후 그 은거한 전사에게 검술과 궁술을 배웠어요. 작년에 스승님이 돌아가신 후 난 오빠를 데리고 오크들을 사냥하기 시작했어요."

레나가 일곱 살 때 그들이 살던 마을은 오크 무리의 습격을 받아 모두 잡아먹혔다. 당시 레나의 부모도 잡아먹혔는데 남매는 지나가던 은퇴한 전사의 구원을 받아 겨우 살아났다. 그 후부터 산속에서 은거한 전사에게 오빠 타마는 모닝스타 쓰는 법을, 레나는 궁술을 수련하였다. 그런데 오빠는 어릴 때 오크에게 물린 머리가 잘못되었는지 지능이 멈추고 말아 항상 레나가 데리고 있어야 하였다.

스승의 말에 의하면 뇌의 혈이 막혀 그렇게 되었다는데 방법이 없었다.

세상에 나온 후 남매는 부모님의 복수를 위해 오크들을 따라다니며 사냥하였다.

그런데 이번 오크 사냥은 너무 무리 속에 깊이 들어갔다가 레나가 부상을 당하는 바람에 그만 죽을 뻔하였다.

"오빠가 우리 생명을 구해줬으니 이제부터는 오빠를 따라갈래요. 그래도 되지요?"

레나의 말에 타마가 입을 벌리고 웃었다.

"형아, 나도 따라가겠다."

남매의 말에 헤럴드는 마치 자신의 지난날을 보는 것 같았다. 블랙울프가 없었다면 헤럴드는 정말 외로웠으리라.

"너희들 맘대로 해라."

"고마워, 오빠. 그럴 줄 알았어."

"헤헤, 좋다, 형아."

남매가 기뻐하는데 샤칸은 입이 한 발이나 나왔다. 하필이면 헤럴드를 따라오는가 말이다.

그렇다고 내놓고 반대할 수도 없었다.

"호!"

레나는 한숨을 내쉬는 샤칸을 생글거리는 눈으로 바라보았다.

"언니, 제가 따라가는 것이 싫어요?"

"아, 아니, 싫기야 뭐."

샤칸이 당황해 서둘러 대답하자 레나가 옆으로 다가왔다.

"앞으로 언니로 따를게요. 잘 봐줘요. 호호."

레나의 낭랑한 소리가 샤칸의 귀를 파고들었다. 샤칸은 이마를 찌푸렸다. 아무래도 정신을 바짝 차리지 않으면 레나에게 당할 것 같은 예감이 드는 것은 왜일까?

*　　　　*　　　　*

라티스 시의 에리세드 상단은 300년의 역사를 가진 오랜 상단이다. 타판파스 초원의 4대상단 중의 하나이고 서부 초원에서는 가장 큰 상단이다.

라티스 시장 거리에 한 무리의 용병이 나타났다. 검과 창으로 무장한 용병들이 달려오자 시장에서 장사를 하던 사람들이 질겁하여 그들을 바라보았다.

"저건 발키리 용병단이 아닌가?!"

"아유, 실버 용병단하고 전쟁이 벌어지려는 모양이네!"

'발키리 용병단'은 라티스 시의 초원상단의 호위 용병단이다. 얼마 전 에리세드 상단의 실버 용병단과 마(馬)시장 부지 때문에 충돌이 일어났는데 오늘은 뭔가 큰일이 일어나려는 모양이다.

"너희들은 뭐냐?"

실버 용병단의 용병들이 부지로 들어오는 발키리 용병단을 막아섰다.

"이 부지는 우리 초원상단의 부지다. 물러가지 않으면 실력을 행사하겠다."

발키리 용병단 용병들의 말에 실버 용병단이 코웃음을 쳤다.

"뭐라고? 실력 행사? 어디 해봐라. 우리 실버 용병단은 바지저고린 줄 아냐?"

실버 용병단의 말에 발키리 용병들이 검을 뽑아 들었다.

차앙! 차앙!

“말이 통하지 않는다면 실력으로 몰아낼 수밖에! 쳐라!”

단장의 명에 용병들이 서로를 향해 달려들었다.

“와~!”

“실버 용병들을 쳐라!”

차앙! 차앙!

실버 용병들이 검을 뽑아 들었다.

“네놈들이 우리 실버 용병들을 우습게봤구나. 강도 같은 놈들. 형제들이여, 쳐라!”

“와~”

“발키리를 쳐라!”

실버 용병들과 발키리 용병들이 맞붙어 돌아갔다.

차차창! 창창!

“커억! 으악!”

비명과 아우성 소리가 마시장을 가득 채우고 피와 죽음이 난무하기 시작하였다.

“아앗!”

휘익, 촤악!

“크악! 컥!”

실버 용병단장 무라비는 A급 용병이다. 그의 앞에 맞서는 발키리 용병들은 모두 피를 물고 넘어졌다. 정면으로 달려드는 발키리 용병을 차버린 무라비가 바스타드 소드를 정면으로 내려쳤다.

쐐애액, 촤악!

머리부터 사타구니까지 절반으로 갈라진 발키리 용병이 창자를 쏟으며 두 쪽으로 갈라졌다.

철퍼덕!

"오라! 실버 용병의 본때를 보여주마!"

무라비가 눈에 불을 켜고 무자비하게 베어버리고 있었다.

"멈춰라! 멈추지 않으면 모두 몰살시키겠다!"

치열한 싸움의 전장으로 커다란 소리가 메아리쳐 갔다. 마법증폭기의 소리였다.

정신없이 싸우던 두 용병단의 사이로 라티스 시의 스토로펠 전사단이 들어왔다. 은빛의 플레이트 메일을 번쩍이며 들어온 스토로펠 전사들이 검과 방패를 실버 용병단에게 겨누었다.

"실버 용병단은 이곳에서 철수하라!"

전사단 부단장의 말에 무라비는 기가 막혔다. 이곳은 엄연하게 에리세드 상단의 소유지였다.

"여긴 에리세드 상단의 소유지요. 우리는 물러갈 수 없소."

무라비의 말에 부단장의 얼굴에 비웃음이 어렸다.

"우린 전사단의 명령을 집행할 뿐이다. 싸우겠는가, 아니면 물러가겠는가?"

부단장이 검을 들어 무라비를 겨누었다. 이건 힘으로 강탈하려는 수작이었다. 용병단이 전사단을 상대로 이길 수는 없었다. 그렇다고 물러설 수는 더욱 없었다.

"우리는 상단의 지시가 없인 물러설 수 없소."

"물러서지 않겠다면 죽음뿐이다. 쳐라!"

부단장의 명이 떨어지자 전사들의 공격이 시작되었다. 플레이트 메일을 입은 전사들이 검을 무자비하게 휘두르기 시작하였다.

"싸워라! 막아라!"

차차창, 창창!

"크악! 컥!"

사방에서 비명이 울리고 실버 용병단이 검에 맞아 피를 뿌리며 쓰러져 갔다. 용병들이 체계적인 검술을 배운 전사들을 이길 수는 없었다.

앞에 검을 휘둘러 들어오는 전사를 몸을 젖혀 피한 무라비의 검이 은빛을 그리며 사선으로 베어버렸다.

촤악!

"아악!"

전사가 비명을 지르며 쓰러지자 핏빛으로 물든 무라비가 다음 적을 찾았다.

"단장님, 퇴각해야 합니다! 더 이상 싸우다가는 전멸할 수 있습니다!"

부단장의 외침에 전장을 돌아본 무라비의 눈에 피눈물이 흘러내렸다.

전사단의 공격에 발키리 용병단까지 합세하여 부하들이 무리로 죽어 넘어가고 있었다.

"단장님, 철수해야 합니다! 어서요!"

"아악! 이놈들! 이이……!"

이를 악문 무라비가 목이 터지게 소리쳤다.

"철수하라! 실버 용병단은 철수하라!"

살아남은 실버 용병단이 겨우 도망치기 시작하였다. 정신없이 도망치는 실버 용병들을 바라보는 전사단 부단장의 얼굴에 비웃음이 어렸다.

"크크, 감히 천한 용병 놈들이 어디를 덤비는가?"

검에 묻은 피를 털고 검집에 넣은 전사단 부단장이 돌아섰다.

"저 시체를 치우고 이곳에 전사단의 표식을 붙여라!"

"옛, 부단장님!"

전사들이 발키리 용병들을 다그쳐 스토로펠 전사단의 소유라는 표식을 붙이기 시작하였다.

초원상단으로부터 이 부지를 차지하게 하여주는 대가로 엄청난 돈을 받고 이번 일에 개입한 스토로펠 전사단은 라티스 시에서 가장 강한 전사단이다.

에리세드 상단이 초원상단에게 밀리는 것은 이미 예정된 수순이었다.

"뭐라고 했느냐? 스토로펠 전사단이 우리를 공격해?"

에리세드 상단의 단주인 칼스테는 억이 막혀 물었다. 마당에는 부상당한 실버 용병단장 무라비가 머리를 숙이고 있었다.

"스토로펠 전사단이 발키리 용병단과 합세하여 우리를 공격했습니다. 제 부하들이… 부하들이 놈들의 칼에 맞아 비참하게 죽었습니다. 으흐흑!"

무라비가 땅바닥을 주먹으로 치며 통곡하였다. 주먹이 찢겨 피가 흘러도 무라비는 멈출 줄 몰랐다.

"초원상단 이놈들!"

칼스테는 주먹을 쥐고 부르르 떨었다. 이건 분명히 초원상단이 스토로펠 전사단과 짜고 한 짓이었다. 칼스테의 눈에 복수의 불길이 타올랐다.

"전사단을 초빙한다는 광고를 붙여라! 돈은 얼마가 들어도 좋다! 그리고 스토로펠 전사단에 포고를 해라! 상단의 운명을 걸고 결사전을 벌인다!"

칼스테의 말에 기겁한 부단주가 황급히 나섰다.

"상단주님, 그건 안 됩니다. 포고를 하면 우린 끝장입니다."

"아니다. 이렇게 물러서면 상단은 더는 일어서지 못한다. 죽어도 싸우다 죽는 것이 낫다."

칼스테의 확고한 의지에 부단주는 한숨을 내쉬었다.

"스토로펠 전사단."

이들은 600년의 역사를 가진 검술의 명문이다. 그들을 상대로 싸운다는 것은 섶을 지고 불속에 뛰어드는 것이나 마찬가지였다. 하지만 물러설 길도 없었다.

초원상단은 자기들의 상단을 멸망시키기 위해 목을 조여오고 있었다. 이제 바랄 것은 다른 전사단의 초빙이었다. 라티스 시에 혈풍이 불기 시작하였다.

며칠 동안 초원을 횡단한 헤럴드 일행은 서부 초원의 라티스 시에 들어서고 있었다.

"헤럴드, 저기가 라티스 시야. 저기서 전사단 등록을 하면 돼."

아침 안개가 걷히는 라티스 시는 전통적인 초원의 유목민 도시였다. 도시의 기본 건물들은 석조 건물이지만 나머지 70%의 집들은 겔(텐트)이다.

"샤칸, 전사단을 등록하려면 어떻게 해야 하는데?"

"전사단 등록은 간단해. 시청에 가서 세금을 내고 등록하면 끝나."

전사단 등록은 용병단 등록하고는 그 방법이 달랐다. 전사단의 세력이 강해지면서 각 나라들은 그들이 세금만 내면 되도록 간편한 방법을 만들었던 것이다.

"그런데 우리가 꼭 전사단을 만들어야 해?"

전사단을 만들자고 한 것은 샤칸이었다. 그것은 전사단을 만들면 전사협회에 들게 되고 함부로 대하지 못하기 때문이었다.

"전사단을 만들면 여러 가지 유리한 점이 많아. 우선 헤럴드의 신분도 해결되고 레나와 타마의 신분도 만들어지고."

샤칸의 말에 헤럴드는 머리를 끄덕였다. 아직 레나와 타마도 신분이 없기 때문이었다.

"어서 오십시오. 어떻게 오셨습니까?"

시청의 관리가 헤럴드 일행을 반갑게 맞아들였다.

"전사단 등록을 하려고 왔어요."

"아, 그렇습니까? 여기 서류를 작성해 주십시오."

관리에게 서류를 받은 샤칸이 적어 넣기 시작하였다.

"자, 다 됐어요."

샤칸에게 서류를 받은 관리가 읽어보았다.

"블랙울프 전사단이군요. 인원은 네 명. 됐습니다. 등록금은 30골드입니다. 그리고 매달 왕국에 내는 세금은 50골드입니다."

한 시간 후, 블랙울프 전사단의 신분패와 깃발을 받은 헤럴드 일행은 밖으로 나섰다.

"오빠, 그럼 이제부터 우린 블랙울프 전사단이야? 나도 이젠 전사다. 호호."

레나가 깃발을 들고 한 바퀴 돌아갔다.

"헤헤, 블랙울프 만세!"

타마가 두 손을 들고 만세를 부르자 샤칸이 웃으며 입을 열었다.

"헤럴드, 우리 축하 파티 할까? 여기 좋은 식당이 있어."

"그래, 오빠. 우리 파티해요."

레나가 헤럴드의 손을 잡아끌었다.

"그래, 가자."

'엘프의 품' 이라는 식당에 도착한 네 명을 맞아들이던 소년이 기겁을 하였다.

"어서 오세… 으악! 이, 이건 느, 늑대?!"

눈이 둥그레진 소년에게 레나가 손을 흔들어 보였다. 그리곤 살짝 눈웃음을 쳤다.

"애, 네 눈에는 이게 늑대로 보이니? 이건 새로 태어난 데스

트리에 종 군마야. 알겠니? 그러니 어서 마구간에 가져다 넣
어. 아참, 아무도 없는 칸에다 넣어야 할 거다. 그리고 고기를
많이 가져다주어라. 알았지? 그럼 수고해."

말을 마친 레나가 1실링을 소년의 손에 쥐어주었다.

겁에 질려 있던 소년의 얼굴이 환해졌다. 왕국에서 소년들
의 하루 일당은 보통 2실링이다. 그러니 이건 횡재였다.

"알겠습니다. 빈칸에 넣고 고기를 많이 가져다주겠습니다."

소년이 허리가 부러지게 인사를 하고는 블랙을 데리고 갔다.

헤럴드 일행이 식당에 들어서자 소란하던 사람들이 조용해
졌고, 일제히 시선이 쏠렸다.

그럴 수밖에 없는 것이, 아름다운 미녀가 하나도 아니고 둘
씩이나 들어섰으니 식당이 환해진 것이다.

사람들의 놀란 눈길을 외면한 채 2층으로 올라선 일행이 창
옆의 빈자리에 가서 앉았다.

2층에는 1층보다 비교적 사람이 적었는데, 몇 개의 탁자에
서너 명씩 모여 앉아 있었다.

샤칸과 레나가 헤럴드의 잔에 와인을 가득 부었다.

"오빠, 자, 건배!"

"그래, 건배하자."

잔을 든 헤럴드 일행이 마주 쪼았다.

"블랙울프를 위하여!"

"위하여!"

짜앙!

와인을 마시는 헤럴드의 귀에 식탁에 앉은 자들의 말이 들려왔다.

"계집들, 정말 죽이는구만. 어떤가?"

"그렇긴 한데 주인이 있어서 아쉽군."

다른 놈의 말에 한 놈이 피식 웃었다.

"용병들 같은데 처리하면 그뿐이지. 언제부터 우리가 심장이 이렇게 작아졌는가?"

"흐흐, 맞아. 우리 스토로펠 전사단에 덤빌 놈은 없지. 크크크."

놈들이 킬킬거리는 것을 들으며 헤럴드는 말없이 와인을 마셨다. 헤럴드는 마음만 먹으면 300미터 구간의 모든 소리를 들을 수 있었다.

킬킬거리며 자리에서 일어난 놈들이 다가왔다.

"안녕하시오, 레이디들? 우린 스토로펠 전사들이오. 우리 자리에 초대하고 싶은데 합석해 주시면 합니다."

한 놈이 우아하게 허리를 숙이며 초대를 하자 샤칸은 머리를 돌리고 레나는 놈을 째려보았다. 한참 맛있게 음식을 먹는데 눈에 탐욕이 가득해서 침을 흘리는 것이 정말 메스꺼웠다. 그래도 레나는 최대한 정중하게 거절했다.

"감사하지만 우린 생각이 없군요."

레나의 말에 스토로펠 전사가 타마의 어깨를 잡았다. 그리고 음침한 웃음을 흘렸다.

"잘못 생각하는군요, 레이디. 우리 말을 안 들으면 용병들이

다칠 수가 있습니다."

놈은 말을 하면서 타마의 어깨를 지그시 눌렀다. 놈은 중급의 전사여서 손의 악력이 웬만한 어깨는 부러뜨릴 수가 있었다. 하지만 놈은 상대를 잘못 선택하였다.

타마는 지능은 어리지만 상급의 기사와 같은 실력이었다.

"어, 아프잖아. 비켜!"

타마가 어깨에 올려놓은 놈의 손을 탁 쳐버렸다.

콰다당!

"큭!"

타마는 자기를 잘 대해주는 사람과 그렇지 않은 사람은 아이 같은 순수한 직감으로 안다. 그러니 약하게 쳤을 리가 없었다.

횡 날아간 전사가 마룻바닥에 볼썽사납게 널브러졌다.

"풋호호!"

"호호호!"

두 명의 레이디가 배를 그러쥐고 웃어대자 얼굴이 시뻘겋게 달아오른 놈이 검을 뽑아 들었다.

촤앙!

"용병 주제에 감히 전사를 쳐? 네놈을 한 칼에 베어버릴 테다!"

휘익, 쿠다당!

검을 뽑아 들고 달려들던 전사가 공중제비를 돌아 타마의 앞에 코를 박고 엎어졌다.

헤럴드가 슬쩍 내민 발에 걸린 것이다.

“끄윽!”

넘어지면서 머리를 강하게 바닥에 찧은 전사의 눈이 허옇게 되더니 기절하고 말았다.

“호호호!”

“푸후!”

샤칸과 레나가 너무 우스워 머리를 젖히고 웃어댔다. 일이 이상하게 돌아가자 자리에 앉아 있던 놈들이 자리를 차고 일어났다.

차앙, 촤앙!

“네놈이 감히 전사를 모욕하다니, 죽여 버릴 테다!”

놈들이 다가오자 오리 고기를 뜯어 먹던 타마가 눈이 둥그레져 바라보았다.

“너희들, 가라. 형아에게 나쁜 짓 하면 내가 때려준다. 그럼 많이 아플 거야.”

타마의 말에 2층의 식탁에 앉아 있던 사람들이 웃음을 터뜨렸다. 그들은 저 사람이 전사들을 놀리고 있다고 생각한 것이다. 하지만 타마는 생각 그대로 말한 것뿐이다.

“큭큭큭!”

“하하하!”

사람들이 폭소를 터뜨리자 분노한 전사들이 검을 휘두르며 달려들었다.

“이놈!”

휘익, 차~앙!

타마의 몸집은 크다. 그런데 어느새 일어났는지 내려치는 전사의 검을 막았고, 발로 걸어차 버렸다.

퍼억!

"크악!"

와장창!

발길에 걸어차인 한 명의 전사가 창문을 부수며 밖으로 떨어져 내렸다.

"이이, 죽인다!"

남은 두 명의 전사가 검을 휘두르며 타마에게 달려들었다.

"앗! 억!"

빗살처럼 검을 휘두르던 두 전사가 갑자기 비명을 지르며 타마의 앞으로 꼬꾸라졌다.

헤럴드가 놈들의 발잔등에 슬쩍 무음지를 쏘았던 것이다. 무음지는 천지무의 소리없는 지풍이다.

엎어진 전사들을 장난감처럼 양손에 들고 간 타마가 문밖으로 던져 버렸다. 그리고는 손을 툭툭 털었다.

"너희들, 오지 마. 고기 좀 먹자."

콰당!

"큭!"

문밖으로 던져진 전사들이 비칠거리며 겨우 일어섰다.

"네놈들, 두고 보자."

"어, 지금 보지 뭐."

타마가 문밖으로 나오려고 한 발 내딛자 전사들이 황급히 달아났다. 마치 오거에게 혼쭐이 난 망아지들 같았다.

"고기가 다 식었네!"

타마는 자리에 돌아오더니 식은 고기를 찢어 먹기 시작하였다.

"하하하!"

"호호호!"

사람들이 그런 타마를 보고 통쾌한 웃음을 터뜨렸다. 안하무인으로 사람들을 괴롭히던 스토로펠 전사단 놈들이 얻어맞는 것을 보니 시원했던 것이다.

"속이 시원합니다. 제가 따뜻한 오리 고기를 사지요."

곁으로 다가온 용병 차림의 사내가 고기를 주문하며 하는 말이었다.

"난 실버 용병단의 용병입니다. 저놈들은 라티스 시의 깡패들이나 같지요. 용병입니까?"

"아뇨, 우린 블랙울프 전사단입니다."

레나의 말에 사내가 머리를 끄덕였다.

"역시 그렇군요. 실력을 보고 이상하다 했습니다. 혹시 의뢰를 하나 받지 않겠습니까?"

"무슨 의뢰죠?"

샤칸이 눈을 반짝이며 물었다. 이제 돈이 거의 떨어져서 돈을 벌어야 할 형편이다.

"이제 며칠 후면 에리세드 상단과 스토로펠 전사단 간에 결투가 벌어집니다. 그런데 저놈들이 무서워서 다른 전사단은 의뢰를 받지 않습니다. 아무리 돈을 많이 주어도 모두 피합니다."

"돈은 얼마를 줄 수 있습니까?"

헤럴드의 말에 레나가 눈을 동그랗게 떴다.

"오빠, 결투에 참가하려고?"

"돈만 많이 준다면 한번 해보는 것도 괜찮지 않을까?"

"난 좋다, 형아."

타마의 말에 레나와 샤칸이 머리를 끄덕였다.

"현재 에리세드 상단이 내건 돈이 10만 골드입니다. 그러나 합의하면 더 받을 수도 있습니다. 제가 돕겠습니다. 전 실버 용병단의 부단장인 코르모입니다."

사내의 말에 헤럴드는 샤칸과 레나를 바라보았다.

"오빠, 해요. 언니는 어때요?"

"나도 찬성이야."

"그럼 갑시다."

헤럴드의 말에 코르모는 너무 기뻐 어쩔 줄을 몰라 했다. 결투의 날은 다가오는데 전사단은 하나도 오지 않았던 것이다.

"고맙습니다. 정말 고맙습니다."

그날 블랙울프 전사단이 에리세드 상단의 의뢰를 받았다는 소식이 온 시내에 퍼졌다.

CHAPTER 04

블랙울프 전사단

THE Warrior
Gale of Wind

오늘은 스토로펠 전사단과 에리세드 상단이 결투를 하는 날이다. 라티스 시는 아침부터 사람들이 시 서쪽의 초원으로 몰려가기 시작하였다. 상단과 하는 결투니 결말이 뻔했다. 하지만 사람들이 이렇게 많이 몰려가는 것은 에리세드상단에 블랙울프라는 전사단이 합류했기 때문이다.

비록 처음 듣는 전사단이긴 하지만 어쨌든 전사단끼리의 결투인 것이다.

두두두두!

사람들이 구름처럼 모여 있는 곳에 스토로펠 전사단의 말들이 달려오기 시작했다.

"대단하군!"

"스토로펠 전사단이 아닌가!"

사람들이 웅성거리며 하는 말이다. 스토로펠 전사단은 600년 동안 라티스 시에서는 강자였다. 구경하는 사람들과 좀 떨어진 곳에는 귀족들과 기사들이 모여 있었다. 곳곳에 하얀 차일을 두르고 앉아 있는 그들은 지금 누가 이길 것인가를 이야기하고 있었다.

"블랙울프 전사단은 신생이라면서?"

한 귀족의 말에 다른 귀족이 입을 열었다.

"예, 백작님. 등록한 지 일주일도 안 됐고 인원도 네 명이랍니다. 그것도 두 명은 여자랍니다."

귀족의 말에 백작이라는 자가 머리를 흔들었다. 스토로펠 전사단은 40명 정도가 된다.

비록 그중에 20명 정도가 중, 상급의 전사이고, 나머지는 수련급 전사라고 해도 강하기는 마찬가지다. 그런데 단 네 명이서 결투에 나선다는 것은 승부가 너무나 뻔한 것이니 귀족들은 도박을 할 생각도 못하고 있었다.

아무리 스토로펠 전사단이 변방의 전사단이라고 하여도 40대 4는 너무한 싸움이었다.

"이번 결투는 빨리 끝나겠군."

"그렇게 될 것입니다."

스토로펠 전사단과 친분이 있는 귀족이 웃으며 하는 말이다.

"블랙울프 전사단이다!"

사람들의 함성이 울려 퍼져 바라보니 에리세드 상단주와 용병들이 뒤를 따라오고 맨 앞에 하얀 천에 검은 늑대의 그림을 그린 깃발을 세운 네 명이 오고 있는 것이 보였다.

다가오는 블랙울프 전사단을 바라보던 귀족들의 눈이 둥그레졌다.

검은 가죽옷을 입은 네 명의 전사들 속에 있는 두 명의 레이디는 정말 아름다웠다.

한 명은 짧은 치마에 부츠를 신고 활을 멨고 허리에는 작은 단검을 빼곡히 찼다. 다른 한 명의 레이디는 검은 가죽으로 된 상의와 바지를 입었는데, 손에 작은 지팡이를 든 것으로 보아 마법사 같아 보였다. 그런데 각각 독특한 두 여자의 아름다움은 귀족들의 눈이 커지게 만들었다.

두 전사단이 마주 서자 초원이 조용해지고 바람 소리만이 들렸다.

"이제부터 스토로펠 전사단과 블랙울프 전사단 간의 결투가 진행될 것입니다. 이 결투는 인원에 상관없이 진행될 것이며 마지막으로 이기는 전사단이 승자가 될 것입니다. 결투 중 어떤 방법도 모두 허용됩니다. 그럼 이제부터 결투를 시작하겠습니다."

라티스 시의 행정관이 참관인으로 결투의 시작을 알렸다.

이제 블랙울프 전사단은 어떻게 할 것인가? 구름처럼 모여든 사람들의 시선이 일제히 블랙울프 전사단을 바라보았다.

"아까운 레이디들이 죽겠군."

"정말 아깝습니다."

귀족들이 샤칸과 레나를 뚫어지게 바라보고 있었다. 그녀들이 죽을까 봐 진심으로 걱정하는 것인지, 아니면 다른 생각인지는 모르겠지만.

에리세드 상단주 칼스테는 눈을 감고 있었다. 저들은 이긴다고 하였지만 도저히 가망이 없어 보였다. 4명 대 40명. 과연 이긴다고 누가 생각할 것인가?

하지만 이제 와서 물러설 수도 없었다. 다른 전사단들은 하나도 오지 않았다. 아마도 스토로펠 전사단의 입김이 미친 것 같았다. 칼스테는 배에 힘을 주었다. 져도 싸우다 질 것이다.

그것이 자존심에 조금이라도 위로를 받는 그였다.

"나는 스토로펠 전사단의 부단주 부리노다. 우선 일 대 일로 겨루어보는 것이 어떤가?"

놈이 말을 타고 달려나오더니 블랙울프 전사단을 바라보며 쯔바이핸더를 머리 위로 휘둘렀다. 엄청나게 큰 쯔바이핸더가 바람을 일으키며 날카로운 소리를 질렀다.

위이잉! 휘익!

"와~!"

"나오라! 1대 1 대전이다."

스토로펠 전사단이 검을 휘두르며 함성을 질렀다. 승리가 너무도 명백하니 그들의 사기는 하늘을 찔렀고, 반대로 에리세드 상단 사람들과 실버 용병들의 얼굴은 침울하였다. 헤럴드가 타마의 어깨를 밀어냈다.

"타마, 나가서 놈의 머리통을 박살 내라."

"형아, 머리통만 박살 내면 되는 거야?"

타마가 모닝스타를 쳐들며 눈을 데굴거렸다.

"그래, 머리만 박살 내라!"

"알았어."

타마가 말을 타고 달려나갔다.

"블랙울프에서 나간다!"

긴장하며 바라보던 사람들이 소리를 질렀다. 실버 용병들은 손에 땀을 쥐고 바라보고 있었다. 부리노는 중급의 전사다. 또한 힘이 엄청나서 쯔바이핸더를 한 손으로 휘두르는 괴력의 소유자였다.

두두두두!

두 전사의 말이 바람처럼 달려들었다.

"야앗!"

기다란 쯔바이핸더가 무서운 속도로 타마를 내려쳤다. 말과 검의 중량, 전사의 타격력까지 더해져 맞으면 그대로 두 동강이 날 것이다. 타마의 모닝스타가 피하지 않고 정면으로 맞받아 올라갔다.

콰앙! 콰쾅!

시퍼런 불꽃이 일어나고 충격이 얼마나 강한지 부리노의 몸이 휘청하였다. 살처럼 교차하여 지난 두 말이 서로를 향해 돌아섰다.

부리노는 이를 갈았다. 놈의 힘이 얼마나 강한지 어깨박죽이 시큰거렸다. 절대로 만만히 볼 놈이 아니었다.

"이번에는 죽인다! 쩌!"

말이 질풍처럼 내달리기 시작하였다.

두두두두!

"어이, 머리통이다, 머리통!"

말들이 교차하는 순간 타마가 소리를 지르며 모닝스타를 휘둘렀다.

쐐애액!

타마의 모닝스타가 공기를 찢는 소리를 내며 옆구리를 향하여 짓쳐들었다.

"홍, 어디서 속임수를, 어림도 없다!"

부리노의 쯔바이핸더가 번개처럼 막아나갔다.

쉬앙!

그런데 옆구리로 공격해 들어가던 타마의 모닝스타가 갑자기 방향을 바꾸어 브리노의 머리통을 수박처럼 부숴 버렸다. 모닝스타의 회전이 얼마나 빠른지 부리노는 날아 들어오는 것을 보면서도 피할 수조차 없었다.

퍽석!

부리노의 머리통이 산산이 부서져 내리고 몸뚱이가 밑으로 떨어졌다.

철썩!

"머리통이라고, 바보야!"

타마가 부리노의 시체를 보고 하는 소리다.

"와~!"

"블랙울프의 승리다!"

어이없는 현실에 조용해졌던 결투장에 실버 용병들의 함성 소리가 메아리치고 사람들이 타마를 환호했다.

승리할 것이라고 자신만만해하던 스토로펠 전사단장의 얼굴이 일그러졌다. 이젠 모조리 쓸어버려 이 수치를 씻어야 했다.

"전사단은 돌격하라!"

전사들이 창검을 비껴들고 공격해 나왔다. 본격적인 대전이 벌어진 것이다.

두두두두!

40명의 전사들이 레드 메일을 번쩍이며 밀려 나왔다.

"죽여라!"

브로드 소드와 랜서가 숲처럼 일어서 공격해 들어오는 것은 정말 무시무시했다.

"이젠 끝장이구나."

상단주 칼스테는 눈을 감았다. 아무리 검술이 높아도 저 많은 검의 파도를 당할 수는 없는 것이다.

"샤칸, 레나, 가운데로, 타마는 후위를 막아라."

헤럴드의 말에 샤칸과 레나가 중심에 서고 타마가 맨 뒤를 맡았다. 맨 앞에 헤럴드가 선 블랙울프의 진형은 마치 뾰족한 다이아몬드 같은 형태였다.

"타마, 뒤에 덤비는 놈은 모두 머리통을 부숴라."

"알았다, 형아."

"자, 가자."

두두두두!

네 명의 검은 다이아몬드가 붉은 파도를 맞받아 나갔다. 그리고 붉은 파도가 다이아몬드를 덮쳤다. 그리고 상상할 수 없는 일이 일어나기 시작하였다.

콰콰쾅, 콰쾅!

다이아몬드를 덮친 붉은 파도가 와르르 무너지기 시작하였다. 마치 바위에 부딪친 파도가 사방으로 물방울이 되어 튕겨 나가는 것 같았다.

"천지권 연환타!"

콰콰쾅, 콰쾅!

"천지권 폭멸!"

콰쾅쾅쾅!

그것은 막을 수 없는 사신의 창이었다.

네 명의 다이아몬드가 붉은 파도를 깨버리며 직선으로 뚫고 나가고 있었다. 그 앞에 맞서는 놈들은 모조리 박살이 나고 있었다.

초원에 모인 사람들은 모두 입을 벌리고 말을 못하였다. 그들의 눈앞에서 기적이 일어나고 있었다. 스토로펠 전사단의 방패와 창검들이 산산이 부서져 날아오르고 있었다.

"저, 저건 포서(무술가)?"

앉아 느긋하게 구경하던 귀족들이 경악에 찬 소리를 질렀다. 이 대륙에는 온몸을 무기로 사용하는 사람들을 두고 포서라고 한다. 하지만 아직까지 대륙의 포서들은 모두 미약한 존재들이었다. 그러나 지금 눈앞의 포서는 상상을 초월하고 있었다.

“천지권 벽력!”

우르릉, 콰콰콰콰!

대지가 부르르 떨고 하늘에서 우레소리가 울려 퍼졌다. 그
리고 수십 개의 주먹이 전면을 향해 쇄도했다. 주먹에 맞는 것
은 그 무엇도 남아나지 못했다.

레드 메일이 찢겨 나가고 피와 살점이 공중으로 떠올랐다가
폭우처럼 쏟아져 내렸다.

“피하라! 사신이다!”

“으악! 도망쳐라!”

슈슈슈슉, 피피핏!

레나의 손에서 화살이 연이어 쏟아져 나갔다. 한 번에 세 개
의 화살이 숨 돌릴 사이도 없이 전사들의 숨통을 끊고 있었다.
랜서를 찌르려던 놈, 검을 휘두르던 놈 할 것 없이 화살에 목이
꿰어 연이어 말에서 굴러 떨어졌다.

“와~ 엘프의 궁술이다!”

보고 있던 사람들이 환성을 질렀다. 화살들이 꼬리에 꼬리
를 물고 전사들에게 날아가고 있었다.

“라이데인.”

파앗, 버언쩍, 콰콰쾅!

샤칸의 마법 지팡이에서 전개된 푸른 번개가 전사들의 갑옷
을 직격하였다.

“아앗, 악!”

레나와 샤칸의 공격을 받은 전사들은 비록 죽지는 않았지만

지독한 고통에 온몸을 비틀며 땅바닥을 뒹굴고 있었다.

"도망쳐라!"

두두두두!

기겁한 스토로펠 전사들이 말을 돌려 도망치기 시작하였다. 저들은 사신들이었다. 도망치는 것만이 살길이다. 공포에 눈이 뒤집힌 스토로펠 전사들이 정신없이 도망쳤지만 뛸 수가 없었다.

"스톤 스파이크!"

도망치던 전사들의 앞에서 가시들이 솟아올랐다.

히히힝, 우당탕!

달리던 말들이 땅에서 솟아난 마법의 가시에 태질을 하며 넘어갔다.

그 뒤로 블랙울프 전사단이 맹렬하게 쳐들어오고 있었다.

에리세드 상단주 칼스테는 하늘을 우러러 눈물을 흘렸다. 저들은 은인들이었다. 단 네 명으로 악명 높은 스토로펠 전사단을 산산이 부숴 버리고 있었다.

"카, 칼스테님, 이겼습니다! 이겼어요! 하하하!"

실버 용병단장 무라비가 하늘에 대고 앙천광소를 하였다. 이제 전장은 마감을 향해 치닫고 있었다.

"살고 싶은 자 무릎을 꿇어라!"

헤럴드의 외침이 전장을 울렸다. 부러지고 터진 스토로펠 전사들이 공포에 질려 눈을 희번덕거렸다.

"너희들, 형아 말 안 들려? 머리통 몽땅 부숴줄까?"

타마가 피에 젖어 새빨갛게 된 모닝스타를 들고 나서자 기절초풍한 전사들이 땅바닥에 무릎을 꿇고 주저앉았다. 그들에게 타마는 악몽이었다.

타마에게 죽은 전사들은 모두 머리통만 박살이 나서 죽었다. 보는 것만으로도 머리가 짓이겨진 시체는 끔찍하였다.

"누가 단장이냐? 나와라!"

헤럴드의 말에 스토로펠 전사단장이 비칠거리며 앞으로 나왔다.

"10년간 전사단을 봉문하라. 전사단의 본부를 제외한 모든 집과 토지, 재산은 이 시각부터 실버 용병단에 귀속된다. 인정하나?"

헤럴드의 말에 스토로펠 전사단의 단장 힐든은 머리를 떨어뜨렸다. 이것을 인정하지 않으면 전사단은 죽임을 당한다. 대륙에는 승자가 모든 것을 처분하는 것이 암묵적인 법이었다.

그래도 봉문만 하니 훗날을 기약할 수도 있었다.

"인정합니다."

"와~ 만세! 이겼다!"

실버 용병단 용병들이 스토로펠 전사단장의 패배 인정에 서로 얼싸안고 돌아갔고, 상단 사람들은 두 손을 들고 만세를 외쳤다.

이건 생각지도 못했던 반전이고 기적이었다.

단 네 명의 블랙울프 전사단이 40명의 이름있는 검문인 스토로펠 전사단을 격파하였다.

초원에 모인 사람들이 환성을 지르는 가운데 에리세드 상단주 칼스테는 헤럴드 앞에 무릎을 꿇었다.

"블랙울프 단장님, 당신은 우리 상단의 은인이십니다. 우리 상단은 당신을 명예 상단주로 받들겠습니다."

에리세드 상단의 명예 상단주. 그것은 상단의 가장 높은 칭호였다.

일은 하지 않고 상단의 무엇이든 마음대로 쓸 수 있는 권리를 가진 자가 명예 상단주였다.

"이것이 명예 상단주의 신패입니다."

칼스테가 바치는 패를 샤칸이 얼른 받아 들었다.

"고마워요, 칼스테님. 단장님은 이것을 좋은 데 쓸 것입니다."

"고맙습니다. 명예 상단주님 만세! 블랙울프 만세!"

"만세! 블랙울프 만세!"

상단 사람들이 두 손을 들고 만세를 부르기 시작하였다.

타판파스 초원의 서쪽에서 블랙울프의 신화가 시작되었다.

"빨리 본부에 연락하라. 실력이 상상 이상이다."

블랙울프 전사단이 사람들과 함께 시내로 돌아가기 시작하자 수많은 첩자들이 움직이기 시작했고, 마법 통신이 공간을 가득 채웠다.

＊　　　＊　　　＊

서부의 초원을 지나 중부에 들어서니 훈훈한 바람이 불어왔다. 이곳부터는 날씨가 조금 따뜻해지는 것 같았다.

초원의 바람을 한껏 마시며 블랙울프 전사단이 서부 초원을 벗어나 중부 초원에 들어서고 있었다. 샤칸은 요즘은 얼굴에 근심이 사라져 태양처럼 환해져 있었다.

이번 스토로펠 전사단과의 결투에서 보여준 헤럴드의 무위는 상상을 초월했다. 게다가 타마는 상급전사의 수준이었고, 레나는 전설의 엘프의 궁술을 생각할 정도로 명궁이었다.

이들과 함께라면 어떤 놈도 자기를 해칠 수가 없을 것이다.

'호호, 하늘은 나 샤칸을 버리지 않았어!'

샤칸은 블랙을 타고 가는 헤럴드의 믿음직한 잔등을 보며 살며시 웃음을 지었다. 레나가 헤럴드의 옆에 붙어 계속 종알거리며 가고 있었다.

'계집애, 정말 얄미워 죽겠어.'

그래도 마치 동생 같아 보였다. 헤럴드에게 매일 붙어 있는 것만 빼고는.

갑자기 헤럴드가 블랙을 세웠다.

"왜, 오빠?"

옆에서 종알거리던 레나가 헤럴드를 쳐다보며 물었다. 오빠의 몸에서 차가운 기운이 풍겨 나왔기 때문이다.

"나오라."

그제야 무엇이 있다는 것을 눈치 챈 레나는 활을 잡았고, 타마와 샤칸은 자신들의 무기를 잡고 주변을 둘러보았다. 한쪽은 무연한 초원이고 반대쪽은 초원에는 드물게 있는 수림이었다.

"크크크, 우리가 있는 것을 알아보다니, 역시 한 수가 있는 놈이 맞구나!"

수림 속에서 음침한 소리가 들리더니 하얀 로브를 입은 자 10여 명과 검은 메일을 입은 자들 30여 명이 나타났다.

"마법사!"

샤칸의 입에서 비명 같은 소리가 터져 나왔다. 이들의 로브를 보니 어느 나라에 속해 있는 정규 마법사들 같았다. 게다가 메일을 입은 자들에게서는 칼날 같은 기운이 풍겨 나왔다.

최소한 기사급들이었다. 샤칸의 얼굴이 흙빛으로 질려갔다. 이들은 스토로펠 전사들과는 질적으로 다른 자들이다.

"호호, 알아보는구나. 그렇다면 우리들의 실력도 알고 있을 것이다. 드래곤하트만 넘긴다면 우린 조용히 물러가겠다. 아니면 너희들은 여기서 모두 죽는다."

로브를 입은 자의 말에 헤럴드가 픽 웃었다.

"마법사라……. 너희들에게 과연 그럴 실력이 있을까?"

"놈, 변방의 조그만 전사단을 이겼다고 기고만장하구나. 네 놈에게 마법의 위대함을 보여주지. 공격하라. 남자는 죽이고 계집들은 잡아서 내 장난감으로 만들어야겠다."

놈의 말이 떨어지자 헤럴드의 얼굴에 잔인한 빛이 떠올랐다.

"너는 하지 않아야 할 말을 하였다. 저들은 내 동생들이고 내 가족이다. 내 가족을 건드리는 자는 그가 누구든 용서치 않는다. 설사 신이라 해도."

헤럴드의 말에 샤칸과 레나는 가슴이 뜨거워졌다. 가족이라는, 동생이라는 말이 심장을 찌르릉 울렸다.

　마법사들의 지팡이가 일제히 들렸다.

　"파이어 볼!"

　"아이스 볼!"

　"아이스 미사일!"

　쐐애액, 쏴쏴!

　불과 얼음의 구, 미사일이 헤럴드를 향하여 맹렬하게 날아들었다.

　그런데 뒤에 서 있던 자가 샤칸과 레나를 향하여 고위 마법을 시전하였다. 놈은 이미 정보를 통하여 헤럴드의 실력이 강하다는 것을 알고 있었다. 그의 약점을 노리려면 바로 일행이었다.

　"기가 라이데인, 썬더 크로스!"

　파앗, 버언쩍!

　하늘에서 푸른 빛이 일고 수만 볼트의 번개와 전기가 샤칸과 레나의 머리 위로 떨어져 내렸다. 저기에 맞으면 그대로 재가 될 것이다.

　"앗, 6서클 마도사!"

　샤칸의 입에서 비명이 터져 나왔고, 저절로 눈이 감겨졌다. 6서클 마도사라면 자신들은 여기서 모두 죽음을 맞을 것이다. 메일을 입은 자들을 상대하려고 준비하고 있던 레나와 타마가 직격하는 번개와 전기의 새파란 빛을 보고 허둥거렸다.

　"천지무 방패!"

　촤악!

갑자기 주변의 공기가 회오리치며 막대한 마나가 파동을 일으켰다. 그 영향이 얼마나 강한지 마법사들의 마나에 균열을 일으켜 주문을 파괴시켜 버렸다.

"뭐, 뭐냐?!"

깜짝 놀란 마법사들이 주변을 둘러보다 멍해졌다. 타마와 레나, 샤칸이 있는 곳에 하얀 막이 둥그렇게 쳐져 있었다.

"저, 저게 뭐지?!"

저건 마법도 아니었다. 그럼 저건 뭐란 말인가?! 마법사들의 얼굴에 황당함이 어렸다. 자기들은 마법사들이지만 저렇게 다른 사람들을 위해 실드를 만들지는 못한다.

그런데 이건 대체 뭐란 말인가?!

헤럴드의 얼굴이 약간 창백해졌다. 저것은 천지무에 있는 자연의 기운을 이용하는 방어막이었다. 아직 헤럴드의 수준으로는 힘이 들지만 일행을 위해 무리하게 전개한 것이었다.

속전속결을 해야 하였다.

"공격하라!"

뭔가 위험을 느낀 마법단장의 명에 놈들이 마법의 공격을 퍼부었다.

"파이어 볼!"

"에어로봄!"

"어스 브레이크!"

콰콰쾅! 콰쾅!

불의 구가 맹렬하게 날아들었고, 바람이 구름처럼 모여들며 폭발을 일으켰다.

거기다가 헤럴드가 서 있던 땅이 거대한 폭발을 일으키며 뒤집어졌다.

콰콰콰쾅! 후드득!

땅이 폭발을 일으키며 흙덩이와 돌덩이가 사방으로 비산하였다.

"놈을 찾아라!"

"다, 단장님, 저, 저걸 보십시오!"

부하의 외침에 뒤집어지고 터져 나간 대지를 보던 마법단장의 얼굴에 당혹감이 어렸다. 분명 갈가리 찢겨 죽었으리라고 생각한 놈이 허공중에 둥실 떠 있었다.

"저, 저놈은 대체 뭐냐?!"

마법사도 아닌 놈이 공중을 마치 땅처럼 밟고 있다.

"한 놈도 살려두지 않을 것이다! 천지도, 월강!"

헤럴드의 도가 번개처럼 휘둘러졌고, 반원형의 강기가 줄기줄기 뻗어 나왔다.

쏴악, 차차착!

아름다운 파란 빛이 공기를 찢어발기는 소리를 내며 무서운 속도로 쇄도하였다.

"오러 블레이드다!"

"소, 소드 마스터!"

마법사들의 눈이 찢어질 것처럼 커졌고, 경악에 찬 외침이 터져 나왔다. 저것은 검의 절대 강자 소드 마스터만의 전유물인 오러 블레이드였다. 하얗게 공포에 질린 그들이 도망치려고 했지만 오러 블레이드는 이미 그들의 몸을 통과한 뒤였다.

촤악!

투두둑, 철퍼덕!

온몸이 고깃덩이처럼 잘린 마법사들의 몸뚱이가 무너져 내렸다.

마법사들과 함께 왔던 기사들이 미친 듯이 도망쳤지만 죽음의 빛은 용서가 없었다.

도망치던 그들의 메일이 잘려 나가고 몸이 두 토막이 되어 대지에 쓰러졌다.

순식간에 데리고 왔던 부하와 기사들이 전멸하자 마법단장의 얼굴이 일그러졌다.

"네놈이 소드 마스터라니! 하지만 어림도 없다. 파이어 필드, 윈드 블레이드!"

콰앙!

헤럴드가 서 있는 곳을 향하여 화염이 넓은 면적을 불태우며 둘러싸고 바람의 칼날이 맹렬하게 몰아쳐 왔다.

"천지도 천망!"

촤악!

헤럴드의 치켜든 도에서 파란 그물이 쏟아져 나갔다. 그것은 오러 블레이드의 그물이었다. 하늘을 가둔다는 천망이 사방을 격자무늬 같은 그물로 가두며 마주치는 것은 모두 베어 버리고 있었다.

“으으, 테, 텔레, 크악!”

파란빛이 모든 것을 절단하며 덮쳐 오자 기겁하여 텔레포트를 시전하려던 마법단장이 온몸이 수십 조각으로 잘려져 고깃덩이가 되고 말았다.

그는 자신의 실력을 너무 믿었던 것이다. 6서클의 마도사. 이 세계에서 최강의 마도사였지만 천지무의 무공은 상상할 수 없는 무서운 기술이었다.

마법단장의 죽음으로 어둠 속에 숨어 있는 자들은 헤럴드를 경계하게 되지만 그것은 훗날의 일이다.

땅 위에 내려선 헤럴드의 얼굴은 창백하였다. 몇 발자국 걷던 헤럴드가 풀썩 넘어졌다.

“오빠!”

“헤럴드!”

“형아!”

세 사람이 정신없이 달려왔다. 마도사의 공격이 시작되자 샤칸은 이젠 꼼짝없이 죽었다고 생각하였다. 그런데 자기들을 하얀 막이 둘러싸고 헤럴드가 공중에서 번쩍이는 오러 블레이드를 뿜어냈을 때 샤칸은 심장이 멎는 줄 알았다.

세상에, 대륙의 최강자인 소드 마스터가 헤럴드라니……. 온몸이 터질 것처럼 뜨겁게 달아올랐다. 듣던 소문대로 소드 마스터의 공격은 무서웠다. 단 한 번의 오러 블레이드가 휩쓸고 지나자 마법사들과 기사들이 모조리 두 동강이가 되어 쓰러져 버렸다.

그리고 마법의 강자라는 마도사는 아예 잘게 썰려 버렸다.
자기가 만난 남자는 천하무적이었다. 그런 헤럴드가 쓰러졌
다. 그만 눈물이 왈칵 솟아났고, 정신이 하나도 없었다.

"안 돼, 헤럴드! 정신 차려!"

"오빠, 눈을 떠!"

"형아, 일어나라!"

세 사람의 간절한 소망이 통했을까?! 헤럴드가 간신히 눈을 떴
다. 하얗게 된 눈으로 쳐다본 헤럴드가 가까스로 입을 열었다.

"어서 이곳을 피해야 해. 빨리……."

헤럴드가 눈을 감았다. 그제야 정신이 번쩍 든 샤칸이 레나
를 재촉했다.

"레나, 빨리 떠나자. 타마, 이제부터 앞을 막는 놈은 모두 죽
여."

"알았어, 언니."

"응."

모닝스타를 든 타마가 앞에 서고 가운데에는 헤럴드를 안은
샤칸이 블랙에 올랐다.

"쩌, 쩌쩌."

말들이 먼지를 뽀얗게 일으키며 쏜살같이 달려갔다. 맨 뒤
에 선 레나의 작은 손에 쥐어진 활에 세 개의 화살이 장전되어
사방을 경계하고 있었다.

두두두두!

말들이 사라지고 한참 후 몇 명의 사람이 나타났다.

“이곳에서 싸움이 있었습니다.”

“흠, 이건 마법사들이다. 마법사들도 개입했구나. 서둘러라. 우리가 먼저 잡아야 한다.”

“옛, 단장님.”

한 무리의 사람들이 말을 타고 달려가기 시작하였다.

*　　　　*　　　　*

앞뒤가 막힌 협곡에서 치열한 격전이 벌어지고 있었다.

슈슈슉, 팟팟팟!

“컥, 꺼억!”

전사복을 입은 자들이 공격해 들어오는 족족 레나의 화살에 맞아 연이어 쓰러지고 있었다.

이미 앞에는 수십 명의 시체가 쓰러져 있었지만 한 치도 저 지선을 넘지 못하자 크라이카 전사단의 제1전대장은 화가 머리끝까지 치솟았다. 50여 명의 전사들이 단 세 명을 돌파 못하다니, 기가 막힐 일이었다. 그것도 두 명은 계집인데 말이다.

“공격하라! 이건 크라이카 전사단의 수치다! 돌격하라!”

하지만 전사들은 함부로 공격을 할 수가 없었다. 방패를 가린 몸이 조금만 노출되면 번개처럼 날아온 화살이 가차없이 목숨을 빼앗아갔다.

저 계집을 두고 엘프의 궁이라고 하더니 정말 무서운 궁술이었다.

“와~!”

전사들이 와르르 공격해 들어오자 레나의 옆에 버티고 있던 블랙울프가 휙하고 몸을 날렸다.

우우우!

협곡이 떠나가게 울음을 터뜨린 블랙울프의 앞발이 빗살처럼 전사들의 머리통을 쳐 갈겼다.

퍽, 퍽, 콰자작!

가까이 접근한 전사들은 여지없이 블랙울프의 앞발에 맞아 처참하게 죽어갔다. 어떻게 된 것인지 검은 늑대가 후려치는 앞발은 모닝스타만큼이나 무서웠다. 맞으면 사람의 팔이고 다리고 할 것 없이 모조리 찢겨 나갔고, 레더 메일마저 뜯겨 나갔다.

“얏!”

검이 바람을 일으키며 블랙의 몸을 후려쳤다.

쨍그랑!

블랙의 몸을 친 검이 쇳소리를 내며 부러졌다.

드래곤하트를 먹은 블랙의 몸은 쇠처럼 단단해져 있었고, 오러가 아니라면 상처조차 낼 수 없다는 것을 전사들이 알 수가 없었다.

콰지직!

목을 물어뜯은 블랙이 번들거리는 눈으로 돌아보자 겁에 질린 전사들이 흠칫 물러섰다.

“호호호! 잘한다, 블랙. 오는 놈은 모두 죽여.”

활을 겨누고 있는 레나가 깔깔거리며 소리치는 것을 본 전대장이 이를 부드득 갈았다.

"으아, 대체 저 검은 늑대는 뭐란 말이냐?!"

전대장이 악에 받쳐 소리쳤지만 대답해 줄 사람은 없었다.

휘잉, 휙, 퍼억, 퍽!

모닝스타가 도리깨질을 하듯 전사들에게 떨어져 내렸다.

"으하하, 오라! 형아에게 덤비는 놈은 모두 머리통을 깨버릴 테다!"

타마는 뒤에서 달려드는 전사들을 탕을 치고 있었다. 그것도 오직 머리만 박살을 내버려서 전사들은 공포에 떨었다.

앞에는 머리가 박살이 난 전사들이 피와 허연 뇌수를 흘리며 쓰러져 있었다.

크라이카 전사단의 제1전대가 이곳에 매복하고 있은 지 일주일이 되었다. 그런데 이곳에 도착한 블랙울프를 공격하던 전사들은 무서운 반격을 받았다. 모닝스타를 휘두르는 저 오거 같은 놈의 방어를 절대로 뚫을 수가 없었다. 게다가 전사들이 한꺼번에 공격하면 오거 옆에 있는 계집의 마법이 난사되어 도저히 돌파할 수가 없었다.

가까이 접근하면 모닝스타가 멀어지며 마법이 공격해 들어오니 진퇴양난이었다.

전투가 치열하게 벌어지는 속의 중심에는 헤럴드가 운기를 하고 있었다. 지금 헤럴드의 몸은 푸른 막이 감싸고 있었고, 온몸을 회전하고 있었다.

"후옥, 후옥!"

무아지경에 빠진 헤럴드의 몸속의 내공이 무서운 속도로 대주천을 하고 있었다. 4갑자에 달하는 내공이 내상을 치료하면서 마감을 향해 달려가고 있었다.

두두두두!

협곡의 저쪽에서 말이 달리는 소리와 함께 전사들의 모습이 보였다.

"어떻게 된 일인가?"

방금 도착한 전사들 속에서 뛰어내린 크라이카 전사단의 작전관이 급히 물었다. 중부 초원으로 들어가는 관문 도시인 사라이 시에 있는 지부에서 계집들을 끼고 한창 재미를 보던 놈은 상부로부터 불벼락을 맞고 이곳으로 달려온 길이었다.

빨리 일을 처리하라는 명령이었다.

"네 명밖에 안 되는 블랙울프단을 아직도 결판내지 못했단 말인가? 병신 같은 놈!"

작전관은 상부에서 먹은 화풀이를 제1전대장에게 풀어댔다.

"면목이 없습니다. 하지만 놈들의 실력이 워낙 높아서 전사들의 피해가 너무나 많습니다."

"닥쳐라! 이번 일이 끝나면 네놈은 광산에 가서 수비나 할 준비를 하라!"

전사단이 운영하는 광산에 가면 출세는 종친 것이나 다름없다. 하지만 전대장은 입을 악물었다. 계급이 깡패니 별수없었다.

"야, 너희들, 방패를 앞세우고 일제히 공격한다. 알았나?"

"옛, 작전관님!"

　방금 도착한 50명의 전사들이 방패를 앞에 세우고 돌격 준비를 갖추었다.

“준비, 돌격하라!”

“와~!!”

전사들이 맹렬한 속도로 돌격해 들어가기 시작하였다. 레나는 어금니를 물고 연이어 화살을 날렸다.

“오라. 내가 살아 있는 한 오빠를 절대로 건드릴 수 없다.”

슈슈슉, 퍽퍽퍽!

“크악! 아악!”

전사들이 화살에 맞아 연이어 쓰러지면서도 악착스럽게 돌격해 올라왔다.

“블랙아, 가자.”

활이 떨어진 레나가 망고슈(단검)를 양손에 뽑아 쥐고 전사들을 맞받아 달려나갔다.

차창!

내려치는 검을 오른손의 망고슈로 막은 레나가 왼손의 망고슈를 적의 가슴에 박아 넣었다.

“컥!”

차악!

망고슈를 뽑은 레나의 몸이 내려치는 검을 피해 다람쥐처럼 전사의 다리 밑으로 굴러들어 갔다.

퍽!

망고슈가 복부를 올려 찔렀다.

"크악!"

목이 터져라 비명을 지르는 전사의 배를 차버리고 일어서는 레나에게 바스타드 소드가 쇄도해 들어왔다.

챙그렁! 콰자작!

번개처럼 도약해 들어온 블랙이 몸으로 검을 막았다.

"크악!"

바스타드 소드를 내려친 전사가 블랙의 앞발에 얻어맞아 앞가슴이 박살이 나서 훌훌 날아갔다.

"고마워, 블랙."

블랙의 도움으로 위기를 모면한 레나가 적을 찔러 눕히기 시작하였다.

"저, 저 늑대는 뭐냐?"

기겁한 작전관이 눈을 화등잔만 하게 뜨고 소리쳤다.

"모르겠습니다. 어떻게 된 것인지 검에도 잘리지 않습니다."

눈이 커진 작전관이 고래고래 고함을 질렀다.

"밀고 올라가라! 저것들은 이젠 지쳤다! 공격하라!"

"와~!!"

양쪽의 전사들이 맹렬하게 공격해 올라왔다.

"오빠, 죽어도 레난 절대로 물러서지 않아요."

남은 두 자루의 단검을 비껴든 레나가 놈들의 무리 속으로 몸을 내던지려 하는 순간이었다.

푸른 번개가 전사들의 무리 속에 작렬하였다.

버언쩍, 콰콰콰콰!

쩌저적, 푸하악!

상체가 절반으로 잘린 전사들의 몸뚱이가 우수수 쓰러졌다. 깜짝 놀란 전사들이 하늘을 쳐다보았다. 그곳에는 헤럴드가 샤벨을 들고 전사들을 내려다보고 있었다.

"네놈들, 오늘 한 놈도 살아갈 생각을 마라! 천지도 뇌격!"

파앗, 콰콰콰콰!

그것은 죽음의 빛이었다. 공중에 버티고 선 헤럴드의 도에서 뻗어나간 파멸의 빛이 무서운 뇌전을 머금고 순식간에 전사들을 베어버리기 시작하였다.

"소, 소드 마스터다!"

"도, 도망쳐야 해! 컥!"

전사들이 시퍼런 뇌전이 지나갈 때마다 무더기로 죽음의 강을 건너갔다.

우우우!

주인이 나타난 것을 본 블랙이 전사들을 마구 쳐 죽이고 있었다.

"오빠, 살았군요!"

공중을 종횡무진하며 적들을 베어버리는 헤럴드를 보는 레나의 두 눈에 눈물이 쏟아져 내렸다. 헤럴드가 쓰러진 다음부터 얼마나 가슴을 졸였는지 모른다. 그런데 저렇게 일어나서 펄펄 날아다니고 있었다.

그것은 샤칸의 마음도 같았다.

"헤럴드, 일어날 줄 믿었어!"

샤칸의 눈에도 눈물이 맺혀 반짝거렸다.

"형아가 일어났다! 으하하!"

타마가 모닝스타를 휘두르며 전사들 속으로 뛰어들었다.

크라이카 전사단의 작전관은 그만 눈이 뒤집혔다. 저자는 소드 마스터였다. 전사단 본부에서도 저자가 소드 마스터라는 것은 모르고 있었다.

만일 소드 마스터라는 것을 알았다면 절대로 이런 미친 짓을 하지 않았을 것이다.

크라이카 전사단이 타판파스 초원의 5대 검술 유파 중의 하나지만 소드 마스터는 없었다. 전대 전사단장이 거의 근접했다고 알려져 있지만 소드 마스터는 아니었다. 과연 이제 누가 저자를 막을 것인가? 작전관이 부르르 떨고 있는데 전사들을 모두 쓸어버린 그자가 천천히 다가왔다.

"난 크라이카 전사단의 작전관이다! 결코 네 손에 죽지는 않는다!"

검을 들어 목을 찌르려던 작전관의 눈이 휘둥그레졌다. 자기의 손에 들렸던 단검이 마치 줄이 달린 것처럼 훅하니 날아가 헤럴드의 손에 잡혔다.

"나, 나를 그냥 죽게 해다오. 제발 부탁이다."

작전관은 헤럴드의 뒤를 따라오는 늑대를 보며 부르르 떨었다. 검은 늑대가 아가리를 쩍 벌리고 시뻘건 입술을 날름거리는 것이 당장 잡아먹힐 것 같았다. 죽어서 늑대의 먹이가 된다고 생각하니 공포에 온몸이 오싹하였다.

"말해라. 왜 우리를 공격했지?"

"그, 그건 너희가 가진 드래곤하트를 빼앗기 위해서였다. 지금 각 전사단과 귀족들까지 너희들을 노리고 있다. 하지만 그들은 다, 당신이 소드 마스터라는 것을 모른다. 알았으면 절대로 그런 짓을 하지 못할 것이다. 제발 날 그냥 죽여다오. 늑대의 먹이가 되고 싶은… 컥!"

공포에 질려 고함치듯 말하던 작전관이 뒤로 벌렁 넘어갔다. 무음지가 이마를 뚫어버린 것이다.

타마와 샤칸, 레나가 달려왔다.

"오빠!"

"헤럴드!"

샤칸과 레나가 와락 헤럴드의 품에 안겼고, 타마가 싱글거렸다.

"형아, 타마 정말 기쁘다."

"모두 고생했다. 이제부터는 우리 앞을 막는 자는 모두 치워버린다."

창백한 얼굴의 헤럴드가 저 멀리를 바라보며 중얼거리는 말이다. 지금의 헤럴드에게 뇌격은 무리였지만 어쩔 수 없이 사용했다. 단 세 명을 향해 떼거지로 달려드는 놈들을 보니 참을 수가 없었던 것이다.

"그럼 크라이카 전사단을 칠 거야, 헤럴드?"

헤럴드의 가슴에 얼굴을 묻고 있던 샤칸이 깜짝 놀라서 물었다.

“그래. 우리를 건드리면 어떻게 된다는 것을 다른 놈들에게
똑똑히 보여주겠어.”

“오빠, 난 찬성이야. 약해 보이면 죽는 것이 세상이야.”

레나가 주먹을 움켜쥐고 헤럴드를 올려다보았다.

“타마도 찬성이다.”

“하지만 헤럴드, 크라이카 전사단은 타판파스 초원의 유명
한 검술 유파야. 전사들이 엄청나게 많아.”

헤럴드가 소드 마스터이기 때문에 마음이 든든했지만 그래
도 근심이 되는 샤칸이었다.

“알고 있어. 바로 그렇기 때문에 본때를 보여 다른 놈들에게
경고를 주려는 거야. 이제부터 크라이카 전사단에 관계된 놈
은 무자비하게 죽인다. 알았지?”

헤럴드의 말에 세 명의 머리가 끄덕여졌다.

“알았어, 헤럴드.”

“예, 오빠.”

“응.”

블랙이 다가와 머리를 비볐다.

“그래, 우리 블랙도 찬성이지?”

우우우!

헤럴드의 말에 블랙이 하늘에 대고 한바탕 울어 젖혔다.

헤럴드를 위시한 블랙울프 전사단이 타판파스 초원을 휘젓
기 시작하였다.

CHAPTER 05

항복하지 않으면 죽는다

THE Warrior
Gale of Wind

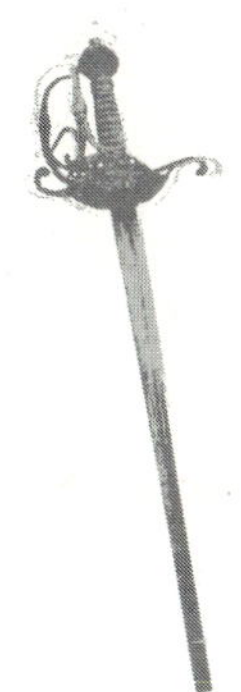

중부 초원의 입구에 있는 사라이 시는 인구 5만의 도시다. 사람들이 붐비는 점심시간에 네 사람이 성문으로 다가갔다.

"말을 멈춰라!"

파수를 서는 파수장이 검은 옷을 입은 네 사람을 보고 다가오다 입을 헤벌렸다.

금발과 은발의 아름다운 레이디들이 말에 앉아 자기를 내려보고 있는 것이 아닌가?

하지만 파수병의 눈은 곧 굳어졌다. 저들의 차림이 평범하지 않았던 것이다. 아무리 봐도 전사나 용병 차림새였다.

저런 사람들은 아름다운 여자라고 섣불리 건드렸다가는 목이 달아날 수 있었다.

“혹시 용병입니까?”

“블랙울프 전사단이다.”

샤칸이 들어 보이는 신분패를 본 파수가 허리를 굽실하였다.

“아, 그렇군요. 어서 들어가십시오.”

“쩌, 쩌.”

말들이 멀리 사라지자 파수는 목을 슬슬 어루만졌다.

“자네 왜 그러나?”

교대하러 나온 동료가 땀을 흘리는 파수를 보고 물었다.

“음, 이제 방금 죽을 뻔했어.”

“왜, 무슨 일 있었어?”

동료의 귀에 입을 댄 그가 조용히 말하였다.

“자네 오래 살고 싶거든 예쁜 아가씨들을 보면 우선 신분패부터 확인하게.”

말을 마친 파수병이 휘적거리며 걸어가자 동료는 히쭉 웃었다.

“저 자식, 맥주 먹었나?”

파수병은 머리를 갸웃거렸다.

사라이 시의 크라이카 전사단 지부는 지금 초비상이 걸렸다.

오늘 아침 거리에 한 장의 포고가 나붙은 것이다.

포고.

우리 블랙울프 전사단은 크라이카 전사단에 다음과 같이 포고한다.

크라이카 전사단은 명문이고 거대 검술 유파라는 것을 믿고 작은 전사단과 용병단에 대해 온갖 횡포를 다하였다. 저들은 아무 이유도 없이 블랙울프 전사단을 공격하여 우리를 죽이려고 하였다. 때문에 우리 블랙울프 전사단은 오늘부터 크라이카 전사단에 전쟁을 선포한다. 만일 거대 전사단이 이번 일로 우리 블랙울프 전사단에 공격을 가하려 한다면 적으로 간주할 것이다.

우리 블랙울프 전사단은 비록 네 명밖에 안 되지만 전력을 다하여 싸울 것이다.

대륙력 12,009년, 블랙울프 전사단.

이 포고가 거리에 나붙자 중소 전사단과 용병단들은 환호를 질렀다. 아직까지 거대 전사단에게 도전하는 용병단이나 전사단은 없었다. 아니, 있을 수가 없었다.

도전하면 하루아침에 몰살되는 것이 현실이었다. 전사단의 세력이 강하여 귀족의 기사들도 그들과는 타협하는 것이 지금의 세상이었다. 그런데 블랙울프 전사단이 도전의 기치를 들었으니 세상이 부글부글 끓기 시작하였다.

"자네, 어디로 가는가?"

정신없이 달려가던 용병이 자신을 부르는 소리에 돌아보니 사라이 시의 작은 전사단인 로즈 전사단의 전사인 친구였다.

“오늘 블랙울프 전사단이 크라이카 지부에 온다는 날이 아
닌가? 자넨 모르나?”

“우리도 그곳으로 가는 길이네.”

하긴, 모를 수가 없었다. 지금 수많은 사람들이 크라이카 전
사단 사라이 지부로 몰려가고 있었다.

사라이 지부의 주변의 건물에는 수많은 사람들이 지붕에 올
라 앉아 있었다. 모두 구경하러 온 사람들이었다.

“대단하네. 이렇게 많은 사람이 오다니…….”

“그럴 수밖에. 거대 전사단이 그동안 얼마나 횡포를 부렸는
가? 쌓인 것이 많을 수밖에 없다네.”

모인 사람들의 한결같은 말이었다. 블랙울프 전사단은 한순
간에 세상의 관심사가 되었다.

“블랙울프 전사단은 라티스 시에서 이미 스토로펠 전사단
을 봉문시켰다고 해.”

“그게 정말인가? 단 네 명이서?”

사람들은 믿기지 않는다는 표정이었다.

그곳으로 헤럴드의 일행이 오고 있었다. 이번 일은 샤칸의
생각이었다. 어차피 전쟁을 하려면 명분을 내세워 적과 지지
자를 만들어야 한다는 그녀의 생각에 모두 동의한 것이다.

“언니, 정말 사람들이 많이 모였어요!”

크라이카 지부 가까이로 갈수록 높은 집들에는 사람들이 올
라앉아 있었다.

“지금까지 거대 전사단에 억눌려 있던 사람들의 분노가 폭

발한 거야. 이제 우리가 이기면 블랙울프 전사단에 들어오려
는 사람들이 많아질걸."

"호호, 언니는 어떻게 그런 생각을 했어요?"

레나의 말에 샤칸이 살짝 웃었다. 이건 영지를 관리하는 아
버지를 보면서 배운 것이다. 귀족들은 명분을 만들고 자기편
을 만든 후에 공격을 한다.

"블랙울프 전사단이다!"

"와~!!"

지붕 위에 앉아 있던 사람들이 타마가 꽂고 있는 깃발을 보
고 환호를 하였다.

드디어 블랙울프 전사단을 보게 된 사람들은 환호를 하면서
도 걱정하는 표정들이었다.

과연 네 명이 크라이카 지부를 상대하여 이길 수 있을까 하
는 생각들이었다.

크라이카 지부의 정문에는 10여 명의 전사가 완전무장을 갖
추고 나와 있었다.

"너희가 블랙울프 전사단인가?"

조용한 정적 속에 정문을 지켜선 자의 말소리가 울렸다.

"그래요. 우리가 블랙울프 전사단이에요."

샤칸의 대답에 크라이카 지부의 전사들이 웃음을 터뜨렸다.

"크하하, 감히 계집들이 담도 크구나. 오늘 네년들을 잡아
만신창을 만들어주마."

"레나, 죽여라!"

헤럴드의 차가운 말과 함께 레나의 화살이 날았다.

슈슈슉, 퍽퍽퍽!

"크악! 컥!"

시시덕거리던 전사들의 얼굴에 화살이 정통으로 박혀 반듯이 넘어갔다.

"또 어느 놈이냐? 죽고 싶은 놈부터 죽여주마!"

레나의 화살이 전사들을 겨누자 놈들의 얼굴이 새파랗게 질렸다. 화살이 저렇게 빨리 발사될 줄은 꿈에도 생각지 못했다. 지금도 세 개의 화살이 레나의 활에 장전되어 있었다.

차가운 눈길로 전사들을 바라보던 헤럴드의 주먹이 앞으로 뻗어나갔다. 그냥 아무런 힘도 실리지 않은 것 같은 주먹질이었다. 하지만 그 결과는 달랐다.

콰콰콰콰!

시뿌연 주먹이 공기를 찢는 소리를 내며 대문에 부딪쳤고, 엄청난 폭음이 울려 퍼졌다.

콰콰쾅!

크라이카 지부의 정문이 폭음과 함께 산산이 부서져 파편을 날렸다.

마당에 정렬하여 서 있던 크라이카 전사들이 갑작스런 폭음에 놀라 갈팡질팡하였다.

부서져 펑하니 뚫려 버린 정문으로 블랙울프 전사단이 들어섰다.

"네, 네놈들이 블랙울프 전사단이냐?"

지부의 연단에 나와 앉아 있던 크라이카 전사단 사라이 지부장이 당황함을 감추고 소리쳤다. 마당에 검과 창을 든 50명의 크라이카 전사들이 블랙울프 전사들을 겨누고 있었다.

"전쟁 아니면 항복, 둘 중의 하나를 선택하라."

헤럴드의 말에 지부장의 입술이 푸들푸들 떨렸다. 감히 대크라이카 전사단 지부에 와서 이런 말을 하는 놈이 있을 줄은 꿈에도 생각 못한 그였다.

"네놈이 지금 미쳤구나. 오늘 네 연놈들을 잡아 크라이카 전사단의 힘을 보여주마. 저놈들을 쳐라!"

지부장의 명에 전사들이 일제히 창검을 뽑아 들었다.

차차작!

50여 개의 새파란 검과 창이 블랙울프 전사들을 향해 겨누어졌다.

"항복이 아니라면 죽음뿐, 선택은 너희들의 몫이다!"

타마와 샤칸, 레나는 정문을 막아섰고, 헤럴드만이 살기를 풍기며 다가오는 크라이카 전사들을 맞받아 나갔다.

저벅저벅!

살벌한 공기 속에 헤럴드의 걸음 소리가 정적을 깨뜨렸다.

"쳐라!"

"와~!!"

헤럴드의 신형이 흐릿해지더니 달려오는 전사들의 코앞에 나타났다.

"으헉!"

쾌쾅!

갑자기 눈앞에 헤럴드가 불쑥 나타나자 기겁한 전사가 방패를 들이댔지만 내지르는 주먹에 부딪쳐 폭탄이 터지는 것 같은 굉음과 함께 조각조각 부서져 파편처럼 비산하였다.

방패의 부서진 파편에 맞은 전사들이 피를 토하며 나뒹굴었다.

"뭐 하느냐? 합벽진을 펼쳐라!"

지부장의 호령에 전사들이 합벽진으로 대형을 벌렸다. 역시 오랫동안 훈련받은 전사들이라 잠깐 사이에 진을 형성하고 헤럴드를 노려보았다.

이 세계의 합벽진은 롱 소드와 숏 소드를 든 전사 20명과 나이트 쉴드와 파이크를 든 20명의 전사가 둥그런 진을 형성하고 상대를 빙빙 돌면서 소드의 공격 사이로 파이크를 찔러 넣는 암습이다. 비록 보기에는 허술하지만 결코 쉬운 진은 아니었다. 20명의 전사들이 내뿜는 마나가 가운데 있는 목표에 집중되기 때문에 엄청난 중압감을 주고 사지를 굳어지게 한다.

롱 소드를 든 전사들이 앞에 서고 파이크병들이 뒤에 서자 헤럴드의 입에서 한마디가 새어 나왔다.

"합벽진? 제법이군!"

"건방진 놈, 네놈을 갈가리 찢어주마! 어디 발악을 해보아라!"

합벽진의 축인 부단장이 헤럴드를 보며 이죽거렸다. 아직까지 이 합격진을 무너뜨린 사람은 대륙에 존재하는 소드 마스터 밖에는 없었다. 한때 니힐리스 제국의 소드 마스터가 이 합벽진으로 고전을 한 적도 있었다.

이놈만 죽이면 뒤에 있는 세 명은 아무것도 아니었다. 게다가 지금 집집의 지붕 위에는 수많은 사람이 올라가서 이 싸움을 관전하고 있었다. 어떤 일이 있어도 저놈들을 여기서 모두 죽여 크라이카 전사단에 도전하는 놈은 어떻게 된다는 것을 보여주어야 했다.

"준비!"

놈의 명령과 함께 50대 1의 격전이 벌어졌다.

"시작하라!"

조장의 명과 함께 전열에 선 20명의 전사들이 롱 소드를 겨눈 채 빙빙 돌아가기 시작하고, 그 사이사이로 파이크병의 창이 헤럴드를 향해 날카로운 빛을 뿌리며 겨누어졌다.

스르릉!

헤럴드의 옆구리에서 은백색의 샤벨이 자기의 몸을 드러냈다.

샤벨을 늘어뜨린 헤럴드를 중심으로 전사들의 빙빙 돌아가는 속도가 빨라지며 살을 헤집는 듯한 마나의 폭풍이 회전하듯 밀려왔다.

"이건 너희들의 선택이다."

헤럴드의 입속에서 중얼거리는 소리가 새어 나오는 것과 함께 적의 공격이 개시되었다.

"야앗!"

하나 건너 한 명씩 치켜든 롱 소드가 시간 차를 두고 헤럴드를 향하여 상하좌우로 칼바람을 일으키며 날아들었다. 성문을 지켜선 샤칸과 레나, 타마는 맹렬하게 공격해 들어가는 크라이카 전사들을 보며 자기들의 무기를 단단히 틀어쥐고 있었다.

헤럴드를 믿고는 있지만 만약의 경우 돕기 위해서였다.

전사들의 칼날들이 일시에 헤럴드를 향하여 날아들었고, 파이크들의 암습이 시작되었다. 헤럴드의 샤벨이 밑에서부터 번개처럼 올라가 원을 그렸다.

차차창, 투두둑!

내려쳐지던 롱 소드가 샤벨과 부딪치며 일시에 잘려 나갔고, 헤럴드의 신형이 전사들 사이로 스며들었다.

퍽! 퍽!

"으윽, 컥!"

천지부신귀보법으로 헤럴드의 신형이 물 흐르듯이 전사들 사이를 누비며 샤벨의 등으로 사정없이 때려눕혔다. 보법을 밟으며 사방에 퍼뜩퍼뜩 나타나 전사들을 때려눕히는 헤럴드를 향해 파이크병의 창이 일시에 공격해 들어왔다.

"천지권 연환타!"

헤럴드의 왼손이 수십 개의 주먹으로 분열되어 파이크병의 안면을 강타하였고, 얻어맞은 전사들이 돌개바람에 휩쓸린 것처럼 사방으로 나동그라졌다.

콰콰쾅!

"크악, 어억!"

요란한 폭음과 뽀얀 먼지 속에 전사들이 천지권에 맞아 사방으로 날려갔다. 마치 낙엽이 바람에 휩쓸리는 것 같은 장면 이었다.

그 속에 도를 늘어뜨리고 굳건히 서 있는 헤럴드가 먼지 사이로 보였다.

"와~!!"

"역시 블랙울프다!"

"대단해!"

집집의 지붕마다에서 사람들의 환호가 터져 올랐다. 도저히 넘을 수 없는 벽이었던 크라이카 전사단의 불패의 신화가 지금 무너지고 있었다. 그것도 단 한 사람에 의해. 사람들의 가슴에 희열이 숫구쳤다.

"모두 공격하라! 궁수들은 활을 쏴라!"

너무도 어이없는 패배에 멍해 있던 지부장이 발작적으로 외쳤고, 정신을 차린 전사들이 함성을 지르며 돌진했다.

저놈이 아무리 검술이 뛰어나도 한 명이라는 것은 변함이 없었고 자신들은 50여 명이다.

슈슈슈슉, 핏, 핏, 핏!

"크크크, 네놈이 아무리 뛰어난 검술을 가졌어도 혼자서는 이 많은 전사들을 당할 수가 없다. 어서 목을 늘여 칼을 받는 것이 고통스럽지 않게 죽는, 허억! 저, 저……."

기분이 붕 떠서 말하던 지부장의 입이 쩍 벌어져 말도 못하고 뻥끗거렸다.

헤럴드의 손에 쥐어진 샤벨에서 3피드가량의 푸른 불길이 또 하나의 도를 만들었다.

"으헉, 오러 블레이드다!"

"소, 소드 마스터다!"

돌격해 들어오던 전사들의 입에서 경악의 비명이 터져 나왔다. 세상에, 소드 마스터라니……!

이 대륙의 몇 명밖에 없는 검의 강자들.

소드 마스터에게 덤빈다는 것은 섶을 지고 불속에 뛰어드는 것이나 마찬가지다.

전사들이 비칠거리며 저절로 물러섰다.

저벅저벅!

"항복하라! 아니면 너희들은 죽는다!"

헤럴드의 입이 열리고 유부의 지옥에서 울리는 소리와 같은 오싹한 말이 흘러나왔다.

"공격하라! 활을 쏴라!"

기겁한 지부장의 비명 같은 명에 이를 악문 전사들이 후들후들 떨며 활을 당겼다.

슈슈슉, 퍼퍼퍽!

하지만 소용이 없었다. 헤럴드의 몸 주위를 푸른색의 막이 둘러싸여 날아오는 화살들이 속절없이 튕겨 나갔다.

천지무의 호신강기가 온몸을 빈틈없이 보호하고 있었다.

"항복하지 않는다면 모두 죽는다! 천지참마폭!"

우르릉! 버언쩍!

샤벨이 한 바퀴 휘둘러지자 맑은 하늘에 뇌성이 울리고 푸른색의 오러 블레이드가 지부의 건물을 강타하였다.

콰콰쾅! 와르르!

푸른색의 오러 블레이드에 직격당한 지부의 건물이 폭발을 일으키며 무너져 내렸다. 천지무의 참마폭은 도기에 닿는 모든 것을 내부로부터 폭발시킨다.

와르릉! 우지직!

지부의 정원은 아비규환의 아수라장이 되었고, 전사들은 반쯤 정신이 나가 땅바닥에 풀썩 주저앉아 버렸다. 이건 사람의 힘이 아니었다. 칼을 휘둘러 집을 무너뜨리다니…… . 말도 안 되는 일이 눈앞에서 벌어졌다. 전의를 상실한 전사들의 손에서 창검이 떨어져 내렸다.

도망치고 싶어도 정문은 세 명의 블랙울프 전사가 활과 모닝스타를 들고 지켜서고 있었다.

크라이카 사라이 지부장의 머리가 푹 꺾였다. 더 이상 도전한다는 것은 죽음의 길로 들어서는 길이었다. 저자는 자신들과는 차원이 다른 자였다.

털썩!

먼지가 가득한 마당에 지부장의 무릎이 꿇려졌다.

"하, 항복하겠소. 항복이요."

더 이상 견딜 수 없었던 지부장이 무릎을 꿇었다. 상대가 되어야 싸워도 싸울 것이 아닌가?

"이 시각부터 사라이 지부는 해산한다. 하겠는가?"

헤럴드의 말에 지부장의 침이 꿀꺽 넘어갔다. 패자는 승자의 처분에 맡겨야 하는 것이다.

"해산하겠습니다."

"좋다. 금고를 터뜨려 전사들에게 나누어 줘라. 이후 나의 눈에 띈다면 너희들은 죽는다."

"예."

살아남은 전사들이 머리를 숙였다. 어쨌든 저 사신의 손에서 살아남은 것이다.

"가라. 다시는 내 앞에 나타나지 마라."

전사들이 무기를 내던지고 밖으로 달려나갔다.

텅 빈 마당에는 전사들이 버리고 간 검과 창만이 을씨년스럽게 널려 있었다.

*　　　*　　　*

사라이 시에서 시작된 블랙울프 전사단의 전쟁은 전 타판파스 초원을 뒤흔들었다. 타판파스 왕국이 생긴 이래 처음으로 소드 마스터가 출현하였다. 그것도 전사단에서.

한 달밖에 안 되는 기간에 중부 초원의 크라이카 전사단의 24개 지부가 부서지고 해산되었다. 그 누구도 블랙울프의 행보를 막을 수가 없었다. 이제 블랙울프는 중소 전사단과 용병단의 우상이 되었고, 이름을 드날리게 되었다.

광풍의 전사 헤럴드, 지옥의 모닝스타 타마, 마법전사 샤칸, 엘프의 궁사 레나, 검은 늑대 블랙은 수많은 사람들이 붙여준 칭호였다.

어디를 가나 사람들은 모여 앉기만 하면 오늘은 블랙울프가 어디쯤 왔고, 어느 지부와의 결투가 진행될 것이라는 이야기뿐이었다.

기다란 탁자가 놓인 방 안에 10여 명의 사람이 앉아 누군가를 기다리고 있었다.

그들의 얼굴에 초조함과 불안감이 서려 있었다.

"대 크라이카 전사단장님께서 드십니다."

밖에서 보좌관의 말소리가 들리고, 커다란 몸집의 단장이 안으로 들어섰다.

"단장님을 향하여 경례!"

"충!"

"충!"

사람들이 자리에서 일어나 전사단장을 향하여 허리를 직각으로 굽히고 충성을 외쳤다.

"앉아라."

모두들 자리에 앉자 단장의 고리눈이 사람들을 쏘아보았다. 이들은 크라이카 전사단의 각 전대의 전대장들이다.

"말을 해봐라. 왜 아직도 블랙울프 전사단이 살아서 숨을 쉬는가?! 말을 해보란 말이다!"

분노한 전사단장의 눈에서 불길이 솟아올랐다. 지금 항간에서는 블랙울프의 소식을 듣고 환호를 올리고 있고 다른 거대 전사단들은 비웃음을 보내고 있었다.

겨우 네 명의 블랙울프에게 정신없이 얻어맞고 있으니 크라이카 전사단의 위상이 끝없이 곤두박질치고 있었다.

"단장님, 놈들은 비록 네 명이지만 실력은 간단하지가 않습니다. 특히 블랙울프 단장이라는 놈은 소드 마스터입니다. 그동안 그들이 도착하는 모든 지부가 스스로 무기를 내리고 항복하고 있습니다. 놈은 소드 마스터 초급 정도 되는 것 같습니다. 아무래도 특수전대를 동원해야 할 것 같습니다."

전사단 참모장인 네멘스키의 말에 단장은 가까스로 올라오는 화를 삼켰다. 그도 그동안 올라온 보고를 통해 블랙울프 전사단이 강하다는 것을 알고 있었다. 인정하기 싫지만 확실히 놈은 강했다. 게다가 소드 마스터라니, 미치고 환장할 노릇이었다.

"하지만 소드 마스터를 특수전대가 당할 수 있을까?"

전사단장은 아무래도 회의적이었다.

"특수전대는 모두 상급전사들입니다. 아무리 소드 마스터라고 하여도 그들 50명을 당할 수는 없습니다. 드래곤이 아닌 이상."

상급전사는 검에 마나를 주입할 수 있는 사람을 말한다. 그런 자들이 50명이나 있다면 이것은 세상을 놀라게 할 일이었다.

"좋다. 특수전대를 투입하라. 반드시 놈들을 죽여 목을 가져와라. 저 성문에 놈들의 목을 내걸어 우리에게 도전한 놈은 어떻게 되는가를 똑똑히 보여줘라."

"옛, 단장님."

참모장과 전대장들이 모두 일어나 다짐을 하였다.

크라이카 전사단은 타판파스 왕국의 수도 카사코프 시의 남쪽에 있다. 거대한 집들이 둘러싸고 있는 전사단은 마치 한 개의 성과도 같았다. 그 성의 끝에는 일반 전사의 출입이 엄격히 통제되고 있는 구간이 있다.

그곳의 한 집안에 참모장이 들어섰다.

"참모장님, 어서 오십시오."

마법사의 로브를 입은 사람이 들어서는 참모장을 반갑게 맞았다.

"어떤가? 일은 잘되는가?"

"예, 모든 지원을 해주어서 잘되고 있습니다."

마법사의 말에 머리를 끄덕인 참모장이 발길을 옮겼다.

"베르 전대는 어떻게 됐는가?"

"베르 전대는 이미 완성됐습니다. 그리고 아직 두 개 전대는 시간이 좀 걸려야 합니다."

"좋아, 들어가 보자."

거대한 방에 수십 개의 관이 놓여 있었고, 그 관 속에는 사람들이 누워 있었다. 그런데 이상한 일이었다. 죽은 사람의 얼굴이 썩은 것이 아니라 혈색이 돌고 있었다.

"저것이 피와 마력을 공급하는 관인가?"

"예, 그렇습니다."

관이 놓인 바닥에 가느다란 선이 줄줄이 연결되어 있었고, 그 선을 따라 빨간 피가 누워 있는 시체들에 공급되고 있었다.

방 안의 끝에 거대한 마법진이 그려져 있었고, 숫처녀들이 묶여 있는 것이 아닌가? 바로 마왕의 마력을 받아들이기 위한 마력 소환진이다. 이 소환진은 숫처녀를 천 명이나 희생시켜야 하고 살아 있는 사람을 피와 살육에 미친 광전사로 만들기에 대륙의 모든 나라에서 금지하고 있는 마법이다. 200년 전 네크로멘서들이 이 마법으로 광전사들을 만들었다가 전 대륙의 공분을 사서 멸살되었고, 지금은 네크로멘서가 이 세상에는 없었다.

그런데 바로 그 극악한 마법이 이곳에서 진행되고 있었다.

"베르 전대를 투입할 일이 생겼다. 모두 깨워라."

참모장의 말에 마법사의 눈이 둥그레졌다.

"아니, 참모장님, 베르 전대는 왕실을 장악할 때 쓸 전사들이 아닙니까?"

"단장님의 명이다."

참모장의 단호한 말에 마법사가 허리를 굽혔다.

"알겠습니다."

마법사가 로브 속에서 작은 나팔을 꺼내 힘껏 불었다.

삐익! 삐익!

나팔 속에서 역겨운 소리가 울리자 관 속에 누워 있던 광전사들의 눈이 떠졌다.

"모두 일어나 정렬하라."

차차작!

관 속에서 일어난 베르 전대의 광전사들이 심장에 꽂혀 있던 선을 빼고는 통로로 달려나가 정렬하였다. 번개같이 빠른 동작들이었다.

“흠, 대단하군!”

참모장이 흡족해서 하는 말이다. 정렬하고 있는 전사들을 바라보던 마법사가 입을 열었다.

“베르 전대는 50명입니다. 모두 상급전사 수준이고 오직 이 나팔을 가진 자의 명에만 복종합니다.”

마법사가 주는 나팔을 받은 참모장이 나팔을 불었다.

삐익! 삐익!

“모두 나를 봐라.”

광전사들의 눈이 일제히 참모장에게 돌아갔다. 그런데 그들의 눈이 흰자위가 하나도 없는 검은색뿐이었다. 그 눈에서 살기가 줄기줄기 뿜어 나왔다.

“모두 앉으라.”

차차작!

50명의 광전사가 일시에 무릎을 꿇고 앉자 참모장의 눈에 희미한 웃음이 어렸다. 이 광전사를 투입하여 블랙울프 전사단을 쓸어버릴 것이다.

“블랙울프, 너희들은 끝났다.”

방 안을 나가는 참모장의 중얼거림이었다.

*　　　*　　　*

카사코프 시에서 40㎞ 정도 나오면 아핀 후작 영지가 있다. 아핀 후작은 타판파스 왕국의 2대세력인 마틴 공작의 아들이다.

그 후작 영지를 가로질러 가는 관도에 100여 명의 전사들이 나타났다.

두두두두!

"빨리 가서 베르 전사들을 데려와야 한다. 이 사실이 노출되면 크라이카 전사단은 끝장이 난단 말이다. 속도를 높여라."

"옛, 참모장님."

이들은 크라이카 전사단의 특수전대였다. 블랙울프 전사단을 치기 위해 출전하였는데 그만 뜻밖의 사고가 생겼다.

10여 명의 광전사들이 전대를 이탈하여 아핀 후작 영지에 들어갔던 것이다.

아핀 후작 영지는 지금 대혼란이 일어나 있었다.

레드 메일을 입은 10여 명의 전사들이 닥치는 대로 후작 성의 사람들을 죽이고 있었다.

촤악, 뿌지직!

"으아악! 아악!"

크라이카 전사단 갑옷을 입은 전사 10명이 사람들을 칼로쳐 죽이고 심장을 뽑아 먹고 있었다.

"어떻게 된 일인가?"

"모르겠습니다, 후작 각하. 놈들이 갑자기 쳐들어와서 사람들을 닥치는 대로 쳐 죽이고 처녀들만 잡아 심장을 뽑아 먹고 있습니다.”

아핀 후작은 기가 막혔다. 왕국의 실질적인 주인인 2대공작가의 하나인 마틴 공작의 아들이 자신이다. 그런데 바로 자신의 성에 전사들이 난입하여 사람들을 죽이다니……

후작의 눈에 분노가 솟아났다.

“기사들은 무엇을 하느냐?”

“지금 기사들이 놈들과 싸우고 있지만 도저히 막아내기가 힘듭니다. 놈들은 모두 상급전사들입니다.”

“뭐, 뭐라고?!”

아핀 후작은 입을 딱 벌렸다. 자신의 기사 중 상급은 세 명밖에 없다. 그런데 전사단에 10명의 상급전사라니……

아핀 후작이 머리를 흔들고 있는데 비명 소리와 칼부림 소리가 일어났다.

“광전사다!”

“피하라! 미친 광전사다!”

사람들의 아우성 소리에 아핀 후작이 머리를 번쩍 들었다. 광전사라면 귀가 아프게 들었던 네크로맨서의 키메라와 같은 마물이다.

“키키키.”

갑자기 이상한 웃음소리가 들리고, 레더 메일을 입은 자들이 온몸에 피로 목욕을 하고 걸어오는 것이 아닌가? 그런데 그들의 눈이 새까맣다.

저건 분명히 광전사들이었다.

촤악!

"아앗!"

도망치던 후작의 하녀가 칼에 맞아 풀썩 엎어졌다.

와지직! 우두둑!

쓰러진 처녀의 가슴에 손을 박아 넣은 광전사가 심장을 무자비하게 뜯어내더니 입에 넣었다.

"와작와작! 쩝쩝!"

그들의 눈이 후작에게 돌아가더니 달려오기 시작하였다. 소름 끼치는 장면에 치를 떨고 있던 기사들이 깜짝 놀라 후작의 앞을 막아섰다.

"빨리 각하를 모시고 피하라! 어서!"

소리친 기사단장이 검을 들고 광전사를 맞받아 나갔다.

차앙! 창창!

광전사의 검에 검은 기운이 넘실거리며 기사단장의 검과 격렬한 충돌을 일으켰다. 저것은 분명한 오러였다.

"광전사가 상급전사라니……?"

멍해서 부르짖는 아핀 후작을 호위하여 기사들이 후퇴하고 있었다.

그 시각 크라이카 특수전대는 아핀 후작성에 도착하였다.

"참모장님, 큰일 났습니다. 베르 전사들이 아핀 후작성에 난입하여 닥치는 대로 사람들을 죽여 지금 기사들과 싸움이 벌어졌습니다."

"이, 이런."

특수전대장의 보고에 참모장은 머리를 싸쥐었다. 이제 이
일을 어떻게 한단 말인가? 이제는 아핀 후작이 모든 것을 알았
을 것이다. 참모장의 얼굴이 잔인하게 변해갔다.

이왕 이렇게 된 것, 목격자를 모두 죽여야 한다. 그래야 이
일을 묻어버릴 수가 있었다.

만일 이 일이 공개되면 온 왕국이 크라이카 전사단을 공격
할 것이다.

"전대장, 베르 전사들을 데리고 후작성의 사람들을 모두 죽
여라. 한 명도 살려두면 안 된다. 알겠는가?"

"예. 하지만 어떻게……?"

"명을 집행하라. 이 일이 공개되면 우리 전사단은 끝장이
다."

"아, 알겠습니다."

특수전대장이 광전사들을 데리고 후작성으로 달려들어 갔
다. 뒤따라가는 참모장은 이번 일이 끝나면 특수전대장을 비
롯하여 아는 자는 모두 죽여야겠다고 결심을 다졌다.

지금은 후작성부터 처리해야 하였다.

잠시 후, 후작성에 비명이 울려 퍼지기 시작하였다. 성에 돌
입한 광전사들이 살아 있는 것은 개미 새끼 한 마리 남김없이
쳐 죽이기 시작하였다.

아핀 후작성에 피비린내 나는 지옥도가 펼쳐졌다.

두두두두!

몇 마리의 말이 정신없이 도망치고 있었다. 아핀 후작과 살아남은 몇 명의 호위기사들이었다.

"빨리빨리!"

공포에 질린 아핀 후작이 말을 때려 몰았지만 말들도 지쳐 거품을 물고 있었다.

"가십시오, 각하. 저희들이 막겠습니다."

뒤를 돌아보니 광전사들이 미친 듯이 추격해 오고 있었다.

그 많은 기사들이 저들 50여 명에게 몰살되었다. 남은 기사들이 과연 몇 분(分)이나 막을 수 있을까? 결국은 이 초원에서 죽는 수밖에 없었다. 아핀 후작은 자신의 운명도 끝이라고 생각하였다.

"겨우 도망친 것이 여기까지인가? 후작의 꼴이 말이 아니구나. 으하하!"

뒤따라온 참모장이 통쾌한 웃음을 터뜨렸다. 평소에 귀족이라고 거들먹거리던 놈이 아내와 자식들이 죽어가는 데도 도망치는 것을 보니 속이 시원하였다.

후작성에서 사람을 죽여 광기가 오른 참모장은 지금 살육의 재미에 취해 있었다.

"네놈이 감히 광전사들을 만들다니, 이제 전 왕국의 공격을 받을 것이다!"

후작이 이를 갈며 말했지만 참모장은 눈썹 하나 까딱하지 않았다. 모두 죽여 버리면 그만이다. 이미 후작성은 개미 새끼

한 마리 남기지 않았고, 이놈들만 죽이면 끝나는 것이다.

이번에 광전사들이 보인 능력은 상상을 초월했다. 그 많은 기사들을 죽이면서 광전사는 한 명도 죽지 않았다. 광전사만 있다면 왕권을 가로채는 것도 별로 힘든 일이 아니었다.

"누가? 너희 잘난 귀족들이 말인가? 하하하! 꿈 깨라! 광전사만 있으면 왕국을 장악하는 것도 힘든 일이 아니다! 애들아, 후작 나리를 죽여라!"

"옛!"

전사들이 앞으로 다가오자 검을 든 기사들이 이를 악물며 앞으로 나섰다. 이제 마지막이 다가왔다.

두두두두!

갑자기 말발굽 소리가 들려왔다. 그리고 네 명의 기수가 그들의 앞으로 다가왔다.

행여나 하고 희망을 가졌던 아핀 후작의 얼굴에 실망이 어렸다. 겨우 네 사람이 아닌가? 게다가 두 명은 여자였다.

그들의 뒤에 휘날리는 깃발, 블랙울프 전사단.

그런데 이상한 일이 일어났다.

"브, 블랙울프 전사단이다!"

"저, 저… 블랙울프다!"

검을 들고 다가오던 크라이카 전사들의 얼굴이 공포에 질렸다.

"각하, 저들은 블랙울프 전사단입니다!"

기사가 희열에 넘쳐 소리치는 것을 보고야 아핀 후작은 머리에 떠오르는 것이 있었다.

"블랙울프 전사단……."

요새 크라이카 전사단을 모조리 패배시키며 세상을 들썩하게 하고 있다는 것을 그도 들었다.

저들의 단장은 소드 마스터라고 하였다. 현재 왕국의 두 개 파벌에서도 저들을 자기편으로 끌어들이려고 작위를 주려 하고 있었다. 아핀 후작은 귀족의 체면이고 뭐고 그들의 앞으로 달려갔다. 우선 살아야 귀족의 체면도 있는 것이다.

"이, 이보시오, 난 아핀 후작이오! 우리를 살려주시오! 저들은 크라이카 전사단의 광전사들이오!"

아핀 후작이 필사적으로 소리치자 지나가려던 헤럴드가 블랙을 멈춰 세웠다.

"광전사?"

옆에 멈춰 선 샤칸이 광전사라는 말에 깜짝 놀랐다. 마법사들은 광전사에 대하여 누구보다 잘 알고 있었다.

"광전사는 처녀들의 피와 마왕의 마력을 받아 만드는 키메라야. 사람들을 찢어 죽이고 모두 죽일 때까지 살육을 멈추지 않아."

샤칸의 말에 아핀 후작이 소리쳤다.

"레이디의 말이 맞습니다! 저놈들이 후작성에 쳐들어와서 남자들은 모두 죽이고 처녀들은 심장을 뽑아 먹었소!"

아핀 후작의 말에 레나가 대뜸 활을 꺼내 들었다. 처녀들의 심장을 뽑아 먹었다는 말에 분노한 것이다.

"오빠, 저놈들, 크라이카 전사단이야."

헤럴드는 놈들을 쏘아보았다. 뒤에 서 있는 전사들의 온몸에 피가 묻어 있고 입가에 아직도 심장의 찌꺼기가 남아 있었다. 게다가 그들의 눈은 새까만 색만 남아 있었다.

정말 광전사였다.

"크크크, 차라리 잘됐다. 여기서 블랙울프를 만나다니, 네놈들을 죽이러 출동한 광전사들이다. 하늘이 나를 돕는구나. 하하하!"

참모장은 여기서 블랙울프를 죽이고 후작성의 살인을 뒤집어씌울 생각이었다. 그러면 자기들은 살인마를 처단한 사람들로 될 것이니 이건 정말 일거양득이다.

삐익! 삐익!

나팔 소리가 울리자 나무처럼 서 있던 광전사들이 앞으로 걸어나오기 시작하였다.

"저놈들을 모두 죽여라!"

척척척!

레더 메일을 입은 광전사들이 거침없이 다가오기 시작하였다. 그들의 바라보던 헤럴드가 샤칸을 돌아보았다.

"샤칸, 후작과 기사들을 보호해. 저놈들은 내가 맡겠다."

"형아, 나도 싸우고 싶다."

타마가 모닝스타를 쳐들며 앞으로 나섰다. 헤럴드가 보니 저놈들은 모두 검은 마나가 가득하였다. 타마의 상대로서는 힘에 부치는 자들이다.

“타마, 오늘은 형이 저놈들을 맡을게. 타마는 저 사람들은
호위해. 그게 더 중요한 일이야. 알았지?”

“응, 알았어.”

모닝스타를 든 타마가 후작의 앞에 가서 척 버티고 섰다.

“지옥의 모닝스타 타마!”

기사들이 타마를 보고 외마디 소리를 지르자 타마는 싱긋
웃었다.

“맞아. 내가 지옥의 모닝스타야.”

그리고는 전장을 바라본다.

헤럴드가 천천히 광전사들을 향해 걸어나갔다.

삐익! 삐익!

또다시 나팔이 울리자 광전사들의 검에서 붉은 오러가 넘실
거리고 맹렬한 속도로 달려나왔다.

“키키키!”

괴상한 소리를 내며 달려오는 광전사들을 보는 후작과 기사
들은 침을 꿀꺽 삼켰다. 바로 저 오러 때문에 기사들이 전멸하
였다. 그런데 혼자 나가다니……. 옆의 아가씨들을 힐끔 올려
다보니 모두 태연한 표정들이었다. 누구도 놀라거나 겁에 질
린 표정이 아니었다.

아무리 소드 마스터라고 하여도 과연 저들을 이길 수 있을
까?

“키키키!”

맹렬하게 달려오던 광전사들이 검을 내려치는 순간 헤럴드

의 몸이 시야에서 사라졌다.

촤악!

"키악!"

헤럴드의 몸이 흔들리는 것 같더니 어느새 옆으로 돌아가 있었고, 광전사의 몸이 머리부터 절반으로 잘려 넘어가고 있었다.

촤악! 촤악!

헤럴드의 샤벨(군도)이 번쩍이는 곳마다 광전사들이 괴상한 소리를 지르며 두 동강이 나고 있었다.

"천지권 연환타!"

슉슉슉! 퍽퍽퍽!

"키액! 키악!"

헤럴드의 주먹이 연속으로 뻗어나가며 광전사들을 두드려댔다. 그런데 웬일? 넘어졌던 광전사들이 다시 일어나 덤벼들었다.

몇 번 주먹질을 해본 헤럴드가 싱긋 웃었다.

"그놈들, 가죽이 꽤 질기네. 그럼 이것도 견디나 볼까?"

마치 뭔가 시험을 해본 듯한 헤럴드의 말에 후작은 어이가 없었다. 그러는 사이에 벌써 광전사들이 코앞까지 와 있었다. 저놈들이 달려들면 끝장이었다. 혼자서 무슨 수로 50여 기나 되는 광전사를 이긴단 말인가? 부르르 떠는 그가 바라보는 사이에 헤럴드의 샤벨이 횡으로 휘둘러졌다.

"이젠 그만 끝내자. 천지도 벽월강!"

우르릉! 콰콰콰콰!

갑자기 하늘이 진동하며 헤럴드의 샤벨에서 반달형의 푸른 빛이 광전사들을 향하여 날아갔다. 거대한 푸른 반달이 광전사들을 모조리 베고 지나갔다.

"키액! 키악!"

그것은 마치 풀을 베는 것 같았다. 푸른 빛이 줄기줄기 뻗어 나오는 검이 춤을 추었고, 광전사들의 팔다리가 하늘로 날아올랐다.

헤럴드의 신형이 수십 개의 잔상을 남기며 광전사들 속에 돌입하여 무자비하게 검을 휘두르기 시작하였다.

좌악! 좌악!

"킥! 키악!"

광전사들의 잘린 팔다리가 대지에 널리고 피가 쏟아져 내렸다.

"오러 블레이드!"

"역시 소드 마스터!"

기사들의 꿈인 소드 마스터. 오늘 그들은 검의 절대 강자 소드 마스터를 보았고, 얼마나 강한지 실제로 보고 있었다.

감히 누구도 어쩔 수 없을 것 같던 광전사들이 들판의 풀처럼 모조리 죽어 넘어지고 있었다. 기사들의 눈에 경악과 존경의 빛이 가득하였다.

크라이카 전사단의 참모장은 갈팡질팡하였다. 그 잠깐 사이에 광전사들이 모두 죽어 쓰러졌고, 놈이 다가오고 있었다. 상급전사 수준인 광전사들이 추풍낙엽이 되어 널브러지자 그는 그만 눈이 뒤집어졌다.

"뭐 하느냐? 공격하라! 공격하란 말이다!"

참모장이 악을 쓰며 소리쳤지만 전사들은 검을 집어 던졌다.

투두둑! 두둑!

그리고는 무릎을 꿇었다. 그렇지 않아도 강하다고 하여 광풍의 전사라는 블랙울프 단장이다. 그런데 광전사들이 허무하게 죽어버렸으니 무조건 항복만이 살길이었다.

블랙울프 전사단은 항복하는 자는 죽이지 않는다는 것이 소문으로 퍼져 있었다.

"이, 이 배신자들, 네놈들을 모두 죽일 테다!"

정신이 반쯤 나간 참모장이 검을 뽑아 전사들을 후려쳤다.

촤악! 휘익!

"크악!"

참모장의 팔을 자른 샤벨이 한 바퀴 돌아 헤럴드의 손에 척 잡혔다. 이기어도술이다.

"으으, 네놈이, 네놈이… 컥!"

잘린 팔을 부여잡고 이를 갈던 참모장이 헤럴드의 발길에 걷어차여 벌렁 나가 쓰러졌다.

잘린 팔다리와 몸통이 어지럽게 널린 들판을 바라보는 아핀 후작은 헤럴드를 보며 머리를 흔들었다. 소드 마스터가 절대 강자라는 소리는 들었지만 이건 말도 안 되는 강자였다.

'저자는 일인 군단이다. 반드시 저자를 우리 파에 영입해야
해.'
  아핀의 얼굴에 굳은 결심이 어렸다.

CHAPTER 06

세리나 왕후

THE Warrior
Gale of Wind

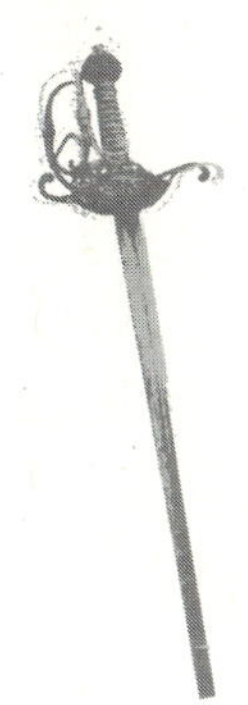

쾅!

벼락이 떨어져도 이렇게 놀라지는 않을 것이다. 크라이카 전사단에서 만든 광전사의 출현, 아핀 후작 영지의 살인, 그리고 블랙울프 전사단에 의한 광전사의 몰살은 사람들에게 충격과 환호를 불러일으켰다.

여관, '슬픈 레이디'.

두두두두!

질풍처럼 달려온 말에서 기사들이 쏟아져 내렸다.

철컥! 철컥!

번쩍거리는 플레이트 아머에 레드 드래곤의 문장이 선명하게 빛났다.

“무, 무슨 일입니까, 기사님?”

여관의 주인은 깜짝 놀랐다. 국왕의 친위대가 들이닥친 것이다.

“여기 블랙울프 전사단이 있다고 들었다. 맞는가?”

친위기사의 말에 주인이 황급히 대답하였다.

“예, 어제저녁에 들었습니다. 하지만 방금 전에 크라이카 전사단으로 떠났습니다.”

여관 주인의 말에 친위기사가 다급히 소리쳤다.

“전원 승마! 연락관은 즉시 왕궁에 소식을 알려라! 우리는 크라이카 전사단으로 간다! 서둘러라!”

“옛, 단장님!”

두두두두!

급히 말에 오른 기사들이 먼지를 일으키며 크라이카 전사단으로 달리기 시작하였다.

거리가 친위기사단이 달리는 말발굽 소리로 소란스러워졌다.

타판파스 왕국에 소드 마스터의 출현. 그것은 광전사의 충격보다 귀족 사회에 더 큰 충격을 일으켰다. 소드 마스터가 가지는 상징성 때문이었다.

친위기사단이 크라이카 전사단으로 달리는 그 시각, 왕궁의 대전에서는 왕후와 마틴, 조지 공작이 헤럴드의 문제를 가지고 토의를 하고 있었다.

“왕후마마, 지금은 어떤 일이 있어도 그 소드 마스터를 우리

왕국의 귀족으로 만들어야 합니다. 소드 마스터는 국력의 상
징입니다."

마틴의 말에 조지 공작이 속으로 계산을 하며 맞장구를 쳤
다.

"그렇습니다. 나라의 국력을 위해서 그에게 귀족의 작위를
주어야 합니다. 소드 마스터는 대외적으로 국가의 힘을 시위
할 수 있습니다."

조지 공작이 헤럴드에게 작위를 주자고 주장하는 것은 자기
정보원들을 통해 헤럴드가 비록 마틴 공작의 아들을 구해주었
지만 그것이 우연이라는 것을 보고받은 때문이었다.

결국 그는 마틴의 사람이 아니었다. 우선 귀족의 작위를 주
고 자기의 사람으로 만들면 되는 것이다.

'그는 이제 스무 살이라고 했으니 조카딸을 내세운다면 내
사람으로 만드는 것은 쉬운 일이다.'

조지 공작의 조카딸은 열아홉 살로 미녀로 불린다. 하지만
과연 그만이 그런 생각을 하고 있을까? 마틴 공작 역시 조지의
속을 들여다보고 있었다.

'네놈의 속을 내가 모를 것 같으냐? 어림도 없다. 그는 반드
시 내 사람으로 만든다.'

두 공작이 서로 자기의 이익을 타산하고 있을 때 왕후는 살
그머니 한숨을 내쉬었다. 저들의 속이 들여다보였기 때문이
다.

힘이 없는 왕실. 꼭두각시가 돼버린 왕실에서 어떻게 해서

든 왕권을 바로잡으려 했지만 방법이 없었다.

국왕은 스물여섯 살인 왕후보다 서른 살이나 위인 쉰여섯 살이다. 나라가 귀족들에게 휘둘리자 국왕은 내궁에 박혀 술과 시녀들의 치마폭에 빠져 정치에는 일체 관심을 두지 않았다. 하긴, 정치에 관심을 가졌다면 벌써 어쎄신들에게 귀신도 모르게 죽었을 것이다.

세리나 왕후는 이번에 나타난 소드 마스터를 왕실의 사람으로 만들고 싶었지만 그도 자연히 두 공작 중의 하나를 선택할 것이다. 인간은 힘이 있는 자의 편에 서기 마련이니까.

'하지만 이번만은 내 목숨을 걸고라도 그를 왕실의 편으로 만들 테다. 어떤 짓을 해서라도.'

왕후는 이것이 하늘이 준 마지막 기회라고 생각하였다. 소드 마스터가 왕실을 뒷받침한다면 많은 것이 달라질 것이라고 왕후는 굳게 믿었다.

"좋아요. 두 공작이 그렇게 생각하니 그에게 후작의 작위와 후두라임 영지를 하사하겠어요."

왕후의 말에 두 공작이 허리를 굽혔다.

"현명하신 판단이옵니다, 왕후마마."

두 공작의 지지에 대전 양쪽에 늘어선 귀족들이 일제히 허리를 굽혔다.

"감축드리옵니다, 왕후마마."

왕후는 저들 모두를 죽여 버리고 싶었다. 이놈들은 자기를 왕후로조차 여기지 않는 두 공작의 부하들이다.

'내 모든 것을 주고라도 소드 마스터를 왕실의 사람으로 만들 거야. 두고 봐라.'

왕후의 아름다운 눈이 표독스럽게 변했다.

"왕후마마, 친위기사단장의 급보가 도착했습니다. 이미 블랙울프 전사단장이 크라이카 전사단을 치려고 떠났다고 합니다."

시종장의 보고에 두 공작이 흠칫 놀랐다. 크라이카 전사단 본부에는 300명의 전사가 있다.

거기다가 광전사들이 더 있다면 이것은 자칫 죽음으로 이어질 수도 있었다.

"두 공작은 빨리 기사단들을 파견해서 공격을 시작하세요. 잘못하면 아까운 사람을 잃을 수도 있습니다."

왕후의 명에 두 공작이 동시에 머리를 숙였다.

"알겠습니다, 왕후마마."

"명을 받습니다, 왕후마마."

공작들이 명을 내리기 시작하였다.

"마법 통신을 넣어라. 각 기사단은 즉시 크라이카 전사단으로 출전하라."

사방에서 공작 직속의 마법사들이 통신을 하기 시작하였다. 왕실은 겨우 한 개의 친위기사단을 가지고 있는데, 두 공작은 각기 다섯 개의 기사단을 가지고 있었다.

화사한 모습을 하고 있는 왕후의 어금니가 꽉 다물려졌다.

크라이카 전사단으로 가는 길에는 수많은 전사단이 창검을 들고 블랙울프 전사단의 뒤를 따르고 있었다. 이들은 모두 중소 전사단으로, 크라이카 전사단에게 모든 것을 잃은 사람들이었다.

"블랙울프!"

"광풍전사!"

"와~!!"

"크라이카 전사단을 괴멸시켜라!"

연도에 늘어선 사람들이 블랙울프가 지나가는 것을 환영하며 소리치고 있었다.

광전사를 만들어 사람들을 잔인하게 죽인 크라이카 전사단은 이미 공적이 되어 있었다.

두두두두!

갑자기 말이 달려오는 소리가 나고, 은빛의 플레이트 메일을 입은 기사들이 달려왔다.

"친위기사단이다!"

그들의 투구에 번쩍이는 문장을 본 사람들이 외치는 소리였다.

친위기사단장이 블랙을 타고 있는 헤럴드의 앞에 다가왔다.

"안녕하십니까, 광풍전사님? 왕궁의 친위기사단장인 오베르토입니다."

오베르토가 헤럴드에게 군례를 하였다. 사실 친위기사단장이면 백작 정도의 작위를 갖고 있다. 그러나 상대는 소드 마스터였고, 왕후마마가 귀족의 작위를 주려는 사람이다.

또 그 모든 것을 떠나서 소드 마스터는 기사들의 꿈이고 존경의 상징이었다.

"기사단이 어떻게 왔소?"

"광전사를 만든 전사단은 왕국의 법에 의하여 역적입니다. 지금 귀족들의 기사단이 이곳으로 달려오고 있습니다."

단장의 말이 끝나지도 않았는데 말발굽 소리와 먼지기둥을 말아 올리며 기사단들이 달려오는 것이 보였다.

"흥, 크라이카 전사단은 오늘 끝장이 났네."

헤럴드의 옆에 말을 타고 있던 레나가 비웃는 소리였다.

사건이 일어난 지가 언젠데 이제야 온단 말인가? 그것도 블랙울프 전사단이 출동한 다음에야 오는 것을 레나는 비웃은 것이었다.

"어쨌든 왔으니 함께 갑시다."

"예, 광풍전사님."

기사단장이 물러서고 기사들의 눈이 헤럴드와 블랙울프 전사들에게 쏠리고 있었다.

타마와 샤칸, 레나의 모습은 그들에게 부러움의 대상이었다. 저들은 한 달이라는 짧은 시간 동안에 타판파스 초원을 뒤흔들었고, 맞서는 적을 모두 패배시켜 전사로서의 명성이 초원을 울리고 있었다.

어떤 기사도 저들만큼 이름을 드날린 사람은 없었다. 검을 다루는 같은 검사로서 그들은 부러움의 대상일 수밖에 없었다.

블랙울프 전사단이 전진을 시작하자 방금 도착한 기사들이 메일을 철컥거리며 뒤를 따랐다.

콰콰쾅! 콰쾅!

달려가던 헤럴드는 대지를 뒤흔드는 폭발 소리에 크라이카 전사단의 성을 바라보았다.

검은 연기가 하늘로 치솟고 있었다.

"오빠, 성에 무슨 일이 있는 것 같아요."

"음, 그런 것 같구나."

헤럴드는 검은 연기가 뭉게뭉게 솟아오르는 성을 바라보며 말끝을 흐렸다.

"헤럴드, 저건 마법폭발진을 자폭시킨 것 같아. 광전사들을 만들던 곳을 폭발시켰을 수도 있어."

샤칸의 말에 헤럴드는 이해가 갔다. 크라이카 전사단의 수뇌부도 정보가 있으니 이 많은 기사의 공격을 이길 수 없다고 판단했을 것이다.

광전사 사건만 아니라면 다른 전사단들이 합세할 것이지만 지금 전사단들은 모두 침묵을 지키고 있었다. 잘못했다가는 왕국의 공적이 될 수도 있는 것이다.

크라이카 전사단의 성문 앞에는 200명 정도의 전사들이 정렬하여 있었고, 그 앞에 클레이모어를 든 한 명의 남자가 떡 버티고 있었다.

"전대 전사단장이다!"

뒤따라오던 사람들의 입에서 경악에 찬 소리가 터져 나왔

다. 소드 마스터에 근접했다고 알려진 전대 크라이카 전사단
장 제임스, 그가 클레이모어를 들고 마주 걸어나왔다.

"그대가 블랙울프 전사단장 헤럴드인가?"

숨소리 하나 없는 조용한 정적 속에 제임스의 말이 들려왔
다. 수많은 기사들이 살기를 풍기고 있었지만 그는 눈썹 하나
까딱하지 않는 당당한 자세였다.

블랙에서 내린 헤럴드가 마주 걸어나갔다.

"그렇습니다. 당신이 전대단장 제임습니까?"

제임스가 머리를 끄덕였다.

"맞네. 내가 전대단장이야. 듣던 대로 젊구먼. 내가 여기 나
와 선 것은 자네와 한번 겨루어보기 위해서네. 소드 마스터와
의 대결이 흔한 일은 아니지 않나. 어떤가?"

말을 하는 제임스의 눈은 맑았다. 가만히 들여다보던 헤럴
드는 샤벨의 손잡이를 잡았다.

"당신은 이미 소드 마스터가 되었군요. 좋습니다. 대결해
드리지요."

헤럴드의 승낙에 제임스는 만족한 웃음을 띠었다.

"고맙네. 대결을 하기 전에 한 가지 말해줄 것이 있네. 난 새
로운 나라를 만들려고 했어. 아스톤 제국의 도움을 받아서. 그
래서 광전사도 만들었네. 이제 와서 잘잘못을 따질 필요는 없
고, 마법사들과 단장을 비롯한 수뇌부는 모두 떠났네. 그들은
제국 사람들이야. 100여 명의 전사도 같이 떠났지. 하지만 저
사람들은 죄가 없는 일반 전사들이네. 자네가 저 사람들을 맡

아줄 수 있는가? 난 패자니 할 말은 없지만 죄없는 전사들을 죽이고 싶지는 않네."

제임스의 눈을 가만히 들여다본 헤럴드는 이자가 말하는 것이 진심이라는 것을 알았다. 비록 광전사를 만든 것은 잘못되었지만 사내다운 사내였다.

"좋소. 당신의 제안을 받아들이겠소. 단 저들이 내 명에 복종하는 내 부하들이 되는 조건으로."

헤럴드의 말에 제임스는 머리를 끄덕였다. 블랙울프 단장은 젊었지만 통하는 데가 있었다.

"고맙네."

말을 하고 돌아선 제임스가 전사들에게 외쳤다.

"너희들은 들어라! 나는 이제 마지막 명을 내리려고 한다! 내가 이 결투에서 살든 죽든 너희들은 이제부터 블랙울프 전사단장의 명을 들어라! 알겠는가?"

"옛, 단장님!"

크라이카 전사들이 모두 머리를 숙였다.

돌아선 제임스가 검을 치켜들었다.

"자, 이제 시작해 보지. 둘 중 하나는 죽어야 할 것이야."

두 사람이 서로를 노려보며 검을 잡았다. 주변은 폭풍 전야의 정적처럼 조용하였다.

제임스의 발이 한 걸음 내디디며 클레이모어가 번쩍 빛을 뿌렸다.

"소드 일루전."

파앗! 버언쩍!

제임스의 클레이모어가 수십 개로 분열하여 헤럴드를 향하여 쏟아져 들어왔다.

그것은 클레이모어의 숲이었다.

촤촤촤촤!

헤럴드에게서 빛이 뿜어져 나갔다.

"천지도 환."

헤럴드의 샤벨이 제임스의 클레이모어를 맞받아 나갔다. 수십 개의 도가 모든 방위를 점령하였다. 그리고 충돌이 일어났다.

콰콰쾅! 타다당!

똑같은 환의 도법이 상대를 향하여 펼쳐졌고, 성문 앞이 온통 검과 도의 물결로 뒤덮여 푸른 불꽃을 일으켰다.

파파팟!

검과 함께 돌진해 들어온 제임스의 클레이모어가 하얀 오러 블레이드를 뿜어냈다.

콰콰쾅! 콰쾅!

두 개의 검과 도에서 뿜어진 오러 블레이드가 충돌하자 주변이 모두 공격권에 들어갔다.

"으앗! 오러 블레이드다!"

"전대 단장도 소드 마스터다!"

경악에 찬 소리가 사람들 속에서 터져 나오고, 침울한 표정으로 서 있던 크라이카 전사단원들이 환성을 질렀다.

“와~!!”

“제임스님께서도 소드 마스터다!”

크라이카 전사단원들이 기쁨에 넘쳐 소리를 쳤다.

성문 앞의 공터에는 두 사람의 격돌로 하얗고 푸른 오러 블레이드가 섬광처럼 교차하였다.

슉슉슉! 콰쾅! 콰쾅!

서로가 쳐내는 오러 블레이드에 성문이 맞아 산산이 부서져 내리고 땅이 움푹움푹 파였다.

헤럴드의 샤벨이 하늘로 쳐들렸다.

“천지유성우!”

우르릉! 콰콰쾅!

귀청을 찢는 소리를 동반한 은빛의 칼날이 폭우처럼 쏟아져 내렸다.

쏟아지는 검폭을 맞받아 제임스의 클레이모어가 수십 번의 절단을 시전하였다.

챠챠챠악! 콰콰쾅! 콰쾅!

무시무시한 공격으로 흙과 돌이 회오리쳐 아무것도 보이지 않았다. 오직 사방으로 비산하는 오러 블레이드의 빛뿐이었다.

“쿡! 커억!”

갑자기 무서운 폭음이 멈춰지고 억눌린 듯한 신음이 흘러나왔다.

사람들은 눈을 부릅뜨고 공터를 지켜보았다. 과연 누가 이겼을까? 고요한 정적 속에 먼지구름이 서서히 사라졌다.

온통 파헤쳐진 땅에 클레이모어를 박고 겨우 버티고 있는 제임스의 모습이 나타났다.

온몸에 구멍이 뚫려 피가 폭포처럼 쏟아지는 제임스가 가까스로 입을 열었다.

"저들을 꼭 살려주게. 그리고 고맙네. 컥!"

콰당!

제임스가 땅으로 쓰러졌다.

"와~!!"

"광풍의 전사가 이겼다!"

"블랙울프 만세!"

사람들의 환호 속에 헤럴드는 제임스를 안아 일으켰다.

"크라이카 전사단을 모두 죽여라!"

기사단장들의 외침에 기사들이 검을 뽑아 들고 돌진하기 시작하였다. 이제 남은 저 200명의 전사들을 죽여 공을 차지해야 하였다.

"와~!!"

"죽여라!"

기사들이 돌격해 나오자 레나와 샤칸, 타마가 막아섰다.

"멈춰! 한 발자국이라도 나오면 나 레나의 활이 어떤 맛인지 보게 될 것이다!"

레나의 손에 쥐어진 궁에서 세 개의 화살이 기사들을 겨누었고, 타마의 모닝스타가 하늘로 쳐들렸다. 뒤에 선 샤칸은 마법 지팡이를 들고 기사들을 노려보고 있었다.

“비키시오! 저들은 역적이오!”

“어림도 없다. 오빠의 승인 없이는 누구도 죽일 수 없다.”

레나의 낭랑한 목소리에 기사단장들이 분통을 터뜨렸다.

“감히 전사단이 기사단을 막겠단 말이냐! 이건 반역이다!”

기사단장들이 소리를 지르다 흠칫하였다. 헤럴드의 말소리가 들렸기 때문이다.

“누가 블랙울프를 공격하는가? 감히 누구냐?”

헤럴드가 기사들을 향해 살기를 쏘아 보내고 있었다. 기사들이 주춤거리며 물러섰고, 말들이 앞발을 들고 투레질을 하였다.

혼돈의 기는 그것이 유형화되어 쏟아질 때 드래곤의 피어만큼 사람들의 심령을 압박한다.

“그, 그게… 우리는…….”

단장들이 얼굴이 하얗게 질려 비칠거렸다.

“아버지가 잘못했다고 자식까지 죄가 있는 것은 아니다. 저들은 아무것도 모르고 전사가 된 사람들일 뿐이다. 그들이 역적이 되는 것이 옳단 말인가? 이제부터 저들을 역적이라고 하는 자들은 나 헤럴드의 칼이 용서하지 않을 것이다. 명심하라.”

헤럴드의 말에 기사들이 머리를 숙이고 꼼짝을 못하고 있었다. 살기가 쏟아져 온몸에 땀이 흐르고 있었다.

저벅저벅!

헤럴드가 크라이카 전사단에게 걸어간 다음에야 기사들은

숨을 내쉬었다. 살기에서 해방되어 온몸을 짓누르던 공포가 사라진 것이다.

"난 너희들의 단장에게 부탁을 받았다. 진정으로 내 부하가 되겠는가?"

헤럴드의 말에 크라이카 전사들이 검들을 내려놓고 땅에 무릎을 꿇었다. 방금 자기들을 위해 나선 헤럴드를 보고 모두 감동을 한 것이다.

전사로서 수많은 기사를 호령하는 그의 모습은 따르고 싶은 영웅의 표상이었다.

"단장님을 따르겠습니다."

"저희들을 받아주십시오."

전사들을 둘러보던 헤럴드가 입을 열었다.

"이제부터 너희들은 블랙울프 전사단이다. 그 누구도 너희들을 건드릴 수 없다."

헤럴드의 말에 전사들이 머리를 숙이고 흐느껴 울었다. 자기들은 역적이니 이제 꼼짝없이 죽는 줄 알았다. 하지만 단장은 누구도 다칠 수 없다고 선언하였다.

"블랙울프 만세!"

"단장님께 충성을!"

"충!"

"충!"

새로운 블랙울프 전사들의 충성의 메아리가 울려 퍼졌다.

＊　　　＊　　　＊

샹들리에가 화려하게 번쩍거리는 이곳은 왕국의 로즈 홀이다. 은은한 음악이 흐르는 홀에 귀족들이 쌍쌍이 붙어 잡고 춤을 추고 있었다. 오늘 역적을 소탕한 축하 파티를 열고 있었다. 오늘의 주인공인 블랙울프 단원인 레나와 샤칸은 귀족 남자들에게, 타마는 귀족 레이디들에게 둘러싸여 있었다. 이미 헤럴드에게 후작의 작위가 내려진다는 소문이 퍼져 귀족들은 소드 마스터와 친분을 쌓으려고 눈에 불을 켜고 있었다.

귀족이 아닌 전사단원들로 왕국의 로즈 홀에 들어온 것은 블랙울프 전사단이 처음일 것이다.

그곳에 왕후와 헤럴드가 앉아 부류고뉴 포도주를 마시고 있었다.

"그럼 그대가 쥬신 가의 장자란 말인가요?"

왕후의 아름다운 눈이 더 이상 커질 수 없을 만큼 커져 있었다. 방금 헤럴드의 성을 물어보았는데 쥬신이라고 한다.

쥬신! 대륙의 인간들을 구한 위대한 용사의 가문!

그런데 바로 이 사람이 멸문하였다던 쥬신 가의 장자라고 하니 놀라지 않을 수가 없었다.

왕후의 아름다운 눈이 헤럴드를 뚫어지게 바라보았다.

"이것이 제 가문의 문장입니다."

헤럴드가 목에 걸었던 신패를 보여주었다. 신패를 받아 든 왕후의 눈이 파르르 떨렸다. 그것에는 하나의 그림이 그려져 있었다.

하늘로 비상하는 한 마리의 검은 새. 발이 세 개인 저 새는 드래곤 슬레이어의 상징이었다.

아이리스 왕국은 쥬신 가가 있음으로 천 년 동안 번영을 누렸다. 마지막에 배신자들이 반역을 하는 바람에 나라가 망하였지만.

"그럼 그대가 배신자들을 처단한 사람인가요?!"

"예, 마마. 세상에 나온 후 가문의 배신자들을 처단하였습니다."

헤럴드의 담담한 말에 왕후는 뭐라 말할 수 없는 감동을 느꼈다.

얼마 전에 니힐리스 제국의 스텔리츠 공작이 죽었다. 그리고 아이리스 왕국을 배신한 귀족들이 모두 처단되었다는 소식이 대륙을 강타하였다. 바로 쥬신 가의 아들이 돌아와 모두 처형하였다는 소식을 들었을 때 왕후는 자기에게는 그런 인재가 없는 것을 한탄하였다.

그런데 용맹하기가 드래곤 같다는 쥬신 가의 아들이 자기 앞에 앉아 있다.

왕후의 가슴이 세차게 고동쳤다. 이 사람, 반드시 왕실 사람으로 만들어야 했다. 그렇게만 된다면 땅에 떨어진 왕권을 세우고 왕국을 반석 위에 올려 세울 수 있게 될 것이다.

왕후는 저쪽에서 귀족 청년들에게 둘러싸여 있는 샤칸과 레나, 타마를 가리켰다.

"사람들 말로는 저 여자들이 경의 애인이라고 하던데 맞는 가요? 무례했다면 죄송해요."

왕후가 얼굴이 붉어지며 하는 말에 헤럴드는 빙긋이 웃음을 지었다.

"마마, 저들은 나의 형제와 같은 사람들입니다."

헤럴드의 말에 왕후는 머리를 갸웃했다. 형제라… 참으로 묘한 말이었다.

"우리 춤을 한번 출까요?"

"저는 춤을 출 줄 모릅니다, 마마."

헤럴드의 말에 자리에서 일어난 왕후가 손을 잡아 일으켰다.

"춤은 제가 가르쳐 주면 됩니다."

어쩔 수 없이 자리에서 일어난 헤럴드는 왕후의 손을 잡고 춤을 추기 시작하였다.

둘이 춤을 추기 시작하자 모든 귀족의 눈이 두 사람에게로 쏠렸다.

남자들은 경악하는 눈으로, 여자들은 무서운 질투의 눈길로. 왕후는 여태껏 단 한 번도 춤을 춘 적이 없기 때문이었다. 그런 왕후가 남자와 춤을 추고 있으니 이것은 이변이었다.

왕후의 늘씬하고 무르익은 몸매가 헤럴드의 품에 안겨 홀을 누비고 있었다.

"왕후마마께서 오늘 기분이 좋군요."

조지 공작이 마틴 공작을 보며 하는 소리다.

"흠, 왕국에 소드 마스터가 나타났으니 기쁠 수밖에요."

마틴이 의미심장하게 조지를 바라보았다. 그들의 눈 속 깊은 곳에서는 지금 불길이 이글거리고 있었다. 헤럴드를 놓고 두 공작의 보이지 않는 싸움이 벌어지고 있었다.

싸움은 그들만 하고 있는 것이 아니었다. 귀족의 레이디들은 헤럴드를 겨냥하고 온갖 방법을 동원하고 있었다.

꽃들이 화려하게 핀 이곳은 왕궁의 귀빈실이 있는 정원이다. 정원에 앉아 샤칸과 레나, 타마와 함께 앞으로의 일을 논의하던 헤럴드는 시녀의 외침 소리에 머리를 돌렸다.

"마틴 공작님께서 드시옵니다!"

마티 공작이 들어오고 있었는데, 그의 아들과 아름다운 레이디도 함께 들어오고 있었다.

"흥, 오빤 좋겠다."

레나가 입을 삐죽이고는 자리에서 일어나 방으로 들어갔다. 샤칸은 들어오는 여자를 보며 가늘게 한숨을 내쉬었다. 파티가 끝나고 나서 이곳으로 왔지만 수많은 귀족들이 찾아와서 쉴 새가 없었다. 오는 귀족마다 딸이니 조카니 하면서 레이디들을 데리고 왔다 갔다.

방금 전에도 조지 공작이 조카를 데리고 와서 말을 하고 갔었다.

빨리 작위를 받고 왕궁을 떠나야지 이러다가는 헤럴드를 잃을 것 같았다.

"그럼 이야기해. 난 방에 들어가 있겠어."

샤칸이 타마를 데리고 방으로 들어갔다.

"헤럴드 경, 내 아들을 구해준 인사를 하려고 들렀소. 정말 고맙소."

마틴이 헤럴드에게 하는 감사의 표시다.

"할 일을 했을 뿐입니다. 그리고 전 귀족이 아닙니다, 각하."

헤럴드의 말에 아핀 후작이 손을 내저었다.

"무슨 소리를 합니까. 헤럴드 경은 내일이면 왕국의 후작 작위를 받게 될 것입니다. 앞으로 제 생명의 은인으로 친구가 되고 싶습니다."

아핀 후작의 말에 헤럴드는 머리를 숙였다. 아직은 이들과 친분 관계를 가지는 것이 유리하였다. 앞으로의 일을 위해서라도.

"감사합니다. 공작님과 후작님의 은혜를 잊지 않겠습니다."

헤럴드의 인사에 마틴은 마음이 흡족하였다.

"무슨 일이든 부족한 것이 있으면 말하게. 영지를 꾸리려면 많이 힘들 거야. 하지만 내가 도와주겠네. 흠, 그리고 이 노예는 내가 아들을 구해준 보답으로 자네에게 주는 선물일세. 내 성의로 알고 받아주게. 엘프일세."

마틴 공작의 말에 깜짝 놀라 바라보니 정말 엘프였다. 이 대륙에서 엘프는 정말 보기 힘든 존재였다. 1만 년 전, 신마전쟁 당시에 엘프는 거의 소멸되어 지금은 없는 것이나 마찬가지였다.

"엘프 노예 리제나입니다. 주인님께 인사를 드립니다."
엘프 노예 리제나가 모자를 벗고 인사를 하였다.
"이, 이런."
너무도 갑작스런 일에 헤럴드가 망설이자 마틴의 입가에 회심의 미소가 어렸다. 역시 이자는 아직 피 끓는 청년이었다. 누가 엘프의 미모를 보고 놀라지 않겠는가?
"이제부터 리제나는 자네의 노예야. 내 성의를 무시하면 안 되지. 어서 받게."
기가 막힌 헤럴드가 리제나를 일으켜 세웠다.
"이, 일어나시오."
"저는 노예입니다. 말을 놓아주세요."
엘프의 말에 헤럴드는 할 수 없이 말을 놓았다.
"알았으니 그만 일어나라."
"공작 각하, 고맙기는 하지만 저는 이 엘프를 받을 수 없습니다. 제 여자들에게 원망을 듣고 싶지는 않으니까요. 용서하십시오."
헤럴드의 핑계에 공작은 입을 떡 벌렸다.
"아하, 블랙울프의 두 레이디가 후작의 애인이었소? 허허, 그렇다면 이거 내가 실수를 하였군. 미안하네, 후작."
방 안에서 그 모든 것을 보고 있던 레나가 방방 뛰고 있었다.
"저 늙다리 공작 놈을! 아유, 이걸 어떡하지? 언니, 어떡해?"
샤칸은 이를 악물었다. 빨리 이 왕궁을 벗어나야 했다. 레나

가 분해서 난리치는 것을 보던 타마가 아무래도 이해가 되지
않는 듯 한마디 하였다.

"내가 보기에는 좋기만 한데. 예쁘잖아."

"오빠, 그걸 말이라고 해?!"

레나가 타마에게 방이 떠나갈 듯 소리를 질렀다.

*   *   *

대전에 모인 귀족들은 엄숙한 표정들이었다. 병색이 짙은
국왕 필리쿠네 16세도 오늘은 엄숙한 얼굴로 작위식을 거행하
고 있었다.

"…때문에 과인은 드래곤 슬레이어의 후손이며 쥬신 공작
가의 장자인 헤럴드 르 쥬신에게 후작의 작위와 후두라임 영
지를 하사한다. 헤럴드 르 쥬신은 과인과 타판파스 왕국에 충
성을 맹세할 수 있는가?"

국왕 필리쿠네 16세가 숨을 헐떡이며 의장용 검을 헤럴드의
머리에 가져다 대었다.

무릎을 꿇은 헤럴드가 충성을 맹세하였다.

"신 헤럴드 르 쥬신은 폐하와 왕국에 충성할 것을 맹세합니
다."

헤럴드가 무릎을 꿇고 충성을 다짐하자 국왕은 홀에 모인
귀족들에게 선포하였다.

"이로써 헤럴드 르 쥬신 경은 타판파스 왕국의 후작이 되었

노라."

"감축드립니다, 국왕 폐하."

"감축드립니다, 국왕 폐하."

모든 귀족들이 국왕을 향해 허리를 굽혔다.

오늘은 헤럴드가 타판파스 왕국의 귀족이 된 날이고, 훗날 대륙을 질타할 광풍의 전사가 날개를 달고 날아오른 날이었다.

"축하해, 헤럴드."

"오빠, 멋져."

"형아, 나도 축하한다."

방에 돌아오자 샤칸과 레나, 타마가 축하하며 기쁨을 나누었다. 이제 이들에게는 살아갈 수 있는 집이 생긴 것이다. 헤럴드는 먼 하늘을 쳐다보았다.

'아버지, 이제부터 시작입니다. 반드시 제국을 멸망시키고 핏값을 받을 것입니다. 지켜봐 주십시오.'

헤럴드의 두 주먹이 꽉 쥐어졌다.

"샤칸, 에리세드 상단을 통해서 후두라임 영지에 대한 자료를 수집해. 그리고 레나는 타마와 같이 블랙울프 전사단의 출발 준비를 갖춰."

"옛, 알겠습니다, 후작 각하. 호호."

레나가 깔깔거리며 대답했다. 샤칸은 눈에 눈물이 글썽하였다. 영지를 잃고 도망치던 생각이 난 것이다. 하지만 이제 헤럴드를 만나 새로운 영지에 자리를 잡게 되었다.

다시는 힘이 없는 영지가 되면 안 되었다.

"후작 각하, 왕후마마께서 부르시옵니다."

밖에서 시종장의 전갈이 들려왔다.

"샤칸, 그럼 먼저 전사단으로 가 있어. 나도 뒤따라갈 테니까."

예전 크라이카 전사단의 자리에 지금은 블랙울프 전사단으로 바뀐 200명의 전사들이 기다리고 있었다.

"그럼 먼저 갈게."

"오빠, 빨리 와야 돼?"

두 여자의 말에 헤럴드는 머리를 끄덕였다.

"타마, 먼저 가 있어라. 형도 이제 가겠다."

"응, 형아. 알았다."

타마가 싱글거리며 대답했다.

왕궁 밖의 광대한 초원 위에 저녁 해가 붉게 물들이고 있었다.

"왕후마마, 쥬신 후작 각하께서 오셨습니다."

시종장의 보고에 왕후의 낭랑한 말소리가 들려왔다.

"들라 하라."

"어서 드십시오, 후작 각하."

방으로 들어선 헤럴드는 눈이 휘둥그레졌다. 은은한 향이 흐르는 이 방은 집무실이 아니라 왕후의 침전이었다. 왕후의 취향을 보여주듯 침전은 정갈하고 아늑하게 꾸려져 있었다.

잠깐 동안 어리둥절하였던 헤럴드는 인사를 드렸다.

“왕후마마께 인사드립니다.”

“어서 오세요, 헤럴드 후작.”

화려한 비단옷을 입은 왕후가 헤럴드를 맞아들였다.

“경은 이 나라의 실정을 알고 있어요?”

왕후가 포도주를 건네며 묻는 소리에 헤럴드는 머리를 흔들었다.

“마마, 저는 산에서 내려온 지 얼마 되지 않습니다.”

헤럴드의 말에 왕후가 의자에 앉으며 미소를 지었다.

“아, 헤럴드 경은 산에서만 살았다는 것을 제가 깜빡했군요.”

의자에 두 다리를 꼬고 앉은 왕후의 짧은 비단 치마 사이로 하얀 두 다리가 살짝 내비쳤다.

“헤럴드 경, 지금 왕실은 힘이 없는 꼭두각시예요. 귀족들이 정치를 하고 있고 폐하는 시녀들의 치마폭에만 매달려 있어요. 난 떨어진 왕권을 다시 세우고 싶어요. 나를 도와줄 수 있나요?”

왕후의 아름다운 눈이 헤럴드를 간절하게 쳐다보았다. 왕후의 기파가 심하게 떨리는 것이 헤럴드의 기감에 잡혀왔다.

“마마, 전 이미 충성을 맹세했습니다. 비록 힘은 없지만 왕국을 위해서라면 제 모든 것을 바치겠습니다.”

헤럴드는 앞으로 제국을 멸망시키기 위해서는 강력한 왕국의 힘이 필요하다고 생각하였다.

우선 내부를 단단하게 해야 외부로 눈을 돌릴 수가 있는 것이다.

　헤럴드의 대답에 왕후는 너무 기뻐 흐르는 눈물을 억제하기 힘들었다. 너무도 외롭고 힘든 왕후의 삶이었다. 힘이 없는 꼭 두각시의 삶. 누구도 자기에게 힘을 주지 않았고 오직 이용하려고만 하였다. 게다가 국왕이라는 것은 시녀들 속에 빠져 황음만 일삼고 있는 것이 현실이었다.

　"고마워요, 헤럴드 경. 정말 고마워요."

　자리에서 일어난 왕후가 헤럴드에게 다가왔다.

　"경의 말을 믿겠어요. 영지를 키워주세요. 강한 영지로. 그리고 언젠가는 이 나라를 반석 위에 올려주세요. 난 경에게 모든 것을 걸겠어요."

　왕후가 갑자기 헤럴드의 품에 안겨왔다. 26세 왕후의 풍만한 몸에서 풍기는 향긋한 냄새가 헤럴드의 정신을 아찔하게 하였다.

　"마, 마마, 이러시면 안 됩니다."

　"잠깐만요. 잠깐만 제가 기대게 해주세요."

　왕후의 애절한 말에 헤럴드는 한숨을 내쉬고 가만히 품에 안아주었다. 얼마나 힘들었으면 왕후가 몸으로 유혹하려고 할까? 아무리 왕후라고 해도 연약한 여자임에는 틀림이 없었다. 왕후의 몸이 부르르 떨리고 있었다.

　"왕후마마, 이제 저는 떠나야 합니다. 영지를 꾸려서 언제든지 왕실에 힘이 되도록 할 것입니다."

　헤럴드의 품에 안겨 있던 왕후가 머리를 들고 일어났다. 붉어진 얼굴을 숙인 왕후가 헤럴드에게 한 장의 종이를 내밀었다.

"내가 헤럴드 경에게 해줄 수 있는 것은 이것밖에 없어요. 부디 강력한 군사로 양성해 주세요. 그곳은 미개척지나 다름없으니 많이 힘들 테지만 난 당신을 믿어요."

갑자기 왕후가 말투를 바꾸었다. 헤럴드의 얼굴이 굳어졌다.

"왕후마마."

"여긴 아무도 없어요. 오직 당신과 나만이 있을 때 부르고 싶은 호칭입니다. 그것까지 막지는 않겠지요?"

왕후가 생긋이 웃으며 하는 말에 헤럴드는 그만 할 말을 잃고 말았다. 도저히 여자들의 마음속을 알 수가 없으니 당연한 일이었다.

"왕후마마, 신은 그만 떠나겠습니다."

헤럴드는 허리 굽혀 작별 인사를 하였다.

"성공하세요."

헤럴드가 밖으로 나가자 왕후의 눈에 눈물이 흘러내렸다.

"잘 가세요, 나의 어린 정인이여. 비록 당신의 여자는 될 수 없지만 마음만은 당신에게 주고 싶어요."

왕후 세리나의 마음이 폭풍처럼 흔들리고 있었다.

밖으로 나와 왕후가 준 종이를 본 헤럴드는 눈이 둥그레졌다.

이 세계에는 국가 간에나 귀족들이 상단에 돈을 맡길 때 쓰는 수표가 있다. 이 수표는 마법으로 만들어졌고 위조할 수 없는 물건이었다.

1천만 골드! 이것이 왕후가 이 세계의 가장 큰 상단 세 개에 맡긴 돈이었다. 이 돈은 왕후가 왕권을 바로세우기 위해 왕실의 모든 돈을 비밀리에 맡긴 엄청난 재산이었다.

"세리나 왕후, 이 돈은 잘 쓰겠소. 그리고 당신이 위험에 처하면 한 번은 반드시 돕겠소. 그러나 왕권을 지키지는 않을 거요. 오히려 나는 나만의 길을 걸을 것입니다. 용서하시오."

헤럴드가 왕궁 쪽을 보며 하는 말이었다. 이제부터 헤럴드는 자기의 세력을 만들 심산이었다. 미래의 목표를 위해.

CHAPTER
07
무법자들의 대지 후두라임

THE Warrior
Gale of Wind

두두두두!

초원의 푸른 구릉 위로 200여 기의 말이 먼지를 뽀얗게 일으키며 질풍처럼 달리고 있었다.

말의 맨 앞에 새까만 색의 블랙울프가 헤럴드를 태우고 늠름하게 달리고 있었다.

대열의 중간에는 블랙울프 전사단의 깃발이 휘날리고 있었다. 자기의 영지로 부임해 가는 헤럴드 일행이었다.

타마와 샤칸, 레나가 헤럴드의 옆에서 달려가고 있었다.

"후두라임 영지는 무법자들의 대지야. 에리세드 상단과 정보 길드에서 받은 자료에 의하면……."

후두라임 영지. 동부 초원의 맨 끝에 있는 초원과 늪, 진펄과 밀림의 땅이다.

타판파스 왕국의 동쪽 끝에 있는 이 영지는 수백 년 전부터 죄수들의 유배지였다. 이곳은 귀족은 없고 행정관만 임명하여 통치를 하는 곳이었다.

후두라임 영지는 자치대들이 마을과 도시를 유지하고 있었다.

이제 그 무법의 대지로 헤럴드의 블랙울프 전사단이 들어가고 있었다.

이곳에는 세 개의 전사단과 악명 높은 알로켄 산적단이 있었다. 세 개의 전사단은 말이 전사단이지 실제로는 사람들을 통치하는 무장 단체나 같았고, 알로켄 산적단은 무서운 악마의 대명사로 통하고 있었다.

동서 150km, 남북 400km이지만 북쪽의 끝은 습지와 진펄, 대밀림 지대인 슈마라이 고산 지대가 있다. 실제로 인간들이 살 수 있는 땅은 남북 100km와 동서 80km 지역이다.

남서쪽에는 카마센 영지가, 동서쪽에는 파르데 영지가, 동북쪽에는 얼음의 왕국이 국경을 접하고 있다. 인구 15만의 반농, 반유목의 대지 후두라임 영지에 새로운 광풍의 바람이 밀려오고 있었다.

"이게 후두라임 영지의 실정이야. 가장 힘든 것은 영지 사람들이 영주를 인정하지 않는다는 것이지. 그리고 세 개의 전사단이 이곳에서는 실질적인 통치자이고. 게다가 알로켄 산적단은 영지를 계속 습격하고 있어. 이들을 모두 소탕하지 못하면 영지를 관리할 수가 없어."

샤칸이 설명을 끝내고 한숨을 내쉬었다. 그녀도 이 정보를 받고는 기가 막혔다.

아니, 무슨 이따위 영지를 준단 말인가? 하지만 지금 왕국의 실정에서 빈 영지는 없었다.

"그럼 언니, 이 전사단이라는 놈들하고 산적들을 우선 쓸어버려야겠네."

레나가 눈을 반짝이며 물었다.

"응, 그래. 하지만 명분이 있어야 해."

"형아, 그냥 머리통 부수면 안 돼?"

타마의 말에 모두들 웃음을 터뜨렸다.

"호호호!"

"하하하!"

"걱정 마라, 타마. 머리통 부술 때가 올 테니까."

헤럴드의 말에 타마가 머리를 끄덕였다.

헤럴드는 영지에 도착하면 우선적으로 타마의 머리를 손볼 생각이었다. 정말로 혈만 막혔다면 혼돈의 기로 치료하여 정상으로 돌려놓을 수가 있었다.

두두두두!

사람들이 거리에 들어서는 기마의 행렬을 쳐다보며 황급히 지나가는 것이 보였다. 모두 무엇인가에 쫓기는 분위기였다.

"사람들의 얼굴이 모두 무거운 분위기야."

샤칸이 거리를 지나가며 한숨 섞인 소리로 말하였다.

“정말 그래. 밝은 얼굴이 없어요.”

레나가 사람들을 보며 하는 말이었다.

이곳은 후두라임 영지의 가장 큰 도시인 퓨리 시이다. 인구 5만의 도시인 이곳은 영주의 성이 있고, 서펜트 전사단이 있다.

“주군, 영주성입니다.”

블랙울프 전사단 백인장이 보고하는 소리에 앞을 보니 영주 성이 보였다. 왕궁으로부터 연락을 받은 후두라임 행정관이 관리인들을 데리고 나와 있었다.

“먼 길에 수고하셨습니다, 후작 각하. 제가 이곳을 맡고 있는 행정관 크라우스입니다. 성은 이미 정리를 하였습니다.”

임시 행정관으로 있던 크라우스가 땅바닥에 무릎을 꿇고 엎드려 있었다.

“행정관, 일어나라. 나는 그런 예를 좋아하지 않는다.”

“예. 그리고 영주님이 없어서 그동안 성을 관리할 하녀들을 제가 임시로 채용했습니다.”

“수고했다.”

성에 들어선 헤럴드는 성의 규모에 깜짝 놀랐다. 성은 작았지만 상당히 단단하게 지어져 있었다.

“흠, 이 성은 특별하게 지어졌네.”

헤럴드의 말에 크라우스가 설명하였다.

“영주님, 이 성이 언제부터 이곳에 있었는지는 모릅니다. 옛날부터 있었고, 초대 영주가 이곳에 영주성을 정하였습니다.”

"흠, 그렇군."

머리를 끄덕인 헤럴드가 방으로 들어섰다.

"샤칸, 나는 이제부터 타마의 머리를 치료하겠어. 내가 있는 방에는 누구도 들여놓지 말고 크라우스와 함께 영지의 인구를 정확히 조사해."

"알았어."

"오빠, 제가 방을 지킬게요."

헤럴드가 방으로 들어간 후 레나는 활을 손에 쥐고 방문을 지키기 시작하였다.

헤럴드의 침대에 타마가 누워 눈을 감고 있었다. 아무래도 치료를 하려면 자는 것이 좋을 것 같아 수혈을 짚었던 것이다.

천지심법을 운기하여 타마의 전신 요혈들을 샅샅이 훑고 있는 헤럴드의 이마에 땀이 흘러내리고 있었다.

"여기가 막혔군."

타마는 머리 뒤의 움푹한 풍부혈에서 뇌 속으로 들어가는 독맥이 막혀 있었다. 아마도 어릴 때 오크에게 당하면서 이곳이 물린 모양이다. 헤럴드의 이마에 굵은 땀이 흘러내리기 시작하였다. 이곳은 인간에게 가장 중요한 독맥의 하나다. 만일 이곳이 개통되면 인간은 단숨에 소드 마스터로 가는 길을 만들 수가 있었고, 반대로 목숨을 잃을 수도 있는 치명적인 곳이었다.

혼돈의 기가 연속으로 밀려 올라가면서 타마의 독맥을 타격하기 시작하였고, 그때마다 타마의 몸이 진동하며 흔들렸다.

한 번만 잘못 실수하면 모든 것이 끝이다.

'한 번 더, 한 번만 더.'

쿠쿵!

연속으로 밀려 올라가며 타격하던 헤럴드의 기가 타마의 풍부혈을 막은 이물질을 뚫고 독맥을 뚫어내었다. 부르르 떨던 타마의 몸이 조용하게 잠이 들어 숨을 내쉬기 시작하였다.

"후~"

긴 숨을 내쉰 헤럴드가 머리를 들었다.

조용히 땀을 흘리며 자고 있는 타마를 내려다보는 헤럴드의 얼굴에 웃음이 피었다. 이제 타마는 새로운 사람으로 태어날 것이다.

＊　　　＊　　　＊

타마는 꿈을 꾸었다. 울부짖는 사람들의 비명 소리, 사람의 팔다리를 찢어 먹는 오크들의 피 묻은 입, 이리저리 도망치다 오크에게 잡혀 온몸이 찢겨지는 아이들.

"타마야, 레나와 함께 여기 숨어 있어라. 절대로 나오면 안 돼. 알았지?"

타마와 레나를 황급히 움에 숨기며 엄마가 하는 말이다.

"응. 알았어, 엄마."

"취익, 인간이다! 취익, 잡아라!"

오크들이 마당으로 들어온다. 기겁한 엄마가 도망치다 오크의 손에 잡혔다.

"아앗!"

우지직.

처절한 비명과 함께 엄마의 몸이 찢겨진다.

"안 돼!"

자리에서 벌떡 일어선 타마는 주위를 둘러보았다. 아름답고 귀여운 얼굴의 여자가 자기를 내려다보며 눈물을 흘리고 있었다. 그리고 지나온 일들이 선명하게 지나갔다.

산에서 모닝스타를 수련하던 일, 오크를 사냥하던 일, 헤럴드를 만나던 일, 머리를 치료하겠다고 방으로 들어오던 일…….

"레나야, 네가 이렇게 컸구나!"

타마의 말에 레나가 황급히 물었다.

"오빠, 내가 누군지 알겠어? 아니, 이젠 괜찮아?"

타마가 머리를 끄덕였다.

"아아, 오빠, 정신이 돌아왔구나."

레나의 눈에 기쁨의 눈물이 흘러내렸다.

"샤칸 언니, 오빠, 여기로 와요!"

레나의 외침에 모두 방으로 달려왔다.

"오빠가 정상으로 돌아왔어요! 봐요!"

헤럴드가 방으로 들어서자 타마는 자리에서 일어나 무릎을 꿇고 앉았다.

"주군, 이 타마, 생명이 끊어지는 마지막 순간까지 주군을 받들겠습니다."

"타마, 정상이 되었구나!"

헤럴드의 말에 타마는 머리를 바닥에 박았다.

"예, 주군. 주군께서 새로운 생명을 주었습니다. 이제부터 타마는 주군의 것입니다."

타마가 어깨를 흔들며 눈물을 흘렸다.

"일어나라, 타마. 우린 할 일이 많다."

"예, 주군. 명만 내리면 받들겠습니다."

그날 아침은 영주성에 웃음꽃이 활짝 핀 날이었다.

후두라임 영지의 사람들은 낮에는 성 밖에 나가 유목과 사냥, 일부는 농사를 짓고, 저녁이 되면 도시로 들어온다. 석양이 지평선 위로 붉게 지는 저녁, 헤럴드는 퓨리 시를 돌아보고 있었다. 오늘까지 영지에 온 지 3일째가 되는 날이다.

갑자기 성문 앞에서 여자의 외침 소리와 자치대원들의 킬킬거리는 소리가 들려오고 있었다.

"이것 놔요! 이게 무슨 짓이에요?"

한 명의 아가씨가 자치대원들에게 끌려가며 몸부림치고 있었는데 남자들의 힘을 당할 수가 없어 무의미한 몸짓이었다.

"이건 너무하지 않소?"

성문에 들어가려고 줄을 선 사람 중의 한 남자가 항의하자 날카로운 창이 겨누어졌다.

"넌 뭐야? 성에 들어가려면 수색을 받아야 한다. 너 혹시 산적 아니야?"

새파란 창끝이 목을 겨누고 다가오자 남자는 말을 못하고 침을 삼켰다.

"아니면 그냥 돈만 내고 가란 말이다. 산적으로 잡혀가면 목을 친다. 알았나? 흐흐."

이놈들은 성을 지키는 자치대가 아니라 강도나 다름없었다.

퓨리 시 자치대장 그레이드의 비호를 받는 이놈들은 성문을 드나드는 사람들에게 통행세로 1실링씩 받았고, 예쁜 여자들은 산적단으로 몰아 강제로 추행을 하지만 영지민들은 어디 하소연할 곳이 없었다.

자치대장이 이들에게는 무소불위의 권한을 주었던 것이다. 그리고 자치대장의 뒤에는 이곳의 실질적인 통치자인 서펜트 전사단이 있었다.

"놔! 아악! 누구 좀 도와주세요!"

파수막 안에서 여자의 비명과 옷이 찢어지는 소리가 들렸지만 사람들은 머리를 돌리고 있었다. 저놈들에게 대항해 봐야 산적으로 몰려 죽을 뿐이었다.

헤럴드의 얼굴이 찌푸려졌다. 수도의 정보 길드를 통해 이곳의 실정을 알아보고는 왔지만 이건 해도 해도 너무했다. 이건 성을 지키는 자치대들이 아니라 조직폭력배보다 더했다.

"타마, 죽여라!"

헤럴드의 입에서 차가운 말이 흘러나왔다.

"예, 주군."

말에서 내린 타마의 커다란 모닝스타가 파수막을 향하여 휘
둘러졌다.

위윙! 콰쾅! 우지끈!

"으악! 아악!"

모닝스타에 맞은 파수막이 벼락을 맞은 것처럼 산산이 부서
져 사방으로 비산하였고, 아가씨를 희롱하려던 자치대원들이
기겁하여 창을 잡았다.

"레이디, 이쪽으로 오시오."

타마는 옷이 반쯤 찢어져 멍하니 서 있는 아가씨에게 다가
와 데리고 왔다.

"저, 저놈이 감히! 저놈을 죽여라!"

자치대원들이 불을 향해 날아드는 부나방처럼 타마를 향하
여 달려들었다. 타마의 눈에서 야수의 새파란 빛이 뿜어 나왔
다. 오크들에게 찢겨 죽던 어머니가 눈에 떠오르고, 달려드는
자치대원들이 모두 몬스터처럼 보였다.

"이 개새끼들, 모두 죽어라!"

휘잉! 퍼억! 퍽!

"끄악! 아악!"

모닝스타가 달려드는 자치대원들을 마치 파리 잡듯 때려잡
았다. 자치대원들의 몸이 바위에 맞은 것처럼 무자비하게 박
살이 났다.

"네놈들은 누구냐?"

성문에서 소란이 일어나자 한 무리의 자치대원을 거느린 자

가 달려나왔다. 성문을 지키는 자치대 조장이었다. 그의 눈에 처참하게 짓이겨져 죽어 있는 부하들의 끔찍한 모습이 보였다.

"으으, 이, 이건……."

"무릎을 꿇어라! 새로 오신 영주님이시다!"

통나무 같은 모닝스타를 들고 소리치는 타마의 호통에 기겁한 자치대원들이 무릎을 꿇었다.

"너는 누구냐?"

헤럴드가 두목인 듯한 자를 보고 물었다.

"예, 서, 성문 경비를 맡고 있는 조, 조장입니다."

놈의 눈이 죽어 있는 자들을 보며 공포에 질려 뱅글뱅글 돌아갔다.

"성문을 통과하는 사람들에게 얼마나 받았느냐?"

헤럴드의 질문에 조장의 눈이 급하게 굴러갔다.

"그, 그것이, 저……."

"죽고 싶으냐? 영주님이 묻지 않느냐?"

타마가 피 묻은 모닝스타를 들고 나서자 기겁한 놈이 머리를 땅에 박았다.

"사, 살려주십시오. 모두 자치대장님이 시킨 것입니다. 제, 제발……."

놈이 죽지 않으려고 발버둥 치며 사실대로 털어놓았다.

"이놈을 말 꼬랑지에 묶어라."

조장을 말 꼬랑지에 묶은 블랙울프 십인대가 헤럴드의 뒤를 따라 성내로 말을 몰았다.

"두두두두!

말이 달려가자 조장이 기겁하여 악을 쓰고 달려갔다. 넘어지는 날에는 머리가 바닥에 쓸려 닳아 없어질 것이다.

"저, 저게 뭐지?"

달려가는 말의 뒤에 손목이 묶여 끌려가는 파수장을 보고 사람들이 눈이 둥그레져 소리쳤다. 이 후두라임 영지에서 자치대장의 부하들은 무소불위의 권한을 행사한다.

그런데 자치대장의 심복 중의 하나인 성문 조장이 지금 말 꼬랑지에 묶여 끌려가고 있었다.

"저 사람은 누구지?"

"글쎄, 용병 같은데?"

"가보세."

"그래, 가보자고."

사람들이 급기야 말을 따라 달려가기 시작하였다.

감히 이 영지의 권력자에게 도전하는 용병에게 호기심이 생겼고, 횡포를 감행하던 깡패 같은 놈이 어떻게 될지 궁금했던 것이다.

헤럴드의 뒤를 따라 달리는 사람이 하나둘 늘어나기 시작하더니 수천의 사람들이 따라 달리기 시작하였다.

후두라임 영지의 자치대장은 이곳에서 3대를 살아온 그레이드라는 자로 영지의 자치대와 어둠의 조직을 한 손에 틀어쥔 대부였다.

"저년의 아비가 진 빚이 얼마냐?"

그레이드 대장이 처녀들을 끌고 온 집사에게 묻고 있었다.

자치대의 마당에 몇 명의 처녀가 끌려와 무릎을 꿇고 있었다.

"이년의 아비는 30골드의 돈을 갚지 못하고 있습니다."

집사의 말에 눈에 눈물이 가득한 사냥꾼의 딸 옥싸나가 머리를 들었다.

"아버지가 몸이 아파서 돈을 벌 수가 없습니다. 자치대장님, 제발 사정을 봐주세요."

그레이드는 뱀처럼 차가운 눈으로 옥싸나의 몸매를 훑어보고 있었다.

옥싸나의 아버지는 사냥꾼이었다. 몇 달 전에 사냥을 나갔다가 몬스터에게 물려 부상을 입은 그녀의 아버지는 금전소에서 돈을 빌렸는데, 그 돈이 잠깐 사이에 이자가 불어나 30골드나 되었다. 금전소는 이곳 후두라임 영지 어디에나 있는 검은 조직의 촉수였다. 놈들은 돈을 빌려주고 엄청난 이자를 받는 자치대장의 부하들이었다.

"너의 아버지는 더는 돈을 벌 수가 없다. 네가 한 달만 대장님의 시중을 들면 빚을 탕감해 주겠다. 말을 안 들으면 너는 사창가에 노예로 팔려갈 수밖에 없다. 어떻게 하겠느냐?"

아버지를 구하자니 그레이드의 음욕을 채워주어야 하고, 그렇게 되면 자기는 약혼자를 배반하게 된다. 기가 막힌 현실에 옥싸나는 눈물을 흘리며 애원하였다.

"자치대장님, 제발 사정을 봐주세요. 어떻게 해서라도 빚을 갚겠습니다. 제발……."

옥싸나가 눈물을 뿌리며 사정했지만 그레이드는 귓구멍을 쑤시고 있었다.

영지의 예쁜 아가씨들은 어떻게 해서라도 음모를 꾸며 농락하는 색마인 그가 놓아줄 리 없었다.

쾅! 콰쾅!

"문을 열어라, 이 더러운 놈들아!"

갑자기 대문을 부수는 소리와 고함 소리가 들려왔다.

그 소리가 들린 순간 옥싸나의 얼굴이 하얗게 변하였다. 저 소리는 자기 약혼자의 목소리였다.

"당장 놈을 잡아들여라!"

그레이드의 호통에 자치대원들이 달려나가 문을 열었다.

"내 약혼자를 내놓아라, 이 더러운 놈아!"

대문이 열리자 배틀액스를 든 한 명의 남자가 자치대의 마당으로 뛰어들어 왔다. 옥싸나의 약혼자 지프리드였다. 지프리드는 사냥꾼이었고, 힘이 장사로 소문났다.

"저, 저놈이 죽으려고 환장을 했구나! 당장 저놈을 죽여라!"

집사의 명에 자치대원들이 창을 비껴들고 몰려들었다.

"와라, 이 더러운 놈들! 내가 죽기 전에는 절대로 내 여자를 빼앗지 못한다! 하앗!"

차차챵! 챵챵!

자치대원들의 창과 지프리드의 배틀액스가 불꽃을 일으키

며 충돌하기 시작하였다.

"으악! 아악!"

달려들던 자치병들이 지프리드의 배틀액스에 맞아 비명을 지르며 나가떨어졌다.

분노한 지프리드가 성난 오크처럼 자치병들을 휘젓고 있었다.

"지프리드, 제발……!"

옥싸나는 어찌할 바를 몰라 발을 구르고 있었다. 아무리 지프리드가 강하다고 하여도 이 많은 자치병을 당할 수는 없었다.

"지프리드를 살려주세요! 제가 대장님의 시중을 들겠습니다!"

옥싸나의 말에 지프리드의 고함이 들렸다.

"안 돼, 옥싸나! 절대로 안 돼!"

그의 피 타는 듯한 소리가 들려왔지만 옥싸나는 일어서지 않았다. 이대로 간다면 자기의 약혼자는 처참하게 죽을 것이다.

"크윽!"

자치병들을 휘젓던 지프리드가 창에 찔려 비칠거리며 한쪽 무릎이 꿇려졌다.

"놈이 지쳤다! 쳐라!"

차차창! 차창!

마지막 힘을 다하여 창을 막은 지프리드의 눈이 암울하게 젖어갔다.

"안 돼, 옥싸나! 절대로… 큭!"

또 한 자루의 창이 지프리드의 허벅지를 찔렀다.

"그놈을 죽여라! 감히 나에게 덤비다니!"

저런 놈은 가차없이 죽여 본보기를 보여야 다시는 덤벼들지 못한다. 계집은 강제로 취하고 꽃집(사창가)에 팔아버리면 그만이다.

"안 돼요! 안 돼!"

옥싸나는 자치병들이 주저앉은 지프리드를 향해 창을 찌르는 것을 보고 애타게 소리쳤지만 이미 늦었다. 무정한 자치병들의 창이 지프리드의 몸으로 쇄도해 들었다.

"아아, 지프리드!"

옥싸나는 눈을 감았다. 창에 찔려 죽어가는 약혼자를 차마 볼 수가 없었다.

차차창!

"으악! 아악!"

"네놈은 누구냐?!"

눈을 감았던 옥싸나는 자치병들의 비명과 대장의 고함 소리에 눈을 번쩍 떴다.

언제 어디서 나타났는지 검은 가죽옷을 입은 젊은 남자가 지프리드의 앞을 막아섰고, 창을 찌르던 자치병들의 팔다리가 잘려 피를 뿌리고 있었다.

대문 앞에는 수천이 넘는 사람들이 안을 들여다보고 있었다.

"네놈은 누구냐? 감히 자치대장에게 덤비다니 죽고 싶으
냐?!"

그레이드는 자치병들에게 공격 명령을 내리고 싶었으나 놈
의 실력이 보통이 아니어서 우선 말로 협박하였다.

"네가 자치대장 그레이드인가? 내가 새로운 영주 헤럴드 르
쥬신 후작이다."

헤럴드의 손에 금빛을 발하는 영주패가 들려져 있었다.

"저, 저것은……."

영주패는 마법적인 처리가 되어 있고, 국왕의 권위를 나타
내고 있어 위조를 하면 구족을 멸한다. 그레이드의 얼굴이 새
파랗게 질렸다.

"무릎을 꿇어라, 이 새끼야!"

피 묻은 모닝스타를 든 타마가 서슬이 퍼렇게 소리치며 다
가왔다.

"영주님이 오셨다!"

"새로운 영주님이시다!"

성문 앞에 몰려와 있던 사람들이 그때야 헤럴드가 영주라는
것을 알고 무릎을 꿇었다.

"영주님을 뵙습니다."

"영주님을 뵙습니다."

사람들이 모두 무릎을 꿇자 자치병들도 창을 던지고 무릎을
꿇었다. 모든 사람이 무릎을 꿇자 그레이드도 무릎을 꿇었다.

"후두라임 영지 자치대장 그레이드, 영주님께 인사를 드립

니다. 제가 미처 알아뵙지 못하였습니다.”

“타마, 저놈의 목을 잘라 성문에 매달아라!”

“옛, 영주님.”

“십인대는 저놈의 목을 잘라 성문에 매달아라.”

“옛, 타마님.”

십인대가 우르르 달려들어 놈을 잡아 눕혔다.

“아, 아니, 이게 무슨 일입니까? 나, 나는 죄가 없습니다!”

그레이드가 눈이 둥그레져 헤럴드에게 항의하였다.

헤럴드는 차가운 눈으로 놈을 내려다보았다.

“똑똑히 들어라. 영지민은 나 헤럴드의 자식이다. 앞으로 영지민의 피땀을 빨아먹는 자, 처녀를 힘과 권세로 농락하는 자, 영지의 법을 어기는 자는 그가 누구든 징벌을 받는다. 나 헤럴드가 그렇게 만들 것이다. 저놈의 목을 잘라라!”

“옛, 영주님!”

십인대 전사들의 검이 뽑혀져 하늘로 쳐들렸다.

“사, 살려주시오! 사, 살려… 크악!”

촤악, 툭, 데구루루!

살려달라고 발버둥 치던 자치대장의 목이 잘려 땅바닥에 떨어져 내렸고, 새빨간 피가 분수처럼 솟구쳐 올랐다.

모든 사람들이 새 영주의 무자비한 처형에 숨을 죽이고 엎드려 있었다. 숨 막히는 정적이 흐르는 그들의 머리 위로 헤럴드의 목소리가 울려 퍼졌다.

“영지민은 들어라! 앞으로 영지민은 40%의 세금만 내면 된다! 영주에게 내는 세금 외에 돈을 요구하는 자는 내가 모두 처형할 것이니 생업에 전념하라!"

헤럴드의 말에 엎드려 있던 영지민들은 기쁨의 눈물을 흘렸다. 여태껏 영지민들은 80% 이상의 세금을 전사단과 자치대에게 뜯겨왔다. 40%로만 낸다면 이건 천지개벽할 일이었다.

"영주님 만세!"

"후작님 만세!"

자치대 앞이 온통 만세 소리와 눈물로 감격의 바다가 되었다. 드디어 이 영지에도 선정을 베푸는 영주가 왔다. 사람들은 기쁘지 않을 수가 없었다.

"너의 이름이 뭐냐?"

헤럴드의 물음에 죽을 뻔했다가 살아난 지프리드가 머리를 땅에 박았다.

"지프리드입니다, 영주님."

"지프리드, 너를 영주성의 경비대장으로 임명한다. 하겠느냐?"

헤럴드의 말에 지프리드의 눈이 커졌다. 이건 생각도 못한 출세다.

"옛, 하, 하겠습니다!"

지프리드의 목소리가 성안을 찌르릉 울렸다. 엎드려 있던 옥싸나의 눈에 기쁨의 눈물이 흘러내렸다. 자기의 약혼자가 죽음의 위기에서 구원되었고, 새 영주님의 경비대장이 되었으니 화가 복이 된 셈이었다.

“지프리드, 여기에 있는 그레이드의 심복들을 모두 잡아 감옥에 넣어라.”

“옛, 영주님.”

지프리드가 즉시 자치병들을 데리고 그레이드의 심복들을 끌어가기 시작하였다.

“타마, 블랙울프 전사단에서 오십인대를 이곳 경비대에 배속시켜 지프리드를 도와주게 하라.”

“알겠습니다, 주군.”

헤럴드가 블랙을 타고 달려가자 사람들이 수군거렸다.

“이제야 살 만한 영주님이 온 모양이야.”

“하지만 전사단이 가만있을까?”

사람들이 머리를 흔들었다. 서펜트 전사단은 이곳 사람들에게는 공포의 상징이었다.

CHAPTER
08

철혈의 영주

THE Warrior
Gale of Wind

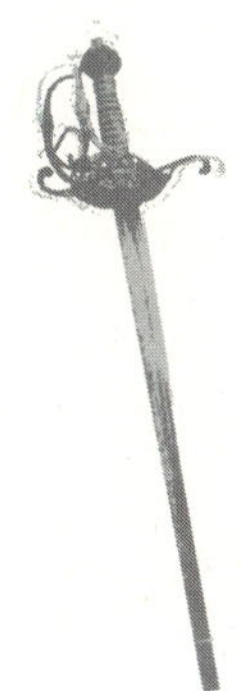

퓨리 시의 밤에 제일 번화한 거리는 이젤 거리다. 이곳에는 각종 가게와 여관, 꽃집(사창가)이 밀집되어 있다.

그 거리에 20대 초반의 남자가 사방을 훑어보며 걸어가고 있었다. 영지의 밤 풍경을 보기 위해 나온 헤럴드였다.

어두워지기 시작한 꽃집 거리에 마법의 불이 켜져 갖가지 색깔을 뿌리며 남자들을 유혹하고 있었다.

"오빠, 놀다 가세요. 우리 가게에 새로 들어온 영계들이 많아요."

"들어와요. 하룻밤 죽여줄게요."

사방에서 밤꽃(사창가의 여자)들이 지나가는 남자들에게 코맹맹이 소리로 유혹하고 있다.

촌놈처럼 주변을 두리번거리며 걷고 있는 남자의 귀에 여자의 앙칼진 소리가 들려왔다.

"야 이년아, 오늘도 그렇게 있을래? 너, 오늘도 남자를 받지 않으면 나이프 파 오빠들에게 넘겨준다! 알아서 해!"

여자의 찢어지는 듯한 소리에 바라보니 18~9세 정도의 아가씨가 한쪽에 서 있다가 몸을 부르르 떠는 것이 보인다.

이 거리는 나이프 파라는 검은 조직이 관리하고 있는데, 하나같이 흉포하고 악독한 놈들이었다. 꽃집에서 남자 받기를 거부하는 아가씨들이 그놈들에게 끌려가면 며칠 만에 만신창이 되어 나온다.

"아, 아녜요. 오늘부터는 받을게요."

아가씨가 죽어가는 소리로 말하면서 황급히 남자를 받으러 나왔다.

"저, 저기요, 하룻밤 노, 놀다 가지 않을래요?"

헤럴드는 얼굴을 붉히며 말하는 아가씨를 보고 말없이 머리를 끄덕였다. 왠지 눈물을 쏟을 것 같은 여자가 안쓰러웠다.

"그, 그럼 안으로 들어가요."

꽃집 안으로 들어서던 헤럴드는 문득 발길을 멈추었다.

"야, 거기 서!"

골목길에서 서너 명의 남자가 헤럴드와 함께 서 있는 여자에게로 다가왔다.

"마담, 이 계집이 새로 들어온 년이라지? 왜 알리지 않았지?"

이마에서부터 귀밑까지 칼자국이 쭉 그어진 남자가 꽃집의 마담에게 눈을 부라렸다.

"아유, 오빠, 얘는 오늘 들어왔어. 언제 알릴 새가 있어야지. 내일쯤 말하려고 했지."

마담이 아양을 떨며 칼자국에게 말하면서도 입을 삐죽거렸다.

'망할 놈의 새끼, 너 같은 변태에게 맡기면 우리 애들은 며칠 동안 일어나지도 못해.'

이놈은 나이프 파의 행동대장으로 지독한 변태였다.

놈이 헤럴드의 옆으로 다가오더니 아가씨의 손목을 홱 잡아당겼다.

"너, 아직 숫처녀라지? 오늘 밤 이 오빠가 개통시켜 주마."

"아, 아니, 난 손님을 받았어요."

잔뜩 겁을 집어먹은 여자가 끌려가지 않으려고 안간힘을 다해 버티고 있었다.

"손님? 어이, 내가 여기 블러디 나이프다. 너는 다른 여자를 잡아."

손님이란 말에 헤럴드를 쳐다보던 놈이 주머니에서 1실링을 꺼내 던져 주었다.

챙그렁!

1실링짜리 은전이 헤럴드의 발 앞에 떨어져 데구루루 굴러갔다. 두말없이 여자의 손목을 끌고 가는 블러디 나이프의 귀에 나직한 말소리가 들렸다.

"그 손 놔라."

1실링을 던져 준 칼자국이 여자의 손목을 끌고 가다 멈칫 섰
다.

"방금 뭐라고 했냐? 손을 놓으라고? 크크."

칼자국이 어이가 없다는 듯 코웃음 치자 주변에 있던 여자
들이 공포에 질려 얼굴이 백지장처럼 되었다. 저 칼자국은 무
조건 나이프로 배를 쑤시는 잔인하기 짝이 없는 놈이었다.

"대장님, 이 새끼 정신이 없는 놈인데요?"

"크크, 이곳이 처음인 모양입니다."

같이 왔던 칼자국의 부하들이 키득거리며 헤럴드를 쳐다보
았다.

"내 말 안 들려? 그 손 놓으라고 했다."

헤럴드의 입에서 또다시 낮은 목소리가 흘러나왔다.

칼자국의 입이 쩍 벌어지고 졸개들이 어이없다는 듯 쳐다보
았다. 이놈이 죽으려고 환장을 했나 보다.

감히 블러디 나이프에게 덤비다니… 사람을 파리처럼 죽이
는 악명 높은 자가 바로 블러디 나이프였다.

"야, 저 새끼 죽여!"

칼자국이 졸개들에게 소리치고는 돌아보지도 않고 여자를
끌고 가기 시작했다.

퍽! 퍽! 퍽!

"크악! 아악!"

뒤에서 부하들이 놈을 때려눕히는 소리에 흐뭇하게 걸어가
던 칼자국이 발길을 멈췄다.

“그 여자 놓으라고 했다.”

홱 머리를 돌린 칼자국은 여기저기 널브러진 부하들의 모습에 어안이 벙벙해졌다.

이게 어떻게 된 일이지? 놈은 믿을 수 없다는 듯이 헤럴드를 쳐다보았다.

검은 머리에 까만 눈, 키가 크다는 것을 빼고는 별 볼일 없는 평범한 얼굴이었다.

그런데 그 잠깐 동안에 부하들이 모두 쓰러진 것을 보니 그래 봬도 쌈깨나 하는 모양이다. 블러디 나이프의 얼굴에 잔인한 웃음이 스쳐 지났다.

“네놈이 한 수가 있단 말이지. 오늘 블러디 나이프가 어떤 사람인지 보여… 꺼억!”

나이프를 뽑아 들던 칼자국이 미처 말도 끝맺지 못하고 꽃집의 담벼락에 날아가 처박혔다.

휘익! 퍼억!

헤럴드의 신형이 번쩍하더니 오른발이 휙 돌아가며 칼자국의 얼굴을 차 갈겼다.

“크악!”

길바닥으로 횡 날아간 칼자국이 대 자로 뻗어 피를 쿨럭쿨럭 토해냈다. 얼마나 세게 맞았는지 블러디 나이프는 일어나지도 못하였다.

“들어가자.”

손을 탁탁 턴 헤럴드가 여자를 데리고 꽃집 안으로 들어갔다.

꽃집 여자들의 입이 헤벌어졌다. 세상에! 그 악명 높은 블러디 나이프가 찍소리도 못하고 쓰러졌다? 사람은 오래 살고 볼 일인 모양이다.

"저기, 빨리 피하지 않으면 위험해요. 저놈들은 제 패거리들을 끌고 올 겁니다."

방에 들어온 여자가 다급하게 말하였다. 그녀는 이 남자가 죽는 것을 보고 싶지 않았다.

"걱정 마라. 여기 와인은 없나?"

"있긴 있지만 조금 있으면 그놈들이 올 텐데……."

여자가 말끝을 맺지 못하고 헤럴드를 쳐다보았다.

"걱정 말고 어서 가져와."

헤럴드의 말에 한숨을 내쉰 여자가 와인을 들고 왔다.

"이름이 뭔가?"

"제시카예요."

"제시카… 진짜 이름이냐?"

"네."

제시카가 머리를 끄덕였다.

제시카는 아버지의 빚에 나이프 파 놈들에게 끌려왔다. 병으로 쓰러진 아버지의 약값 때문에 10골드의 돈을 빌렸는데 그것이 석 달 만에 100골드로 불어나 갚을 수가 없게 된 것이다. 분명 놈들이 자기를 노리고 장난질한 것은 알고 있지만 어디 하소연할 데가 없었다.

제시카의 말을 들은 헤럴드는 어이가 없었다. 10골드가 석

달 만에 100골드로 불어났다면 대체 이자가 얼마라는 소린가?
이놈들은 완전 날강도였다.

"이건 완전히 강도로군."

입맛을 다신 헤럴드는 와인을 마셨다. 자기가 생각했던 것보다 영지의 사정은 더 험악했다.

"오빠는 집이 어디예요? 여기 사람 같지 않은데……."

"집 없어. 그냥 여기저기 떠돌이야."

헤럴드의 말에 여자가 우물쭈물한다. 아무래도 돈이 없을까 봐 걱정하는 모양이다.

"이거 받아라."

헤럴드가 주머니에서 1골드를 꺼내 제시카에게 주었다.

"저기… 20실링이면 돼요. 제가 바꿔올게요."

"됐다. 나머지는 너 가져라."

헤럴드의 말에 일어서려던 제시카가 자리에 주저앉았다. 그래도 몹시 불안한 모양으로 안절부절못하고 있었다.

"저기, 제가 먼저 씻고 올까요?"

"아니다. 그보다 난 네 이야기를 듣고 싶다."

헤럴드의 말에 제시카의 눈이 둥그레졌다. 세상에 꽃집에 들어와서 이야기를 듣고 싶어하는 사람이 있다는 소리는 듣다 처음인 것이다.

헤럴드는 제시카에게 이곳 검은 조직에 대하여 하나하나 듣기 시작하였다.

"제시카, 나이프 파에서 몰려온단다! 어서 그 사람 피신시켜라!"

문밖에서 마담의 숨 가쁜 소리가 들려왔다.

"어서 도망치세요. 뒷문이 있어요. 그리고 내일 저녁에 조용히 오세요."

제시카가 헤럴드의 팔을 잡아끌었다. 피식 웃은 헤럴드는 자리에서 일어섰다.

"걱정 말고 여기 있어라."

복도로 나온 헤럴드가 밖으로 걸어나갔다.

"아, 아니! 오빠, 어서 피해요!"

제시카가 급히 달려나갔지만 이미 늦었다.

나이프 파 놈들이 벌써 마당을 꽉 메우며 들어서고 있었다.

"네놈이냐, 우리 애들을 박살 냈다는 놈이?"

50여 명이 넘는 놈들이 각종 무기를 들고 흉흉한 기세로 헤럴드를 노려보며 걸어오고 있었다. 맨 앞에는 나이프 파의 두목이 팔짱을 끼고 서 있었다.

"네가 깡패의 두목인 모양이구나. 복수하러 왔나?"

헤럴드의 태연한 말에 나이프 파 놈들은 기가 막혔다. 저놈이 드래곤 간을 먹었는지, 아니면 정신이 이상한 놈인지 분간이 안 된 것이다.

나이프 파는 퓨리 시의 밤의 조직이다. 누구라도 자기들에게는 한 수 접고 들어간다. 잘못하면 귀신도 모르게 죽기 때문이다. 그런 자기들에게 저렇게 겁없이 덤비는 놈은 없었다.

"네놈이 불인지 물인지 아무것도 모르는구나. 나이프 파에 덤비는 것이 얼마나 끔찍한 일인지 보여주마. 저놈을 잡아라!"

두목의 말에 부하들이 앞으로 나섰다.

"예, 두목."

"네놈도 참 불쌍하다. 하필 우리 나이프 파에 걸리다니… 하지만 걱정 마라. 팔다리만 잘라줄 테니."

맨 앞에서 달려드는 놈이 이죽거리며 대거를 휘둘러 들어왔다.

휘익!

"컥! 크악!"

날아들어 오는 대거를 슬쩍 피한 헤럴드의 주먹이 번개처럼 뻗자 두 명의 부하가 피를 뿌리며 날아갔다.

"와~!!"

"쳐라!"

놈들이 시퍼런 대거를 번쩍이며 와르르 밀려들었다.

헤럴드의 몸이 마치 물고기처럼 놈들 사이를 헤집기 시작했다.

대거와 모닝스타, 단검이 사방에서 헤럴드를 찌르고 베어 들어왔지만 옷자락 하나 건드리지 못했다.

얼마나 빠른지 이쪽저쪽에 나타나며, 놈들의 몸에 손이 슬쩍슬쩍 닿기만 해도 피를 뿌리며 사방으로 날아갔다.

"크악! 꺼억!"

나이프 파의 부두목 챌린저는 눈이 둥그레졌다.

놈은 자기 부하들 속을 무인지경으로 헤집고 있었다. 저건 대체 무어란 말인가? 놈의 손이 부하들을 스치기만 하면 허깨비처럼 날아간다. 누구도 그의 손을 막지 못하였다.

"머, 멈춰라!"

하지만 헤럴드는 쉴 새 없이 부하들을 때려눕히고 있었다. 이건 마치 아이와 어른의 싸움 같았다.

휘익, 번쩍!

"크억!"

챌린저는 눈앞이 번쩍하는 순간에 창자가 끊어지는 듯한 아픔을 느끼며 땅바닥에 꼬꾸라졌다.

"으으으."

온 마당이 쓰러진 나이프 파 놈들의 신음 소리로 가득 찼다. 피를 토하는 놈, 팔다리가 이상하게 비틀어진 놈… 말 그대로 아비규환이었다.

헤럴드의 몸에서 무시무시한 살기가 뻗어 나왔다.

"네가 나이프 파 두목이냐?"

헤럴드의 손에 멱살을 잡힌 챌린저가 숨을 캑캑거렸다.

앞에 있는 자의 몸에서 풍기는 살기에 저절로 몸이 떨려왔다. 게다가 너무도 압도적인 무력에 감히 대항할 엄두도 나지 않았다.

"자, 잘못했습니다. 크윽!"

한쪽으로 날아가 땅에 구겨 박힌 챌린저가 부들부들 떨고 있었다.

"꺼져라."
헤럴드의 말이 떨어지자 기겁한 놈들이 황급히 도망쳤다.
꽃집에 숨어서 내다보던 마담이 달려나왔다.
"세상에, 오빠는 정말 멋지다! 혹시 전사예요?"
헤럴드는 여자들의 호기심을 외면한 채 방으로 들어갔다.

*   *   *

이젤 거리의 한쪽 귀퉁이에 있는 금전소는 돈을 빌려주고 높은 이자를 받는 고리대금업을 하는 악명 높은 곳이다. 이놈들은 돈이 되는 일이라면 무엇도 가리지 않았다.

인신매매, 납치, 노예 장사, 만드라인(마약과 같은 종류) 등, 수단과 방법을 가리지 않았다.

"돈이 없어 갚을 수가 없다 그 말이냐, 지금?"

금전소 내부의 한 방에 깡패 같은 놈들이 한 여자에게 윽박지르고 있었다.

"그게 아니라 기한을 조금만 더 연장해 주세요. 지금 당장 갚을 돈이 없어서 그럽니다. 제발 사정을 봐주세요."

30대 초반 정도 된 여자가 놈들의 발치에 엎드려 사정을 하고 있었다.

"야, 이년아! 우린 땅 파서 장사하는 줄 알아? 이년이 정신을 못 차렸네. 야, 그것 가져와!"

몽둥이를 든 놈이 책상을 툭툭 치며 하는 말에 한 놈이 종잇장을 가지고 왔다.

"이건 네년이 쓴 신체 포기 각서야. 맞아, 안 맞아?"

눈앞에 들이민 신체 포기 각서를 보는 여인이 눈물을 흘렸다. 저것은 자기가 쓴 것이 맞았다. 하지만 너무도 억울했다. 일하다가 다친 남편을 치료하느라고 20골드의 돈을 빌려 쓰고 100골드나 갚았지만 빚은 줄어들지 않고 불어나기만 하여 300골드가 넘었다.

이제 더 이상 갚을 힘도 없었다.

"제발 사정을 봐주세요. 제가 떠나면 아이들이 죽어요."

여인은 손이 발이 되도록 빌었다.

"한 번만 봐주세요. 흑흑……."

슬피 우는 여인을 내려다보던 놈은 갑자기 욕정이 솟구쳐 올랐다.

비록 두 명의 아이를 낳은 여인이지만 처녀만큼이나 팽팽한 몸이었다.

여인의 둥그런 어깨와 펑퍼짐한 엉덩이에 슬그머니 손을 올려놓은 놈은 여인의 턱을 치켜들고 지껄였다.

"호호, 네 사정을 봐서 일주일간 시간을 주마. 대신 여기 있는 우리들을 즐겁게 해주어야지. 알았냐?"

놈이 징그럽게 웃으면서 다른 놈들에게 눈짓했다.

"호호호, 클클클……."

놈들이 다가오자 여인은 두 손으로 몸을 감싸 안고 사정했다.

"이, 이러지 마세요. 저는 남편이 있는 몸이에요."

여인이 몸을 옹송그리자 놈들의 눈이 더욱더 음욕으로 타올랐다.

"우리 말을 안 들으면 넌 사창가나 노예로 팔려간다. 그러니 하라는 대로 하는 게 좋아. 흐흐."

놈들이 여자를 번쩍 들어 책상 위에 눕혔다.

"아, 안 돼요! 이러지 마세요!"

"흐흐, 안 되긴 뭐가 안 돼?"

맨 먼저 대장이란 놈이 우악스럽게 여자의 옷을 벗겼다. 그 순간 문이 벌컥 열렸다.

"대, 대장님, 적이 쳐들어왔습니다!"

"뭐, 적? 어떤 놈들이냐?"

여인을 겁탈하려던 행동대장 놈이 질겁하여 바지춤을 추켜올리며 소리쳤다.

"모르겠습니다! 한 놈입니다!"

"겨우 한 놈 때문에 이 소란을 피운단 말인가? 병신 같은 놈!"

대장의 말에 부하가 급히 손을 휘저었다.

"놈은 하나지만 막아섰던 부하들이 모두 쓰러졌습니다! 무, 무서운 놈입니다!"

"나가보자."

기가 막힌 행동대장과 심복들이 우르르 밀려 나갔다.

금전소의 마당은 아수라장이 되어 있었다. 금전소를 지키던

부하들이 모두 마당에 쓰러져 신음을 내며 벌벌 기고 있었고,
그 앞에는 새카만 가죽옷을 입은 놈이 떡하니 버티고 서 있었
다.

"네놈은 누구냐? 죽고 싶으냐?"

행동대장의 말에 사내가 고개를 돌렸다.

"네가 이놈들의 두목인가? 이곳이 어떤 곳인지 알아보러 왔
지."

두목의 눈이 퉁방울만 해졌다. 이놈은 아마도 미친놈인 것
같았다.

"이런 미친놈! 저놈을 잡아 사지를 찢어라!"

"옛, 대장님!"

행동대장의 주변에 서 있던 놈들이 대거를 뽑아 들고 달려
들었다.

"죽어라!"

휘익!

파란빛을 뿌리며 대거가 휘둘러 들어오자 몸을 젖혀 피한
헤럴드의 오른발이 180도 회전하며 놈의 옆구리에 박혔다.

"끄악!"

놈이 비명을 지르며 쓰러지는 순간 뒤에서 달려들던 놈들은
풍차처럼 돌아가는 발에 얻어맞아 사방으로 팅겨 나갔다. 눈
깜짝할 새에 벌어진 일이었다.

철썩! 펄썩!

놈들이 눈을 까뒤집고 마당에 무너져 내렸다.

“네놈이?!”

행동대장이 옆에 차고 있던 클레이모어를 뽑아 들었다.

“네놈이 한 수 하는 것 같다만 잘못 왔다. 야앗!”

놈의 클레이모어가 사선으로 번개처럼 베어 들어왔다. 상당한 힘과 속도를 겸비한 자였다. 그래 봐야 헤럴드에게는 애들 소꿉장난 같은 수법이었지만.

타다당! 와자작! 퍼억!

“끄악!”

땅바닥에 구겨 박힌 행동대장은 기가 막혔다. 저놈은 내려쳐지는 클레이모어를 주먹으로 쳐냈고, 사람의 손과 부딪친 검이 산산이 부서져 나갔다.

말도 안 되는 일이었다.

저벅저벅!

헤럴드가 걸어오는 소리가 마치 천둥처럼 들려왔다.

“너, 너는 누구냐? 대체 우리와 무슨 원한이 있어 이러는 것이냐?”

행동대장의 눈에 걸어오는 헤럴드가 사신처럼 보였다. 이제야 그 많은 부하들이 왜 모두 쓰러졌는지 알 것 같았다.

“쓰레기 같은 놈들. 방에 들어가자.”

헤럴드가 놈의 목을 잡아 일으켰다.

“크윽!”

“이 여자는 뭐냐?”

갈기갈기 찢겨진 옷을 가슴에 그러안은 여인이 겁에 질려 부들부들 떨고 있었다.

"사, 살려주세요, 전사님! 으흐흑!"

여자가 눈물을 흘리며 헤럴드의 앞에 무릎을 꿇었다. 그녀는 밖에서 벌어지는 일을 모두 보았던 것이다.

"이 여자는 무슨 빚을 졌지?"

"그, 그게……."

"빨리 말 못해?"

헤럴드가 눈을 부릅뜨자 기겁한 놈이 황급히 대답하였다.

"나, 남편의 약값으로 도, 돈을 빌려갔습니다."

"이 여자에게도 악착같이 뜯어냈겠군. 그렇지?"

헤럴드의 말에 놈은 몸을 부르르 떨었다.

"자, 잘못했습니다! 사, 살려주십시오!"

무릎을 꿇고 비는 놈을 내려다보던 헤럴드에게서 차가운 음성이 흘러나왔다.

"너희들이 지은 죄를 모두 말하라. 제대로 말하지 않으면 죽는 것보다 더한 고통을 받게 될 것이다."

팟팟팟!

"크악! 마, 말하겠습니다! 제, 제발… 으악!"

놈이 온몸을 비틀며 게거품을 토했다. 헤럴드의 손에서 날아간 지풍이 분근착골을 시전했던 것이다. 한 시간 후, 놈들에게 모든 범죄를 고백받은 헤럴드는 즉시 블랙울프 전사단을 출동시켰다.

"타마, 나 헤럴드다. 즉시 블랙울프 전사단을 출동시켜 영지의 모든 검은 조직을 체포하라. 반항하는 자는 현장에서 모두 죽여라."

마법 수정구에서 타마가 힘차게 대답하였다.

"즉시 출동하여 체포하겠습니다."

"샤칸, 영지에 포고문을 붙여라. 검은 조직의 죄행에 대해서."

"알았어, 헤럴드."

헤럴드가 통신을 끝내자 그제야 영주라는 것을 알게 된 나이프 파 깡패들은 얼굴이 하얗게 질려갔다. 자치대장을 단칼에 목을 잘라 성문에 매단 무서운 자가 바로 영주였다.

"끄억!"

놈이 공포에 질려 눈을 하얗게 뒤집고 기절해 버렸다.

"너는 돌아가라. 다시는 이런 놈들 때문에 걱정하지 않아도 될 것이다."

"고맙습니다, 영주님."

영주라는 것을 알게 된 여자가 눈물을 펑펑 쏟으며 감사의 인사를 하였다.

영주성의 성문이 열리고 검은색 일색인 블랙울프 전사단이 쏟아져 나왔다.

두두두두!

퓨리 시를 비롯한 영지의 모든 도시에 블랙울프 전사단이 출동하여 검은 조직들을 체포하기 시작하였다.

"두, 두목님, 큰일이 났습니다! 헉헉!"

꽃집에서 여자를 끌어안고 느긋하게 즐기던 밤 조직의 두목 케반디는 숨이 턱에 닿아 달려들어 온 부하의 말에 버럭 소리를 질렀다.

"무슨 일이냐?!"

"영주의 명으로 부하들이 모두 끌려가고 있습니다."

졸개의 말에 화들짝 놀란 케반디는 옷을 입고 대거를 뽑아 들었다.

"무슨 귀신 씨나락 까먹는 소리냐?!"

후두라임 영지는 영주가 주인이 아니라 전사단이 주인이다. 새로운 영주가 어떻게 해보려고 하는 것 같은데 어림도 없는 일이었다. 자신들의 뒤에는 전사단이 있으니 영주도 감히 어쩌지 못할 것이다. 계집을 던져 버린 케반디가 자리를 박차고 일어났다.

"가자!"

"옛, 두목!"

대기하고 있던 부하들이 대거를 뽑아 들고 와르르 쏟아져 나왔다.

"저놈들이다! 잡아라!"

거리로 나서자 영주의 부하들이 달려왔다. 케반디의 얼굴이 험상궂게 변했다. 몇 놈 배를 쑤셔 죽여 버리면 저따위 군사들은 겁에 질려 도망치기 마련이다.

"쳐라!"

"와~!!"

부하들이 대거를 휘두르며 달려들었다. 이제 놈들은 피를 뿌리며 도망칠 것이다.

그런데 이게 웬일? 싸움이 시작되자 자신의 부하들이 허수아비처럼 우수수 쓰러지고 있지 않은가?!

"크악! 아악!"

싸움이 벌어지자 부하들이 맥없이 널브러지고 있었다. 팔다리가 잘려 공중으로 날려가고 피가 분수처럼 치솟았다.

"이, 이게 대체 어떻게 된 일이지?"

케반디는 어쩔 바를 몰라 헤덤볐다. 저들은 군사와는 수준이 달랐다. 마치 기사 같지 않은가?!

도망치려고 슬금슬금 물러서던 케반디는 우렁찬 소리에 흠칫 서버렸다.

"네가 나이프 파의 두목 케반디인가?"

돌아서 보니 엄청나게 큰 사내가 거대한 모닝스타를 들고 자기를 쳐다보고 있었다.

"너, 너희들은 누구냐?"

히쭉 웃은 타마가 모닝스타를 사선으로 후려쳤다.

"영주님의 명이다! 그만 죽어라!"

퍼억!

"끄악!"

나이프 파의 두목 케반디의 머리는 순식간에 사라지고 몸뚱이만 풀썩 쓰러졌다. 침을 탁 뱉은 타마가 주위를 둘러보았다.
이미 깡패들은 모두 체포되어 끌려오고 있었다.

"잡아라!"

"놓치지 마라!"

사방에서 검은 조직원들이 도망치다가 전사들에게 체포되
어 질질 끌려왔다.

퍽퍽퍽!

"으악! 아이고!"

"주군에게 반항하는 놈들에게는 죽음뿐이다."

타마가 끌려가는 놈들을 보며 중얼거렸다.

짝짝짝!

영지민들이 밖으로 달려나와 박수를 치고 만세를 불렀다.

"영주님 만세!"

"블랙울프 만세!"

그들은 자기들을 못살게 굴던 검은 조직들이 박살나자 십
년 묵은 체증이 내려간 것처럼 기뻐하였다.

포고.

오늘부터 영지민들에게 폭력을 행사하거나 힘없는 사람들
을 핍박하는 자, 고리대금을 하는 자들은 이유 여하를 막론하
고 처형한다.

후두라임 영주 후작 헤럴드 르 쥬신.

　깡패의 소탕. 새로운 영주의 포고는 영지민들에게 삶의 희
망을 안겨주었고 환희로 들끓게 하였다. 헤럴드의 영지장악을
위한 제일보가 시작되었다.

＊　　　＊　　　＊

　"영지민들이 우리를 보는 눈이 많이 달라졌어. 하지만 전사
단을 처리하지 못하면 근본적인 문제가 해결이 안 돼. 사람들
의 머릿속에 박혀 있는 공포를 뿌리 뽑자면 반드시 전사단을
없애야 해."
　샤칸의 말에 헤럴드는 깊은 생각에 빠져들었다. 이곳 사람
들에게 전사단은 오랫동안 통치자로 인식되어 있었다. 어떤
방법을 쓰든 그들을 숙청해야 했다.
　"주군, 명만 주십시오. 제가 블랙울프를 데리고 모두 쓸어버
리겠습니다."
　"오빤 참, 힘이 없어서 이러는 것이 아니잖아?"
　레나의 말이 옳았다. 만약 명분도 없이 그들을 숙청해 버리
면 왕국의 귀족들과 각 전사단이 들고일어날 것이다. 무엇인
가 합당한 명분이 있어야 했다.
　"뭔가 방법이 없을까?
　헤럴드의 말에 샤칸이 의미있는 미소를 지었다.
　"그래서 제가 한 가지 알아낸 것이 있어요."
　"언니, 그게 뭔데?"

레나가 다급히 묻자 헤럴드와 타마도 샤칸을 바라보았다.

“옥싸나, 들어와요!”

샤칸이 밖에 대고 소리치자 새로 임명된 경비대장의 약혼녀 옥싸나가 들어섰다.

“영주님께 평민 옥싸나가 인사를 드립니다.”

헤럴드가 옥씨나와 샤칸을 번갈아 쳐다보았다.

“뭔 묘책이라도 있나? 빨리 말해보아라.”

“옥싸나의 말에 의하면 서펜트 전사단이 만드라인을 만드는 것 같다고 해요.”

“만드라인?”

레나와 타마의 눈도 둥그레졌다.

“옥싸나, 말해봐요.”

샤칸이 옥싸나에게 고개를 돌리자 그녀가 주저하며 입을 열었다.

“제 친한 친구가 전사단 검투사들을 관리하는 자의 노예로 있습니다. 그녀의 말에 의하면 검투사들이 전사단의 감독 아래에 만드라인을 만드는 것 같답니다.”

만드라인은 마약과 같은 종류다. 실제로 만드라인으로 만드는 것이 아니라 만드라인과 비슷한 성분을 내는 광물질을 가루로 만들어 흥분제와 환각제를 만드는데, 이것은 대륙의 모든 나라에서 엄격히 금지하는 마약의 한 종류였다. 만약 정말로 만드라인을 만든다면 서펜트 전사단을 없애 버릴 수 있는 좋은 명분이 될 수 있었다.

"샤칸, 정말 큰일을 했어."

헤럴드가 그윽한 눈으로 그녀를 바라보았다. 오늘따라 그녀가 안아주고 싶을 만큼 귀여웠다. 헤럴드의 뜨거운 시선에 샤칸의 얼굴이 빨갛게 상기되었다.

"그, 그야 헤럴드 일이 내 일이니까. 그러니……."

갑자기 헤럴드의 눈빛이 부담스러워진 샤칸이 말을 더듬거렸다.

"지금 둘이 뭐 하는 거야?"

뭔가 이상한 분위기를 느낀 레나가 둘 사이에 끼어들었다.

"얜! 뭐, 뭘 하긴……."

당황한 샤칸의 얼굴이 홍당무가 되었다.

"흠, 아무래도 이상한데. 나 모르게 뭔 일이 있는 거 아니야?!"

레나가 눈을 가느스름히 뜨고 그들을 쳐다보았다.

"레나야, 그만 해라."

타마의 말에도 레나는 그들에게서 눈을 떼지 않았다. 아무리 봐도 뭔가 수상쩍다는 눈치였다. 레나의 눈총을 무시한 채 헤럴드가 옥싸나를 보면서 말했다.

"옥싸나, 그대는 나에게 큰 도움을 주었다. 그 친구를 통해 어디서 만드는지 확인하도록 하라. 일이 끝난 후 그녀를 노예에서 해방시켜 줄 것이다."

"감사합니다, 영주님."

헤럴드의 말에 옥싸나는 자기 일처럼 기쁨을 금치 못했다.

이곳의 서펜트 전사단은 검투 노예들을 운영하고 있었다.
대륙의 노예법에 의하여 생긴 검투사들은 평생을 검투 노예로
검투장에서 싸우다가 죽는다.

서펜트 전사단은 그들을 이용하여 만드라인을 만드는 모양
이었다.

CHAPTER
09

검투사들

THE Warrior
Gale of Wind

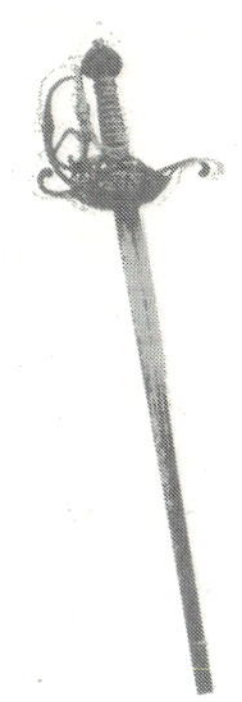

후두라임 영지의 퓨리 시에 오늘은 많은 사람들이 몰려들고 있었다. 바로 오늘이 검투사의 경기가 있는 날이기 때문이었다. 한 달에 세 번씩 있는 검투 경기는 주변 영지의 귀족들과 상인, 많은 평민들이 열광하는 경기였다. 인간의 마음은 참으로 간사해서, 자신이 다칠 일이 없는 경기는 검투사들이 죽고 사는 것에는 상관없이 구경을 한다.

서펜트 전사단은 인간의 그 심리를 이용하여 돈을 벌어들이고 있었다.

아침이 밝아오자 검투사들이 사는 곳에도 움직임이 일어났다.

"네모, 어서 나와라."

각 방마다 쇠창살을 친 곳에 몇 명씩의 사람이 있는 이곳은 노예 검투사들이 사는 곳이다.

발목과 손목에 쇠고랑을 찬 엄청나게 큰 사내가 방에서 몸을 일으켰다.

얼마나 큰지 머리가 천장에 닿는다.

츠르릉! 츠르릉!

발목에 찬 쇠고리 소리가 귀청을 울리며 네모라는 사내가 나오자 노예 관리인이 앞장섰다.

"어서 가자. 주인님이 기다리신다."

네모가 아무 말 없이 뒤를 따랐다.

네모는 키 2.60m에 180kg, 거대한 배틀액스를 무기로 쓴다. 네모가 쓰는 배틀액스는 웬만한 통나무는 단번에 잘라 버린다.

네모는 불행하게도 오거의 피를 받은 하프 오거였다.

그의 어머니가 노예 상인에게 팔려 아이스 왕국(얼음왕국)에서 슈마라이 산맥을 넘다가 오거의 습격을 받았는데, 사람을 찢어 먹는 오거는 어떻게 된 것인지 네모의 어머니는 죽이지 않고 겁간을 하고 달아났다.

마법사들의 말에 의하면 오거들이 간혹 발정기 때 인간 여자를 오거로 착각하여 음교를 하기도 한다고 한다.

정확한 사실은 알 수 없지만 네모는 그렇게 세상에 태어났다.

그래서인지 네모는 외모는 완벽한 인간이지만 힘은 엄청나게 강했다. 그런 네모를 서펜트 전사단은 검투 노예로 만들었고, 지금까지 네모를 이용하여 많은 돈을 벌었다.

"네모야, 이번 결투만 잘하면 너를 노예에서 해방시켜 주마. 대신 이번 결투는 반드시 이겨야 한다. 알았느냐? 그러면 네가 좋아하는 타냐도 함께 평민으로 만들어주겠다. 어떠냐?"

방에 들어가니 서펜트 전사단의 노예 관리인 가스트로가 네모에게 하는 말이다.

머리를 들어보니 가스트로의 옆에 노예 하녀인 타냐가 네모를 보며 웃음 짓고 있었다.

네모와 타냐는 어릴 때부터 같이 자란 노예이다.

지금까지 어렵고 힘든 검투장에서 네모가 살아남은 것은 저 타냐를 사랑해서였다.

이 세상에서 네모를 사람으로 인정해 주고 사랑해 주는 유일한 여인이었다.

가스트로는 네모에게 천 번만 결투에서 이기면 둘을 결혼시켜 평민으로 만들어주겠다고 약속했던 것이다. 이제 12번만 더 결투에서 이기면 그 약속이 끝난다.

"정말입니까, 주인님?"

네모의 말에 번대머리 가스트로가 누런 입을 벌리고 웃었다.

"당연하지. 오늘 결투에서 이기기만 하면 넌 자유다. 이 타냐와 함께 말이다. 내 너를 생각해서 이 타냐를 항상 옆에 두었으니 너도 그 보답은 해야 할 것이다. 어떠냐?"

타냐는 걱정스런 얼굴로 네모를 바라보고 있었다. 타냐를 바라본 네모가 두 손에 힘을 주었다. 그녀를 위해서라면 죽어도 소원이 없었다.

"좋습니다. 하지요."

"전사들과의 결투다. 죽음의 배틀액스의 본때를 보여줘라."

"예, 그렇게 하죠."

네모의 대답에 가스트로의 입이 귀밑까지 찢어졌다.

"크하하, 역시 죽음의 배틀액스 네모다. 하하하!"

네모가 이번에 싸워야 할 상대는 서펜트 단장의 아들이다. 네모가 아무리 힘이 세다고 하여도 마나를 다룰 줄 아는 상급 전사를 이길 수 없다는 것은 너무도 명백한 일이었다. 다만 사람들에게 리얼하게 보이려면 네모가 최후의 힘까지 다해 싸워줘야 하기에 가스트로는 타냐를 놓고 회유를 하고 있었다.

설사 산다고 해도 반병신이 되어 죽을 때까지 만드라인을 만드는 지하에서 살다 죽을 것이다.

츠르룽! 츠르룽!

밖으로 나오자 기다리고 있던 타냐가 황급히 네모의 손을 잡았다.

"오빠, 조심해. 아무래도 뭔가 이상해."

"걱정 마, 타냐. 난 너를 위해서라도 절대로 안 죽어."

네모의 말에 타냐가 눈에 눈물이 가득 고여 그의 품에 안겼다.

"아, 거 뭐 하냐? 시간이 됐으니 빨리 나가라."

가스트로의 재촉에 네모는 마지막으로 타냐의 작은 손을 꽉 쥐어주고는 검투장으로 가는 통로에 들어섰다.

'흐흐흐, 미련한 놈. 내가 미쳤다고 저년을 너에게 주겠냐? 오늘 저년의 처녀는 내가 먹는다. 크크.'

가스트로는 멀어지는 쇠사슬 소리를 들으며 타냐의 통통한 몸매를 흘끔흘끔 곁눈질해 보았다.

여태껏 저놈을 이용해 먹느라고 타냐를 숫처녀로 놔뒀지만 오늘로 모든 것이 끝나는 것이다. 네모와 그가 사랑하는 여자의 운명은 이미 결정되어 있었다.

다리와 손목의 쇠사슬을 푼 네모가 검투장에 들어서자 우렁찬 함성이 터져 나왔다.

"와~ 죽음의 배틀액스다!"

"하프 오거 네모다!"

"네모!"

"네모!"

경기장에 들어와 있던 평민들이 네모를 환호하는 소리가 원형 경기장을 뒤흔들었다.

그들은 네모가 전사를 꺾어주기를 간절히 바라고 있는 것이다.

오늘 네모와 전사 간의 결투 소식에 경기장은 발 디딜 틈도 없이 사람들로 꽉 찼다.

"흠, 저놈이 그 하프 오거인가?"

서펜트 단장의 아들 드엡스키가 옆의 부관을 보며 묻는 소리다.

"예, 드엡스키님."

드엡스키는 지금까지 수많은 노예 검투사들을 상대로 실전을 익힌 살인마다. 그렇기에 25세밖에 안 된 나이에 상급전사에까지 올랐다. 수많은 검투 노예들이 그의 수련을 위해 제물이 되어 죽어갔다. 오늘이 그동안의 수련을 아버지에게 검열받고 전사단의 후계자로 공인받는 날이다.

그는 엄청난 키의 네모를 살기에 넘쳐 바라보았다.

"흐흐, 무료하지 않겠어."

놈의 눈에 쥐를 갖고 노는 고양이처럼 불꽃이 일어났다. 그에게 있어서 저런 자들은 벌레에 불과했다.

"자, 신사숙녀 여러분! 이제부터 결투를 시작하겠습니다! 노예 검투사 네모가 이길지 상급전사인 드엡스키님이 이길지 잠시 후의 결과가 말해줄 것입니다! 참고로 죽음의 배틀액스 네모는 988번의 결투에서 한 번도 패배를 모르는 무적의 검투사입니다! 오늘의 검투에서도 살아서 나갈 수 있는지는 신만이 아실 것입니다! 자, 그럼 시작합니다!"

"와~!"

사람들의 환호 속에 북소리가 울려 퍼졌다.

둥둥둥!

지르릉! 철컥!

양쪽의 철문이 열리고 거대한 배틀액스를 든 네모가 나왔고 반대쪽에는 드엡스키가 플레이트 아머를 입고 랜스를 든 채 말 위에 올라 있었다.

둥둥둥!

또다시 시작을 알리는 북소리와 함께 말에 오른 드엡스키가 랜스를 비껴들고 질풍처럼 달려왔다.

두두두두!

곧추 비껴든 랜스가 번뜩이고 말이 질주를 시작하자 경기장은 숨소리 하나 없이 조용해졌다.

"야앗!"

휘잉!

네모의 배틀액스가 공기를 찢어발기며 맹렬한 속도로 날아들었다.

콰콰쾅! 콰쾅!

배틀액스와 방패가 부딪치며 엄청난 폭음이 울려 퍼지고 먼지가 뽀얗게 일어났다.

촤악!

"크억!"

방패가 배틀액스에 맞아 깨어지는 순간 번개처럼 날아든 랜스가 네모의 왼쪽 어깨에 박혀들었다.

"와아~!!"

귀족들과 전사들이 랜스에 찔려 비칠거리는 네모를 보며 환성을 질렀다.

"맛이 어떠냐, 이 천한 노예 놈아! 으하하!"

드엡스키는 앙천광소를 터뜨리며 랜스를 힘껏 밀고 들어왔다. 말과 사람의 힘이 합쳐진 랜스는 일반 사람이라면 그대로 잔등까지 꿰뚫고 나갈 것이다.

하지만 네모는 일반 사람이 아니었다.

"야앗!"

비칠거리던 네모가 랜스를 두 손으로 잡고 그대로 휘둘렀
다.

"이, 이놈이! 으앗!"

랜스를 잡고 있던 드엡스키는 엄청난 힘에 끌려 말 위에서
통째로 날아갔다.

콰당!

"크억!"

드엡스키가 경기장의 바닥으로 떨어지며 먼지를 일으켰다.

"와아~!!"

이번에는 평민들이 환성을 지르며 발을 굴렀다. 귀족과 전
사들의 얼굴이 일그러졌다.

노예 놈에게 당하다니, 이 무슨 망신이란 말인가? 상단에 앉
아 있던 서펜트 전사단장 고돕스키의 얼굴이 찡그려졌다. 상
급전사라는 아들놈이 노예 검투사에게 당하는 것을 보니 화가
치밀어 올랐다.

비칠거리며 일어선 드엡스키는 어금니를 물었다. 역시 저놈
은 몬스터의 피를 받아 힘이 장난이 아니었다.

"크크, 역시 몬스터로구나! 하지만 재롱은 여기까지다!"

드엡스키가 핸드 소드를 뽑아 들었다.

"야앗!"

드엡스키의 핸드 소드에 푸른 마나가 어려 새파란 빛이 넘

실거렸다.

"마나다!"

귀족들과 전사들이 함성을 질렀다.

이를 악문 네모의 배틀액스가 횡으로 휘둘러져 드엡스키를 짓쳐 들어갔다.

콰쾅! 썽둥!

푸른 마나가 둘러싼 검이 배틀액스를 단번에 잘라 버렸다.

"와~!!"

"역시 상급전사다!"

"죽여라!"

"전사와 노예의 차이를 알려줘라!"

귀족들이 발을 구르며 소리쳤고, 귀부인들의 꽃다발이 검투장으로 쏟아져 내렸다.

전사들의 함성 소리가 검투장을 진동시켰다.

드엡스키의 핸드 소드가 네모의 몸을 향하여 사정없이 떨어져 내렸다.

사람들은 눈을 부릅뜨고 손에 땀을 쥐었다. 몸에 검이 떨어지는 순간 네모는 그대로 드엡스키를 향해 돌진해 들어갔다.

퍼억! 퍽!

"윽!"

네모의 박치기가 연이어 드엡스키의 얼굴에 작렬하였다. 무쇠 같은 두 손으로 드엡스키의 팔을 잡은 네모가 머리를 뒤로 젖혔다가 힘껏 들이받았다.

한 번, 두 번, 세 번…….

지끈지끈!

"컥!"

드엡스키는 눈에서 불이 번쩍 일어나더니 앞이 캄캄해졌고, 해머에 맞은 것 같은 엄청난 충격과 함께 코뼈가 무너졌다. 비칠거리는 그에게 바위 같은 네모의 이마가 최후의 일격을 가했다.

퍽!

"큭!"

후드득!

드엡스키의 입에서 피와 옥수수 알이 쏟아져 내리고 정신이 흐려졌다.

휘익!

네모의 무쇠 주먹이 바람을 일으키며 짓쳐 들어갔다.

퍼억!

"크악!"

네모의 주먹에 맞아 몸이 공중으로 떠오른 드엡스키가 비명을 지르며 검투장 바닥에 내리꽂혔다.

쿠웅!

드엡스키가 볼품없이 네 활개를 펴고 쓰러지자 검투장의 모든 사람들이 아연해했다. 상급의 전사가 노예 검투사에게 패했다. 그것도 박치기에 당해서.

온몸이 피투성이가 된 네모가 두 손을 치켜들었다.

"내가 노예 검투사 네모다!"

"와아~!!"

손에 땀을 쥐고 바라보던 평민들이 발을 구르고 함성을 질렀다.

"잘한다!"

"역시 네모다!"

"죽음의 배틀액스 만세!"

경기장 밖에 있던 전사들이 검을 뽑아 들었다. 이것을 그냥 놔두면 서펜트 전사단의 수치였다.

"저놈을 죽여라!"

"죽여라!"

전사들이 경기장 안으로 밀려들어 갔다.

"아니, 저런!"

"저걸 어떡해!"

모두 발을 굴렀지만 서펜트 전사단의 살기등등한 기세 앞에서 숨을 죽이고 지켜볼 뿐이었다. 평민들은 이제 곧 죽을 네모를 바라보며 동정과 연민의 눈길을 던질 따름이었다.

"파이어 애로우! 아이스 애로우!"

쐐애액! 파파팟!

갑자기 낭랑한 목소리가 울리고 불과 얼음의 화살들이 달려드는 전사들의 발 앞에 박혀들었다. 달려들던 전사들이 멈칫 서버렸다.

"마법사다!"

“누구냐? 감히 누가 서펜트 전사단의 검투장에서 훼방을 놓느냐?”

서펜트 전사단의 참모장이 벌떡 일어나 장내를 둘러보며 고함을 질렀다.

검투장의 모든 사람들이 이 대담한 방해꾼을 보려고 두리번거리는데, 관람석에서 검은 가죽옷을 입은 금발의 여자가 일어섰다.

“나예요! 저건 경기 규칙에 어긋나는 것이 아닌가요?”

일어난 금발의 레이디를 보자 사람들의 입에서 환호가 터져 나왔다.

“마법전사!”

“영주님의 보좌관이다!”

영지민들 사이에서 샤칸과 레나는 영주의 보좌관으로 알려져 있었다.

서펜트 전사단의 참모장은 신음을 흘렸다. 저 여자가 이곳에 왔으면 분명 영주도 함께 있을 것이다.

“검투 경기의 규칙은 마음대로 바꿀 수가 있소. 그리고 전사들이 분노해서 뛰어든 것이지 우리가 시킨 것은 아니오.”

참모장의 변명에 샤칸이 방긋 웃으며 장내를 둘러보았다.

“그렇다면 나도 저 검투사의 편을 들어도 되겠군요! 어떤가요? 한번 해볼까요?”

“끄응.”

샤칸의 말에 참모장은 말문이 막혀 버렸다.

"저 레이디의 말이 옳다! 전사들이 잘못했다! 모두 밖으로
나와라!"

서펜트 전사단장이 전사들에게 명령을 내리고 샤칸을 바라
보았다.

"레이디, 잘못을 충고해 줘서 고맙소."

"뭘요, 단장님은 당연히 제지하리라 생각했습니다. 그럼 이
만."

샤칸이 머리를 약간 숙여 예를 표하고 자리에 앉자 전사단
장 고돕스키는 이를 부드득 갈았다.

'년, 두고 보자. 우리를 망신시켜?'

검투 경기는 샤칸의 출현으로 그만 흐지부지 무산되고 말았
다.

*　　　*　　　*

좌악! 좌악!

"큭! 윽!"

기다란 채찍이 살점을 사정없이 물어뜯어 네모의 몸에서는
피가 철철 흐르고 있었다. 오늘 경기에서 개망신을 당한 드엡
스키가 노예들의 숙소에 와서 네모를 고문하고 있었다.

그런 드엡스키의 코에는 흰 붕대가 칭칭 동여져 있어 마치
미라 같았다. 낮에 네모의 박치기에 당한 상처다. 마법으로 치
료를 받았지만 무너져 내린 코는 평생 지울 수 없는 상처로 남

을 것이다. 드엡스키는 이를 부드득 갈았다. 비천한 노예 놈에게 당한 수치가 상처보다 더 마음을 쓰리게 했다.

"감히 너 같은 천한 놈이 나를 망신시켜?! 오늘 네놈을 때려 죽이고 말 테다! 이놈을 쳐라!"

"옛!"

드엡스키의 명에 부하들이 채찍과 몽둥이, 불에 달군 쇠꼬챙이를 들고 달려들었다.

착! 착! 치지직!

"아악!"

네모의 내장을 후벼 파는 비명이 쉴 새 없었고, 살을 지지는 역한 냄새가 코를 찔렀다.

방마다 갇혀 있는 노예 검투사들은 눈을 감고 있었다. 동료가 끔찍한 고문을 당하고 있지만 쇠사슬에 묶여 있는 그들은 속수무책이었다.

하지만 그들의 손발은 분노에 차서 부들부들 떨리고 있었다.

"이 노예 놈의 새끼들, 똑바로 봐라! 주인에게 반항하는 놈들은 이렇게 죽여줄 것이다! 가스트로, 당장 가서 이놈의 계집이라는 년을 끌고 와라!"

"옛, 드엡스키님!"

옆에 서 있던 가스트로가 밖으로 달려나갔다. 이번에 저놈이 드엡스키를 이기는 바람에 가스트로는 목숨이 위험한 지경에 이르렀다. 미래의 전사단 후계자를 망신시켰으니 어떻게 해서든 신임을 회복해야 하였다.

"아악! 왜 이러세요, 주인님?"

가스트로에게 머리채를 잡혀 끌려나온 타냐는 정신이 하나도 없었다. 그렇지 않아도 네모가 고문을 받는다고 해서 두려움에 떨고 있던 그녀다.

"어서 가자! 네년의 네모 때문에 모든 일이 틀어졌다. 가서 당해봐라."

놈이 타냐를 질질 끌고 드엡스키의 앞으로 왔다.

"아앗! 네모! 네모!"

피투성이가 된 네모를 본 타냐가 비명을 질렀다.

"크크크, 이년이 저놈의 계집이란 말이지?"

음흉한 웃음을 지으며 다가온 드엡스키가 타냐의 얼굴을 잡았다.

"노예치고는 정말 반반하구나. 잘됐어. 크크크!"

놈은 통쾌한 듯 웃음을 터뜨리고는 타냐의 가슴을 와락 잡았다.

"아악! 이러지 마세요! 제발……!"

"네년은 노예다. 알겠느냐? 내가 마음대로 할 수 있는 노예란 말이다. 으하하!"

놈이 미친 듯이 웃어 젖히며 타냐의 옷을 찢었다.

부욱, 찌지직!

타냐의 옷이 찢어지며 하얀 허벅지가 드러났다.

"안 된다, 이놈들! 안 돼!"

피투성이가 되어 묶인 네모가 절망에 차 소리쳤지만 놈은 멈추지 않았다.

"어떠냐? 이것이 바로 네놈의 운명이다. 그런데 감히 나를 망신시켜? 오늘 네놈에게 노예의 운명을 가르쳐 주겠다. 이년을 벗기고 저놈 앞에 묶어라!"

"옛!"

부하들이 달려들어 타냐의 옷을 마구 찢기 시작하였다.

"아악! 안 돼! 네모, 어떡해! 아아!"

"이놈들! 이 짐승 같은 놈들! 그만 하란 말이다!"

네모가 피를 토하며 절규하였고, 방마다 갇혀 있는 노예 검투사들이 자신들의 처지를 한탄하며 이를 갈았다.

"이것이 바로 너희들의 운명이다. 똑똑히 봐두어라, 네놈의 여자가 어떻게 되는지. 시작하라!"

놈이 명하자 부하들이 우르르 타냐에게 달려들었다. 광기에 번들거리는 놈들의 눈을 보며 타냐는 그만 눈을 감았다. 이제 더 이상 자기를 지킬 힘이 없었다.

'주신이시여, 도와주세요. 제발 도와주세요.'

타냐의 기도가 통했을까?! 갑자기 호된 목소리가 들렸다.

"살려줄 가치가 없는 놈들이구나! 타마, 저놈들을 모두 죽여라!"

"옛, 주군!"

콰앙! 쾅! 콰자작!

"으악! 끽!"

무엇인가 부서지고 깨지는 소리와 함께 전사들의 비명 소리에 눈을 뜬 타냐는 어안이 벙벙했다. 웬 사람이 거대한 모닝스타를 휘둘러 전사들을 닥치는 대로 박살 내고 있었다.

그렇게 포악하던 전사들이 오거에게 몰리는 토끼처럼 피를 토하며 죽어가고 있었다.

"지옥의 모닝스타 타마!"

옥싸나에게 들었던 영주님의 보좌관이 모닝스타를 쓴다고 하였다. 그렇다면……? 타냐의 앞에 검은 가죽옷을 입은 젊은 청년이 다가와 묶인 팔을 풀어주었다.

"아아, 영주님!"

타냐는 그의 앞에 꿇어 앉아 연신 머리를 조아렸다.

"네, 네놈은 누구냐?"

질겁한 드엡스키가 검을 치켜들며 부르짖었다.

퍼억!

"크악!"

콰다당!

"무릎 꿇어, 이 새꺄! 죽여 버리기 전에!"

타마의 발에 걷어차여 바닥에 처박힌 드엡스키가 비칠거리며 일어나 무릎을 꿇었다.

"만드라인을 만드는 곳이 어디냐?"

헤럴드의 물음에 드엡스키는 깜짝 놀랐다. 자기들이 만드라인을 만든다는 것은 극비 중의 극비다. 그것이 알려지면 서펜트 전사단은 끝장이었다.

이를 악문 드엡스키가 머리를 흔들었다.

"나는 모르는 일입니다."

"그래? 타마, 네모를 풀어주어라."

"예, 주군."

네모는 풀려나자 헤럴드의 앞에 무릎을 꿇었다.

"고맙습니다, 영주님. 흐흑."

"고맙습니다, 영주님."

네모와 타냐는 서로 부둥켜안고 울었다.

"네모, 나는 너에게 복수할 기회를 주겠다. 저놈이 만드라인 만드는 곳을 말할 때까지 마음껏 고문하라. 말하지 않으면 죽여도 좋다."

"감사합니다, 영주님."

네모의 얼굴에 복수심이 이글거렸다. 이를 갈며 자리에서 일어난 네모가 커다란 인두를 불속에서 꺼냈다.

"네모, 그놈을 죽여라!"

"불속에 넣어라!"

네모가 구원되는 것을 지켜보고 있던 노예 검투사들이 분노해서 소리를 질렀다. 그 소리는 마치 굶주린 호랑이 떼가 울부짖는 것 같았다.

"저 사람들의 소리를 들었지? 네놈에게 이런 날이 올 줄은 몰랐을 것이다!"

새빨갛게 단 인두가 눈앞으로 다가오자 드엡스키는 공포에 몸을 떨었다.

"네놈들이 이러고도 무사할 줄 아느냐? 전사단이 오면 너희들은 다 죽는다!"

그것을 보던 타마가 빈정거렸다.

"웃기는 놈이군. 이곳은 영주님의 오러 막이 모든 소리를 차단하고 있다. 누구도 오지 않아. 어리석은 놈."

타마의 말에 놈은 겁에 질려 얼굴이 하얗게 되었다. 오러 막이라니? 믿을 수 없는 일이었다.

"오러 막이라고? 흥! 거짓말 마라!"

"영주님은 크라이카 전사단을 괴멸시킨 소드 마스터이며 광풍의 전사다."

"과, 광풍의 전사?!"

드엡스키는 온몸에 맥이 탁 풀렸다. 광풍의 전사. 소드 마스터이며 드래곤 슬레이어의 후계자. 이미 타판파스 왕국에 소문난 일이었다. 그 사람이 이곳의 영주로 왔다니 서펜트 전사단은 끝이었다. 자기들은 크라이카 전사단에 비하면 어린애 수준인 것이다.

"끄윽!"

네모가 인두를 그의 귀에 가져다 대었다.

"제발 천천히 말해라. 나도 네놈에게 당한 만큼 돌려주겠다. 처음에는 양 귀, 다음에는 코, 입. 차례로 없애주마. 자, 시작이다."

치지직!

"으악!"

귀가 타 들어가며 지독한 노린내가 풍겨왔다. 비명을 지르던 드엡스키는 정신을 잃고 축 늘어졌다. 이런 놈들은 남에게 고통만 주었지 당해보지 못한 놈들이다. 그러니 의지가 약할 수밖에 없다.

철썩!

"헉!"

너무도 끔찍한 고통에 정신을 잃었던 드엡스키가 찬물을 뒤집어쓰고 정신을 차렸다.

"자, 또 시작해 보자."

네모가 인두를 들고 다가왔다. 드엡스키는 네모가 마귀 같아 보였다. 그의 입술이 푸들푸들 떨렸다.

"마, 말하겠네! 제발 그만두게."

놈이 너무도 기겁하여 애원하였지만 네모는 사정없이 남은 귀를 지졌다.

치지직!

"끄악!"

놈이 발버둥 치며 고통에 몸부림쳤다.

"잘한다, 네모! 몽땅 없애 버려라!"

"죽여라!"

검투사들이 통쾌하게 소리를 질렀고, 네모가 새빨간 인두를 가져왔다.

"헉헉! 사, 살려주게! 아니, 살려주십시오, 네모. 아니, 네모 님!"

놈이 눈물콧물을 흘리며 애원하자 타마가 다가왔다.

"어디냐?"

"전사단 안의 지하에 있습니다. 검투를 하다가 병신이 된 사람들이 그 안에서 만들고 있습니다. 제발 살려주시오."

놈의 말을 들은 헤럴드가 검투 노예들을 돌아보았다.

"들었는가? 이것이 너희들의 운명이었다. 이렇게 살다 죽고 싶은가? 사람으로 살고 싶지 않은가?"

헤럴드의 말에 검투사들이 무릎을 꿇었다.

"저희들은 노예입니다! 명을 주십시오! 복수만 할 수 있다면 당장 죽으라 해도 죽겠습니다!"

"난 영주이고 귀족이다. 하지만 그전에 나는 블랙울프 전사단장이다. 나는 이전에도 전사였고 앞으로도 전사라고 생각한다. 너희들을 블랙울프의 전사로 받아들이겠다. 나를 주군으로 따르겠는가?"

검투사들은 기대에 찬 눈으로 헤럴드를 바라보았다. 자신들에게 이런 날이 올 것이라고는 꿈에도 생각 못했다.

서로 죽고 죽이며 하루하루 살아가던 자기들의 인생. 산속에 사는 고블린보다도 못한 인생이었다. 그런데 지금 자기들에게 저 사람은 새 인생을 주겠다고 한다.

사람답게 살 수 있다면, 세상에 나도 사람이라고 소리칠 수만 있다면 끓는 물속이라도, 타는 불속이라도 뛰어들 수 있었다.

"으흐흑!"

검투사들은 여태껏 살아온 자신들의 신세가 한스러워 목 놓아 울기 시작하였다. 그리고 머리를 쳐들었다.

"주군으로 받들겠습니다, 주군!"

헤럴드는 모두를 둘러보았다.

"나는 너희들을 형제로 생각할 것이다. 앞으로 함께 영광을 누릴 것이고 한 길을 갈 것이다! 타마, 저들을 풀어줘라!"

눈물 범벅이 된 타마가 힘차게 대답하였다.

"옛, 주군!"

타마와 네모, 타냐가 검투사들을 풀어주기 시작하였다.

*   *   *

서펜트 전사단에 비상이 걸렸다. 전사단장의 아들 드엡스키가 행방불명되었고, 검투사들이 감쪽같이 증발되었다. 대체 무슨 일이 생겼단 말인가? 현장에는 검투사 관리인들과 전사들의 시체만 남아 있었고 아들의 시체는 없었다.

"찾아라! 찾지 못하면 네놈들은 모두 죽음을 각오하라!"

전사단장 고둡스키는 집무실의 모든 것을 짓부숴 버리며 발광을 했다. 하나밖에 없는 아들이 없어지다니, 어떤 놈인지 잡으면 산 채로 태워 죽여도 시원치 않을 것 같았다.

"단장님, 아무래도 이런 짓을 할 놈은 이 영지에 한 놈밖에는 없습니다."

참모장의 말에 고둡스키는 버럭 소리를 질렀다.

"그게 누군가? 당장 잡아와야 할 것이 아닌가?"

“그것이 새로 온 영주 같습니다.”

참모장의 말에 고돕스키의 눈이 둥그레졌다. 헤럴드 후작. 왕국에 혜성처럼 나타난 소드 마스터. 고돕스키의 머리가 빠르게 회전했다.

귀신도 모르게 전사들을 제압하고 검투사들을 데려갈 사람은 그 정도는 돼야 할 것이다.

고돕스키의 어금니가 부드득 갈렸다.

하지만 소드 마스터라면 복수는 어렵다. 게다가 그에게는 블랙울프 전사단이 있었다.

저들의 전신이 크라이카 전사이다. 자기들과는 차원이 달랐다.

“이 원수를 어떻게 해야 갚는단 말인가? 크윽!”

고돕스키가 몸부림쳤다.

“복수하는 방법이 영 없는 것은 아닙니다.”

참모장의 말에 고돕스키의 귀가 번쩍 열렸다. 복수할 길이 있단다.

“어떻게, 어떻게 말인가?!”

“우선 어쎄신 길드에 청부를 해야 합니다. 아무리 소드 마스터라고 해도 먹고 자는 인간입니다. 그러니 빈틈은 생기게 마련이지요.”

참모장의 말에 고돕스키는 머리를 끄덕였다. 옳은 말이었다. 소드 마스터도 인간이다.

“다음은 이 영지에 있는 세 개의 전사단이 모두 힘을 합쳐

놈을 공격해야 합니다. 그러자면 우선 알로켄 산적단과 연락을 취하여 영지의 마을을 습격하게 해야 합니다. 그러면 블랙울프 전사단은 그들을 치러 출전할 것입니다. 놈이 어쎄신의 습격을 받아 죽지는 않는다 해도 부상 정도는 분명 입을 것입니다. 그때 세 개의 전사단이 합공하여 놈을 죽여야 합니다.”

묘안이었다. 역시 참모장은 자신의 충실한 보좌관이었다.

“좋았어. 돈이 얼마가 들어도 좋으니 청부를 하라. 그리고 비밀리에 두 전사단장과의 자리를 만들어라.”

“알겠습니다, 단장님.”

참모장이 방을 나가자 고돕스키는 창 너머로 보이는 영주성을 바라보았다.

“애송이, 너를 반드시 죽여주마! 싸움은 힘만 가지고 하는 것이 아니다!”

그의 두 주먹이 으드득 소리를 내며 꽉 쥐어졌다.

서펜트 전사단의 요리사인 차바이는 언제나 자기가 직접 시장에 나가 음식 재료를 사온다.

전사단 단장의 가족들은 입맛이 까다로워서 자칫 잘못 만들면 벌을 받아야 했다.

오늘 아침에도 단장의 부인에게 음식 타박을 받고 시장에 나온 차바이는 속으로 투덜거렸다.

“젠장, 어디 요리사 자리가 있으면 당장이라도 옮겼으면 좋겠다. 에이, 내 팔자.”

속으로 불만을 토하던 차바이는 깜짝 놀랐다. 누군가가 어깨를 쳤기 때문이다.

"오빠, 오랜만이야."

"이크, 깜짝이야! 야, 간 떨어질 뻔했다!"

차바이는 옥싸나를 보고 마음을 놓았다.

"무슨 걱정 있어? 오빠 얼굴이 왠지 안 좋다."

"휴, 말도 마라. 이건 매번 음식 타박이니 정말 힘들어 죽겠다. 어디 자리라도 있으면 가고 싶다, 정말."

차바이와 옥싸나는 한 마을 친구다. 옥싸나의 약혼자인 지프리드와는 배꼽 친구인 것이다.

"내가 자리 하나 소개해 줄까?"

옥싸나의 말에 차바이는 눈을 끔뻑거렸다. 그러고 보니 지프리드는 경비대장으로 승급했다고 들었다. 옥싸나도 예전과 달리 얼굴이 환해졌고 옷도 고급 천으로 만들어 입었다.

차바이는 갑자기 자기의 신세가 처량했다. 지프리드는 경비대장까지 되고 예쁜 약혼녀까지 있는데 자기는 한 달에 겨우 3골드의 돈을 받으면서 저녁이면 빈방에 들어가 쪼그리고 잠들어야 한다.

"뭐 좋은 자리가 있니?"

쓸쓸하게 묻는 차바이에게 옥싸나가 환하게 웃었다.

"오빠에게 내가 아무 자리나 소개할 것 같아? 고향 친구이고 내 약혼자의 친구인데. 우리 영주님의 요리사 어때?"

옥싸나의 말에 차바이는 멍해서 바라보았다. 요새 전사단 하

인들이 수군거리는 소리를 차바이도 들었다. 영주성의 하인들
은 하녀들까지 5골드 이상의 돈을 받는다고 한다. 게다가 교대
로 일하고 쉬기까지 한다고 하니 이건 정말 꿈의 일자리였다.
　"저, 정말이냐?!"
　"당연히 정말이지. 오빠만 원한다면 당장 소개해 줄게."
　차바이는 어젯밤 꿈자리에 돌아가신 어머니가 나타나더니
이것을 알려주시려고 했는가 보다고 생각하며 감사를 드렸다.
　'어머니, 고마워요. 이 아들이 열심히 일해서 옥싸나보다 더
예쁜 아가씨를 얻어 잘살겠습니다.'
　"그래, 소개 좀 해주라. 내 이 은혜, 절대로 잊지 않을게."
　"에이, 오빠와 나 사이에 은혜는 무슨. 그럼 가자."
　"어, 지금 당장?"
　차바이가 어리둥절해서 물었다.
　"오빠는 전사단에 한번 들어가면 나오지 못하잖아. 마침 보
좌관하고 같이 나왔으니까 당장 만나야지."
　"고, 고맙다."
　차바이는 급히 따라가면서 친구 지프리드가 정말 부러웠다.
출세를 했으니 약혼녀까지 영주의 보좌관하고 같이 다니는 것
이 아닌가? 평민으로서는 생각도 못할 일이었다.
　"차바이라고 하였죠? 반가워요. 영주님의 보좌관인 샤칸이
라고 해요."
　에리세드 상단의 보석 상점의 한 방에서 금발의 미녀가 맞
아주었다.

"예, 보좌관님. 저, 저는 요리사 차바이라고 합니다."

허리를 깊숙이 굽혀 인사를 한 차바이는 천사 같은 보좌관 앞에서 몸 둘 바를 몰라 허둥거렸다.

"영주님의 요리사로 들어오고 싶다고? 옥싸나 양에게서 들었습니다. 요리 실력은 들었으니 문제가 없고, 들어오기 전에 한 가지 일을 해줄 수 있나요?"

샤칸의 말에 차바이는 무조건 허리를 굽혔다.

"예, 당연합니다, 보좌관님. 어떤 일이든 분부만 하십시오."

"힘든 일은 아닙니다. 사업상 우리는 전사단 사람들에 대하여 알아야 해요. 해서 단장에게 손님으로 오는 사람이 있으면 미리 우리에게 알려주면 돼요. 어디서 오며 어디로 가는가. 할 수 있나요?"

샤칸의 말에 차바이는 가슴이 두근거렸다. 힘든 일은 아니다. 단장의 모든 음식은 자기가 만드니까. 하지만 왠지 무서워졌다.

"이건 영주님을 돕는 겁니다. 그리고 먼저 선금을 드리지요. 할 수 있나요?"

차바이는 숨을 크게 들이쉬었다. 어차피 떠날 전사단이다. 미리 영주님을 돕고 들어가면 결코 나쁘지는 않을 것이다.

"하, 하겠습니다."

"잘 생각했어요. 이건 100골드입니다. 선금으로 받으세요."

"아니, 이, 이렇게 많은 돈을……?"

차바이는 눈을 둥그렇게 뜨고 보좌관을 쳐다보았다.

"영주님을 돕는 사람들에게는 돈을 아끼지 않는답니다."

"오빠, 걱정 말고 받아."

옆에서 옥싸나가 어서 받으라고 하자 차바이는 얼른 받아 넣었다. 일생 처음으로 가져보는 거금이었다.

차바이에게 마법 수정구의 사용 방법을 알려준 샤칸은 급히 영주성으로 향하였다. 벌써 전사단에 몇 명의 정보원을 심어 놓았다. 이제 기다리기만 하면 낚싯줄을 물 것이다.

"이 영지는 어느 누구도 건드릴 수 없는 곳으로 만들 거야. 헤럴드와 나를 위해서라도."

샤칸은 힘없는 영지가 되어 두 번 다시 당하고 싶은 생각은 절대 없었다.

CHAPTER 10

영지에 부는 바람

THE Warrior
Gale of Wind

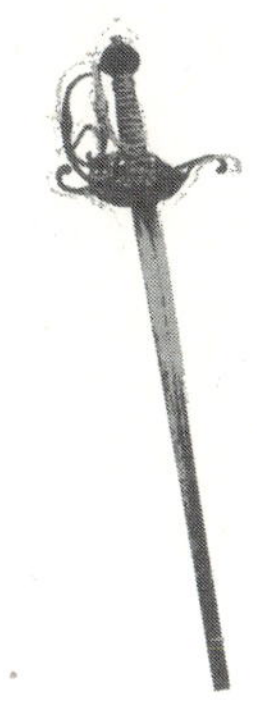

영주성의 수련장에는 300여 명의 블랙울프 전사들이 검법
을 수련하고 있었다.

"하나!"

"얏!"

촤~악!

"둘!"

"얏!"

휘익!

"셋!"

쐐액!

이들이 하는 검법은 천지무의 속편에 있는 아수라혈천검법

이다. 조상이 남긴 무공 중에는 여러 가지 검법이 있는데, 헤럴드는 그중에서 블랙울프 전사단에 아수라혈천검법을 전수하기로 결심하였다. 아수라혈천검법은 수련 속도가 빨랐고 사람의 심성이 무자비하게 된다. 헤럴드는 앞으로 적에 대해서는 용서를 모르는 전사들이 필요했기에 바로 이 검법을 택한 것이다.

옆쪽의 수련장에서는 300명의 전사들이 활을 쏘고 있었다.

"준비! 쏴!"

핏핏핏!

턱턱턱!

레나의 명에 따라 화살이 둥그런 목표에 날아가 박히고 있었다. 현재 블랙울프 전사단원들은 모두 천 명이다. 원래의 200명과 검투사 400명, 영지에서 뽑은 400명을 합쳐 천 명이 된 것이다. 헤럴드는 전사들을 뽑을 때 모두 고아 출신으로 선별해서 이들은 거의가 부모형제가 없는 독신들이다. 모두 영주성에서 먹고 자는, 말 그대로 헤럴드의 친위대들이었다. 이들이 세상에 나갈 때 대륙의 기사들은 공포에 질리게 될 것이다.

'기다려라, 제국이여. 반드시 너희들은 값을 치르게 될 것이다.'

속으로 중얼거리는 헤럴드의 눈에 지하의 심법 수련장에서 심법을 마친 300여 명의 전사들이 밖으로 나오는 것이 보였다.

전사들은 하루 세 시간씩 교대로 심법을 운기한다. 그리고 세 시간은 검법을, 세 시간은 궁술을 연습한다.

"오빠!"

문이 열리고 레나가 뛰어들어 오는 것이 보였다. 레나는 항상 저렇게 발랑거린다.

그녀의 뒤로 샤칸과 타마, 네모, 지프리드가 들어오는 것이 보였다.

블랙울프 전사단은 두 개의 오백인대로 되어 있다. 타마와 네모가 오백인장으로 되어 있고, 샤칸과 레나는 보좌관으로 정보를 처리한다.

도시의 경비는 지프리드가 맡고 있었다. 이제 시작이니 앞으로는 행정 관리들을 모집하여 임명해야 할 것이다.

"오빠, 1호의 보고가 왔어. 놈들이 청부를 하러 떠났대."

레나가 방에 들어오자마자 숨 가쁘게 말하였다. 1호는 전사단의 하녀장을, 2호는 요리사, 3호는 에리세드 상단을 말한다. 에리세드 상단은 헤럴드의 연락을 받고 후두라임 영지에 들어와 상권을 펼치고 있었다.

하지만 표면적으로는 서로 모르는 사이였다.

"기다리면 고기가 걸려들겠지? 이왕이면 큰 고기가 돼야 하는데……."

헤럴드의 말에 모두 웃음을 터뜨렸다. 자기들의 주군 뜻대로 되니 모두 기쁜 것이다.

"오늘부터 영지의 모든 악질적인 검은 조직과 관리들에 대한 소탕전을 벌이려고 해요."

샤칸의 말에 헤럴드는 머리를 끄덕여 찬성을 표시하였다. 그동안 퓨리 시의 검은 조직은 소탕했지만 영지의 다른 곳은 손을 못 댄 것이다.

헤럴드는 영지 내의 검은 조직을 모두 없애자는 것은 아니었다. 검은 세계는 어디서나 없애도 또 나타나기 마련이다. 사창가를 운영하든 뭘 하든 흐름대로 놔둘 생각이었다. 하지만 악질적인 조직은 용서할 수 없었다.

"그럼 타마는 남북 지역을, 지프리드는 동서 지역을 쓸어라. 명심할 것은 검은 세계를 모두 없애자는 것이 아니라 영지민들에게 피해를 주는 자들만 모두 없앤다. 알았나?"

"옛, 주군."

타마와 지프리드가 동시에 대답하였다. 네모는 전사단을 숙청할 때까지 당분간 밖에 나갈 수가 없었다. 그때까지는 임시로 지프리드가 임무를 대신해야 하였다.

"그들을 잡아다 영지의 동서와 남북을 연결하는 도로를 만드는 일에 동원시켜라. 그리고 반항하거나 말을 안 듣는 자는 가차없이 죽여라. 앞으로 포로는 많아질 것이다. 처음부터 질서를 잡아라."

"알겠습니다."

"그럼 출발하라."

"옛, 주군. 명을 수행하고 돌아오겠습니다."

타마와 지프리드가 밖으로 달려나갔다.

"네모, 심법은 수련하고 있지?"

"옛, 주군. 매일 하고 있습니다."

남들은 싸우러 가는데 움직이지 못하여 시무룩해 있던 네모가 자리에서 벌떡 일어서서 대답하였다.

"걱정 마라. 앞으로 원없이 싸우게 될 것이다."

"감사합니다, 주군."

"네모는 검법과 심법을 밤낮이 따로 없이 수련하고 있어."

샤칸이 웃음을 짓고 말하였다. 타마와 지프리드, 네모, 샤칸은 천지만상심법을, 레나는 천지뇌전심법과 검법을 수련하고 있다. 이들은 자기들이 하는 수련이 얼마나 엄청난 심법과 검법인지 모르고 있었다. 그러나 훗날 알게 될 것이다. 파천의 검이 휘둘러지는 그날.

*　　　　*　　　　*

후두라임 영지에는 세 개의 도시가 있다.

영주성이 있는 인구 5만의 퓨리 성, 각각 4만 명의 영지민들이 있는 나스카 성과 퉁구스 성이 그것이다.

습지와 밀림으로 연결되어 있는 영지의 북쪽에 있는 퉁구스 성으로 한 떼의 군사가 먼지를 일으키며 달려오고 있었다.

"저, 저게 뭐지?"

성문을 지키고 있던 파수병들이 달려오는 군사들을 보며 머리를 갸웃거렸다.

점점 가까이 다가온 군사들의 머리 위에 펄럭이는 것은 하얀 판에 검은 늑대의 그림이다.

"새 영주의 깃발이다!"

파수병이 소리치자 파수장과 동료들이 달려나왔다.

"정말이다!"

"어떡하지?!"

파수병들의 얼굴에 숨길 수 없는 공포가 어렸다. 새 영주가 온 지 15일이 지났다. 하지만 그 15일 동안 영주에 대한 소문은 순식간에 영지에 퍼졌다.

도착하는 즉시 자치대장의 목을 베어 성문에 매단 새로운 영주는 이곳의 토착 세력들에게는 공포의 상징이었다.

게다가 부임하여 오는 날 영주의 전사라는 자는 영주성의 파수병들을 개처럼 패 죽였다고 한다. 지금 전 영지의 군사들에게 지옥의 모닝스타 타마는 피와 공포의 상징이었다.

"문을 열어라! 새 영주님의 전사 타마님께서 오셨다."

200명의 군사들 앞에 말을 탄 타마가 커다란 모닝스타를 들고 서 있었고, 전령이 달려나와 소리쳤다.

"전사님을 뵙습니다!"

문을 열고 나온 파수병들이 타마의 앞에 인사를 하였다.

"누가 파수장인가?"

"예. 제, 제가 파수장입니다."

파수장이 얼굴이 새파랗게 질려 앞으로 나왔다. 퓨리 시의 파수장이 개 패듯이 맞아 죽었다는 것을 이미 들은지라 공포로 온몸이 떨려왔다.

"성주의 집으로 가자. 앞서라."

타마의 명에 파수장은 안도의 숨을 내쉬고 앞서서 달리기 시작하였다.

"영주님의 군사들이다!"

"전사 타마님이시다!"

퉁구스 성의 영지민들이 말을 타고 달려가는 네모를 보고 소리를 질렀다. 지금 영지민들에게 영주 헤럴드와 전사 타마는 경탄의 대상이었다.

오자마자 폭압을 일삼던 자치대장의 목을 베어 성문에 매단 것이 바로 새 영주였기 때문이다.

"성주의 집으로 가는 것 같다!"

"맞아. 혹시 성주를 죽이려는 것이 아닐까?"

사람들이 웅성거리며 하는 말이다. 그럴 수도 있었다. 이곳의 성주는 정말 악랄한 자였으니까. 누가 시키지도 않았지만 성민들의 발길이 자연스럽게 성주의 집으로 몰려가기 시작하였다.

"서, 성주님! 크, 큰일 났습니다!"

퉁구스 성의 성주 모스키는 집사가 기겁하여 달려들어 오며 소리치자 짜증이 벌컥 났다.

"무슨 일인데 그렇게 호들갑이냐?"

"새 영주의 기사가 군사들을 데리고 왔습니다."

집사의 말에 모스키는 자리에서 벌떡 일어났다. 새 영주라는 놈은 전사 출신이라고 한다.

15일 전 자치대장의 참살 소식에 질겁하여 퉁구스 성에 있는 엠푸서스 전사단에 도움을 요청하러 갔던 모스키는 허탈하였다.

엠푸서스 전사단도 새 영주의 출현에 안절부절못하고 있었다.

알고 보니 새 영주는 소드 마스터이고, 크라이카 전사단을 전멸시킨 괴물이라는 것이다.

게다가 수도에 있는 두 공작은 새 영주의 일에 대해서는 모른 척하고 도움을 주고 있다는 것이다. 이제는 살길을 찾아야 했다. 모스키는 즉시 배를 갈아 탈 준비를 하였다. 가만히 보니 앞으로는 영주가 이 영지의 강력한 통치자가 될 것 같았다.

"걱정 마라. 내가 시킨 것은 모두 준비했겠지?"

성주의 말에 얼굴이 하얗게 질렸던 집사가 머리를 숙였다.

"예, 성주님의 분부대로 돈과 예쁜 계집들을 준비하여 놓았습니다. 하지만 받으려고 할까요?"

집사는 아무래도 꺼림칙하여 성주를 쳐다보았다.

"걱정 마라. 새 영주도 재물과 계집을 싫다고 하지는 않을 것이다. 그도 남자가 아니냐."

성주의 자신만만한 말에 집사는 머리를 끄덕였다.

자고로 남자가 돈과 여자를 싫어할 리는 없다. 그제야 얼굴에 희색이 만면한 집사가 하인들에게 소리쳤다.

"어서 문을 열고 전사님을 맞아들여라!"

문이 열리자 군사들이 성주의 집 마당으로 달려들어 왔다.

착착착착!

서슬 퍼런 창검을 비껴든 군사들이 집 안팎을 둘러싸자 얼굴이 하얗게 질렸던 모스키는 억지로 웃음을 짓고 타마에게 인사를 드렸다.

“명성 높으신 블랙울프 전사 타마님을 뵙습니다. 제가 이곳 성주 모스키입⋯⋯.”

모스키는 하려던 말을 채 끝맺지 못하였다. 타마가 한 손을 들어 말을 막은 것이다.

“그만. 이제부터 너는 성주가 아니다. 모스키 너의 모든 재산과 성주의 직위를 박탈하며 열두 시간 내로 가족만을 데리고 이곳을 떠나라. 이것이 영주님의 명령이다.”

타마의 말에 새카맣게 질린 모스키가 입술을 푸들푸들 떨었다.

“무슨 이런 억지가 있소? 영주가 무엇인데 함부로 재산을⋯ 으악!”

퍼억! 쿠다당!

모닝스타가 허공을 가르고 모스키의 번들거리던 대머리가 수박이 깨지듯 박살이 나 몸뚱이가 땅 위에 엎어졌다. 타마의 무자비한 처형에 모스키의 부하들은 바지에 오줌을 지리며 부들부들 떨었다.

“너 따위가 감히 영주님의 말을 거역해? 주군의 명을 듣지 않는 자는 모두 죽는다! 이놈의 가족들을 모두 끌어내라!”

“옛!”

전사들의 지휘 아래 군사들이 집 안으로 들어가 모스키의 가족을 모두 끌어내기 시작하였다.

“아이고, 여보! 이게 웬일이요?”

“우린 망했구나. 아이고!”

모스키의 처첩들이 끌려나오며 통곡을 하고 있었지만 타마
는 눈도 깜짝 않고 바라보고 있었다.

"십인장."

"옛, 타마님."

"이제부터 울음소리를 내는 자는 남녀를 막론하고 목을 베
라."

"옛, 알겠습니다."

마당 안이 순식간에 조용해졌다. 성주의 집 정리를 부하에
게 맡긴 타마는 30명의 부하를 데리고 시장 쪽으로 달려갔다.
이곳에 있는 악질적인 검은 조직을 잡으려 가는 것이었다.

퉁구스 성의 가장 번화한 거리는 니바트 거리이다. 이곳은
수많은 술집과 꽃집, 그리고 가게들이 밀집되어 있는 곳이다.

그곳에서 도로를 사이에 두고 상인 거리가 마주하고 있다.

와장창!

갑자기 무엇인가 깨지는 소리가 나고 사람들의 비명 소리가
들렸다.

"이러지 마세요! 도와줘요! 거기 누구 없어요?"

여자의 비명 소리에 길을 가던 사람들이 모여들었다.

"야, 이 새끼야. 돈을 빌렸으면 갚아야 할 것 아냐?"

와지끈!

7~8명의 사내들이 자그마한 철물 가게의 모든 것을 박살
내고 있었다.

모든 것이 부서지고 깨져 나갔다.

"이건 너무한 것 아니오? 당신들의 50골드를 빌리고 300골
드나 갚아줬소! 그런데 아직도 300골드를 더 내야 한다니, 이
런 강도가 어디 있소?"

가게 주인의 항의에 사내 중의 두목이 주인에게 다가갔다.

"이건 네가 서명한 계약서다. 분명 이자를 갚겠다고 한 네놈
이 돈을 못 내겠다? 그럼 간단하지. 얘들아, 이놈의 딸을 끌어
내고 가게를 모두 부숴라!"

"옛, 형님!"

부하들이 와르르 달려들어 주인을 밀쳐 버리고 한쪽에서 발
을 동동 구르는 아가씨를 끌어냈다.

"아악! 아빠! 아빠!"

딸의 비명 소리에 주인이 무릎을 꿇었다. 돈 때문에 딸을 빼
앗길 수는 없었다. 이놈들은 니바트 거리의 블랙 부로바단으
로 사채와 노예 매매, 성매매로 악명 높은 놈들이었다.

딸이 저놈들에게 끌려가면 어떻게 될지는 너무도 뻔한 일이
었다.

"돈을 반드시 갚겠소. 그러니 내 딸은 그만 놔주시오."

주인이 무릎을 꿇고 사정하자 놈이 코웃음을 쳤다. 사실 돈
은 이미 몇 배로 받고도 남았지만 이 집 딸을 끌어가기 위해 억
지를 부리는 것이었다.

블랙 부로바단의 단주가 한 달 전에 이 집을 지나가다 가게
주인의 딸 안나를 본 것이 화근이었다.

안나는 이제 스무 살이 된 싱싱한 건강미를 자랑하는 탐스

러운 꽃이었다. 늘씬한 키에 미인인 안나는 많은 남자들이 눈독을 들일 만큼 아름다운 여인이었다.

그녀의 미모를 탐한 블랙 부로바 단주의 욕심으로 주인은 함정에 빠졌다.

"돈을 가져와서 딸을 찾아가라. 단 한 달이다. 한 달 안에 돈을 가져오지 못하면 네 딸은 사창가에 팔릴 것이다."

놈의 말에 안나의 아버지는 얼굴이 흙빛이 되었다. 300골드나 되는 엄청난 돈을 어떻게 한 달 안에 갚는단 말인가? 기가 막힌 그가 놈의 바지를 잡았다.

"안 됩니다! 이럴 수는 없소!"

퍼억! 큭!

"아, 아빠! 놔라, 이놈들아!"

안나가 피를 흘리며 쓰러지는 아빠를 보고 필사적으로 놈들을 뿌리쳤지만 그녀의 힘으로는 우악스러운 사내의 힘을 당할 수가 없었다.

"안 된다, 이놈들! 안 돼! 꺼억!"

피를 흘리면서도 결사적으로 달려들던 안나의 아버지가 놈들의 발길에 차여 나동그라졌다.

"얘들아, 가자."

놈들이 우르르 몰려 나가자 사람들의 걱정스런 말소리가 들렸다.

"어유, 저걸 어쩌나."

"아까운 아가씨가 또 잘못되겠군. 쯧쯧."

사람들이 웅성거리며 끌려가는 안나를 안쓰럽게 바라보았다.

"서라! 모두 멈춰라!"

갑자기 날카로운 소리가 들리고, 검을 든 군사들이 골목길을 막아섰다. 그들의 가슴에는 하얀 동그라미 안에 검은 늑대의 표식이 보였다.

"새 영주님의 군사들이다!"

"드디어 영주님의 군사들이 왔다!"

사람들이 환성을 지르며 블랙울프 전사단을 바라보았다. 퓨리 성에서의 소식을 모두 듣고 있던 사람들의 얼굴이 삽시에 환해졌다. 드디어 새 영주님의 군사들이 온 것이다.

"뭐, 뭐냐?"

블랙 부로바 단원들이 앞길을 막은 전사들을 보며 멈칫 멈춰 섰다.

"그 아가씨를 놔줘라."

전사들의 뒤에서 엄청나게 큰 사내가 앞으로 나서며 하는 소리다.

"지옥의 모닝스타!"

"타마님이시다!"

사람들의 입에서 탄성이 터져 나왔다.

"휴, 이제 됐다."

"저 아가씨, 운이 좋네."

블랙 부로바의 행동대장은 그만 얼굴이 찡그려졌다. 하필이면 저런 무지막지한 놈이 나타나다니……. 그렇지만 이대로 물러간다면 블랙 부로바의 명성은 땅바닥에 떨어질 것이다.

그리고 저놈은 관인이니 함부로 사람을 칠 수는 없을 것이라는 생각이 행동대장의 머리를 스쳤다.

"왜 이러는 것이오? 우린 정당하게 빚값으로 저 아가씨를 데려가는 것이오. 여기 계약서가 있소."

행동대장의 손에 들린 빚 문서를 바라보던 타마가 성큼성큼 걸어오더니 큼직한 손으로 종이를 집어 들었다.

"보시오, 거기에 저자의 서명이 있소. 우린 정당한 법을 행하는… 아, 아니……?"

의기양양하여 말하던 놈의 눈이 둥그레졌다.

"쥐새끼 같은 놈들, 감히 이따위 종잇장으로 선량한 사람들을 못살게 굴다니, 이놈들을 묶어라!"

종잇장을 와락 찢어버린 타마의 명이었다.

"옛, 타마님."

군사들이 와르르 달려들자 행동대장의 얼굴이 하얗게 질렸다.

"이럴 수는 없소! 관인이 이렇게 하는 것은 횡포요!"

놈이 악을 쓰며 소리치자 타마의 굵은 목소리가 울려 퍼졌다.

"너희 쥐새끼들은 똑똑히 들어라. 오늘부터 후두라임 영지민들을 못살게 굴던 모든 검은 조직은 그 씨가 마를 것이다. 이따위 종이 쪼가리는 모두 무효다."

타마의 손에서 빚 문서가 갈가리 찢겨 바닥으로 떨어져 내렸다.

"와~!!"

"타마님 만세!"

"지옥의 모닝스타 만세!"

전사들이 조여들자 행동대장의 눈이 재빨리 주변을 둘러보
았다. 하지만 어디로도 빠져나갈 길이 없었다. 놈의 눈에 악독
한 빛이 스쳤다.

"저놈들을 쳐라!"

놈의 말에 부하들이 단검을 뽑아 들고 달려들었다.

휘웅! 퍼퍼펵!

"크악! 아악!"

사람의 몸뚱이가 마치 허깨비처럼 날려간다. 거대한 타마의
모닝스타가 횡으로 휘둘러졌고, 부하들이 사방으로 날려가자
기겁한 행동대장이 단검을 안나의 목에 들이댔다.

"다, 다가오면 이년을 찌르겠다!"

놈의 단검이 안나의 목을 아슬아슬하게 겨누고 있었다.

"아유, 저걸 어쩌나!"

"저런, 저런!"

사람들이 안타까움으로 발을 동동 굴렀다.

타마의 눈에 어둠 속의 무저갱 같은 붉은빛이 어렸다.

파파팟! 팟!

우지직!

"으악!"

갑자기 타마의 몸이 번쩍하더니 사람들의 시야에서 사라졌고, 행동대장의 찢어지는 것 같은 비명 소리가 흘러나왔다. 어느새 안나의 옆에 나타난 타마가 안나를 자신의 왼팔에 껴안고 놈의 단검을 쥔 손을 비틀어 버렸던 것이다.

"으으, 귀, 귀신이다. 크윽."

행동대장의 눈이 공포에 질려 기절하기 일보 직전이었다. 순간에 뭔가 번쩍하더니 팔이 강철 집게에 집힌 것처럼 부서져 나갔다. 타마는 지금 상급전사의 실력이다. 게다가 헤럴드가 준 천지만상보법을 익힌 몸이다. 아직 사성밖에는 안 되지만 거리의 뒷골목에서 깡패질이나 하던 놈이 당할 수 있는 수준이 아니었다.

퍼억!

"크악!"

놈이 타마의 발길에 차여 나동그라지자 전사들이 달려들어 묶어버렸다.

"여러분, 이제는 마음 놓고 생업에 종사하시오. 영주님께서 영지 안의 모든 검은 조직을 소탕하라는 명을 내리셨습니다. 오늘부터 당신들이 그놈들에게 진 빚은 모두 무효입니다."

타마의 말이 떨어지자 사람들은 너무 기뻐 두 손을 치켜들었다.

"영주님 만세!"

"후두라임 영지 만세!"

만세를 부르는 사람들을 보며 타마는 발길을 돌렸다. 할 일이 너무 많은 것이다.

"저기 타마님, 손에서 피가……."

가게 아가씨 안나가 얼굴을 붉히며 타마의 손을 가리켰다. 아마 놈의 팔을 꺾을 때 칼끝이 약간 스친 것 같았다.

"벼, 별거 아니오."

슬그머니 안나를 내려주는 타마의 얼굴이 벌게졌다. 아직까지 안나를 한 팔에 껴안고 있었던 것이다. 생전 처음으로 여체의 뭉클한 감각을 느끼자 숨이 가빠지고 눈앞이 어질어질하였다.

'제길, 내가 왜 이러지? 독이 묻었나?

타마는 가슴이 답답해지는 것이 이상하여 머리를 갸웃거렸다.

타마의 넓은 품에서 풀려난 안나의 얼굴도 새빨개졌다. 그녀도 20년 인생에 처음으로 남자의 품에 안겨보았고, 그 품 안에서의 야릇한 감정이 싫지가 않았다.

'따뜻해!'

안나는 타마의 넓은 가슴을 살짝 곁눈질해 보았다.

"고맙습니다, 타마님. 정말 고맙습니다."

안나의 아버지가 달려와 타마에게 연신 감사의 인사를 하였다.

"괜찮소. 모두 철수하라."

"옛, 타마님."

전사들이 폭력배들을 끌고 철수하기 시작하였다.

"저기요, 타마님. 이걸……."

안나가 달려와 하얀 천을 내밀자 타마는 멍하니 그녀를 쳐다보았다.

"그건 뭐요?"

"그 손을 이리 주세요."

안나가 빨개진 얼굴을 숙이고 기어들어 가는 소리로 말하자 타마는 손을 등 뒤로 감추었다.

"벼, 별거 아니라는데 그러네."

타마는 그러면서도 왠지 싫지가 않았다. 블랙울프 전사단의 나이 지긋한 전사가 어쩔 줄 몰라 하는 타마를 보고 슬그머니 한마디 하였다.

"타마님, 그럴 때는 모르는 척하고 손을 내주셔야 합니다. 레이디의 성의를 무시하면 안 되지요."

"그, 그런가?"

전사의 말에 타마가 손을 내밀자 안나가 꼼꼼하게 손을 싸매기 시작하였다.

"그럼 타마님, 천천히 오십시오. 모두 가자."

"옛, 천천히 오십시오!"

전사들이 합창하듯 외치고는 사라져 가자 타마는 더욱 허둥거렸다.

"이젠 다 됐어요. 며칠간은 이 손에 물을 묻히지 마세요."

안나가 손을 떼며 말하는데 타마의 입에서 우직한 말이 흘러나왔다.

"이, 이건 아무것도 아니오."

"왜 그렇게 알아듣지 못하세요? 레이디가 말하면 듣는 것이랍니다."

안나가 방금 전사에게 들은 말을 써먹자 타마의 얼굴이 벌게졌다.

"아, 알겠소. 그, 그럼."

타마가 허겁지겁 사라져 가자 안나의 얼굴에 밝은 웃음이 떠올랐다.

"풋, 정말 순수한 분이야."

저 멀리 걸어가는 타마의 듬직한 등을 보는 안나의 얼굴에 아쉬움이 남아 있었다.

후두라임 영지의 모든 곳에서 악질적인 검은 폭력배들을 숙청하는 전사들의 작전이 태풍처럼 휩쓸고 지나갔다.

"서라! 잡아라!"

"그쪽으로 도망친다!"

타다닥! 창! 창!

"크악!"

사방에서 비명 소리, 치고받는 소리, 와지끈, 지끈 깨지고 부서지는 소리, 영지의 도시에 기생하여 사람들의 피와 눈물을 빨아먹던 사채업자들과 폭력배들이 헤럴드의 철퇴를 맞아 완전히 붕괴되었다.

"잘한다! 속이 시원하다!"

"영주님 만세!"

길거리에 하얗게 몰려 나온 사람들이 줄줄이 끌려가는 검은 조직 성원들을 보며 박수갈채를 보냈다. 이 사건이 있은 후부터 검거에서 살아남은 유흥가의 검은 조직들은 영지민들에게 함부로 하지 못하였고, 사창가의 아가씨들도 다른 영지에서 이곳으로 몰려오는 희귀한 현상이 벌어졌다. 이곳에서는 아가씨들의 돈을 폭력배들이 맘대로 착취하지 못했기 때문이다.

며칠 동안 몰아친 폭풍에 후드라임 영지의 모든 토착 세력은 재산을 압수당하고 영지 밖으로 쫓겨났고 반항하던 자들은 타마와 지프리드의 칼날에 목숨을 잃었다.

영지를 정리하기 위한 헤럴드의 태풍이 시작되었다.

*　　　*　　　*

온 집 안이 침묵 속에 잠겨 있었고, 하인들은 조심스럽게 움직이고 있었다. 스텔리츠 공작이 죽고 부상을 입은 아가씨가 집으로 돌아오자 모든 것이 죽은 것처럼 조용해졌다.

공작이 살아 있을 때는 그렇게 많이 찾아오던 귀족들도 이제는 발길을 끊어 스텔리츠 공작가는 점점 잊혀진 가문이 되어갔다.

"아가씨, 조금만 드셔요. 이러다가는 일어날 수가 없어요. 제발……."

브리지트의 하녀가 누워 있는 그녀를 보며 발을 구르고 있었다. 자리에 핼쑥한 모습으로 누워 있는 브리지트는 얼굴에 뼈만 남아 앙상한 모습이다.

연무장에서 하녀의 등에 업혀 집으로 돌아온 지 15일 만에 정신을 차린 브리지트는 물 한 모금도 제대로 마시지 않았다. 그녀가 정신을 차려서 처음으로 물어본 것이 헤럴드였다.

"그이는, 폰님은 어떻게 됐어? 죽었어?"

"갔어요. 아가씨에게 약을 주고… 그렇지만… 그렇지만……."

하녀는 헤럴드가 살았다는 말에 생기가 살아나는 브리지트를 보고 차마 그는 원수라는 말을 할 수가 없었다.

"나도 알아. 그가 아버지를 죽였다는 것을……."

눈을 감은 그녀의 얼굴에 맑은 눈물이 주르르 흘러내렸다. 그리고 브리지트는 오늘도 자리에서 일어나지 않았다.

"공작부인께서 드십니다."

문밖에서 하녀들의 말이 들리고 어머니가 들어왔다. 헤럴드가 치료한 후 어머니는 다시 정신을 잃지 않는다. 브리지트의 눈에 또다시 눈물이 흘러내렸다.

"얘야, 이젠 정신을 차리고 뭘 좀 먹어라. 응?"

어머니가 아무리 말해도 그녀는 멍하니 천장만 보고 있었다. 어머니의 눈에 눈물이 흘러내렸다.

"아이고, 무슨 놈의 팔자가 이러냐? 제국 때문에 우리와 쥬신 가가 원수가 되어 이런 비극이 벌어졌구나. 어휴!"

어머니의 한탄을 듣고 있던 브리지트의 눈이 번쩍 빛을 발했다.

니힐리스 제국! 그래, 바로 그들 때문에 나와 그이가 원수가
되었다. 그들이 이 불행을 만든 진짜 원수였다. 브리지트가 무
엇에 홀린 것처럼 자리에서 벌떡 일어나 앉았다.

"아, 아니, 브리지트야!"

딸이 갑자기 일어나 앉자 질겁한 어머니가 그녀를 황급히
잡았다. 혹시 자살이라도 할까 봐 겁이 덜컥 났던 것이다.

"엄마, 저 다 나았어요. 뭘 좀 먹겠어요."

갑자기 달라진 브리지트의 태도에 놀라면서도 어쨌든 어머
니는 기뻤다.

"그, 그래, 먹어야 산다. 남자는 얼마든지 있단다. 암, 내 딸
이 누군데……."

브리지트는 엄마의 말에도 아랑곳없이 정신없이 먹었다. 마
치 걸신들린 사람 같았다.

스텔리츠 공작가의 후원에는 누구도 들어갈 수 없는 하나의
건물이 있다.

그 건물의 경비를 서던 살아남은 공작가의 기사들이 다가오
는 브리지트를 보고 예를 갖추었다.

"아가씨를 뵙습니다."

"오빠를 보고 싶어요."

브리지트의 차가운 말에 기사들이 서로를 쳐다보았다. 이곳
은 그 누구도 들여놓을 수 없는 곳이다. 하지만 이제 공작가를
이끌 사람은 공작의 아들 갯들리츠와 브리지트이다.

서로의 눈빛을 교환한 기사들이 머리를 숙였다.

"잠시만 기다리십시오. 갯들리츠님께 연락을 하겠습니다."

머리를 끄덕인 브리지트는 후원을 돌아보았다. 갖가지 꽃이 활짝 핀 귀빈실이 눈을 아프게 찔러왔다. 저곳에서 헤럴드와 지낸 나날들이 그녀의 머리에 떠올랐다.

그의 까만 눈동자가, 목소리가 미치도록 다시 듣고 싶었다. 하지만 이제 그와 자기는 원수 사이였다. 그래도 한 번만, 단 한 번만이라도 그의 품에 안기고 싶었다.

"들어오시랍니다."

뒤에서 들리는 기사의 말에 브리지트는 눈에 고인 눈물을 씻고 따라갔다.

지하로 깊이 내려간 복도를 따라 걸어간 브리지트는 눅눅한 습기가 차 있는 방에 들어섰다.

"어쩐 일이냐?"

아무런 장식도 없고 의자와 탁자만 있는 곳에 갯들리츠가 앉아 그녀를 바라보고 있었다. 그런데 그의 눈에 은은한 붉은 빛이 감돌고 있었다.

"언젠가 오빠 나에게 힘을 줄 수 있다고 했죠? 나, 힘을 가지고 싶어요. 복수할 힘을 줄 수 있어요?"

브리지트의 말에 그녀를 쳐다보던 갯들리츠가 입을 벌리고 웃음을 터뜨렸다.

"크하하, 역시 너는 우리 혈통이구나. 좋아, 힘을 주마. 그래서 너와 내가 가문의 소원을 반드시 이루자. 나를 따라오라."

커다란 방에 거대한 마법진이 그려져 있고, 그 가운데에 붉은빛이 도는 단검이 꽂혀 있었다.

그런데 이건 뭔가? 단검이 처녀의 머리에 박혀 있었다.

츄츄츄츄!

이상한 소리와 함께 마법진이 회전하고 단검이 붉은빛을 뿜기 시작하였다. 그리고 발가벗겨진 처녀의 몸이 미라처럼 순식간에 말라 들어가기 시작하였다.

처녀의 몸이 미라가 되면서 마법진 안에 붉은빛 안개가 회오리치기 시작하였다.

"저게 힘이다. 저 안에 들어가 힘을 흡수하면 너는 누구도 두렵지 않은 강한 힘을 갖게 될 것이다. 브리지트야, 나를 봐라."

갯들리츠가 검을 뽑아 들었다. 그리고 그의 눈이 핏빛으로 붉게 물들면서 롱 소드에 마나를 주입했다.

스스스스.

붉은 빛이 주위를 밝힌다. 그리고 롱 소드에 1미터가량의 붉은 오러 블레이드가 솟아나왔다.

저것은 소드 마스터만이 사용할 수 있는 오러 블레이드였다.

"크크크, 보았느냐? 난 이제 소드 마스터 초급이다. 무엇도 두렵지가 않다. 나는 대륙 최초로 그랜드 마스터가 될 것이고, 제국의 황제가 될 것이다. 으하하!"

갯들리츠가 검을 내리그었다.

촤악!

붉은빛 오러 블레이드가 쭉 뻗어나가 벽을 강타하였다.

쩌저적!

벽이 오러 블레이드에 맞아 두부처럼 베어졌다.

"어떠냐? 성공을 위해선 희생은 있기 마련이다. 하물며 저것들은 모두 우리의 노예들이다."

갯들리츠가 미라처럼 말라 버린 시신을 보고 얼굴을 찡그리고 있는 브리지트를 보고 하는 말이다. 방 안에 풍기는 피비린내와 참혹한 모습에 눈을 감고 있던 브리지트가 이를 악물었다.

'그래, 힘만 가질 수 있다면 할 테다. 할 것이야.'

브리지트가 마법진 안으로 들어섰다. 회오리치던 붉은 안개가 가운데 앉아 있는 브리지트의 온몸으로 스며들기 시작하였다.

"이제 우리는 제국의 주인이 될 것이다. 그리고 헤럴드, 기다려라. 내가 네놈을 갈가리 찢어 영원히 이 땅에서 쥬신 가의 씨를 없애주마. 크크크."

마법진 안의 붉은 안개가 맹렬히 소용돌이치고 있었다. 하지만 이들은 모르고 있었다.

작은 단검이 눈에 보이지 않을 정도로 조금씩 커지고 있었다. 바로 저것이 마검 할바데루였다.

『광풍의 전사』 2권에서 계속…

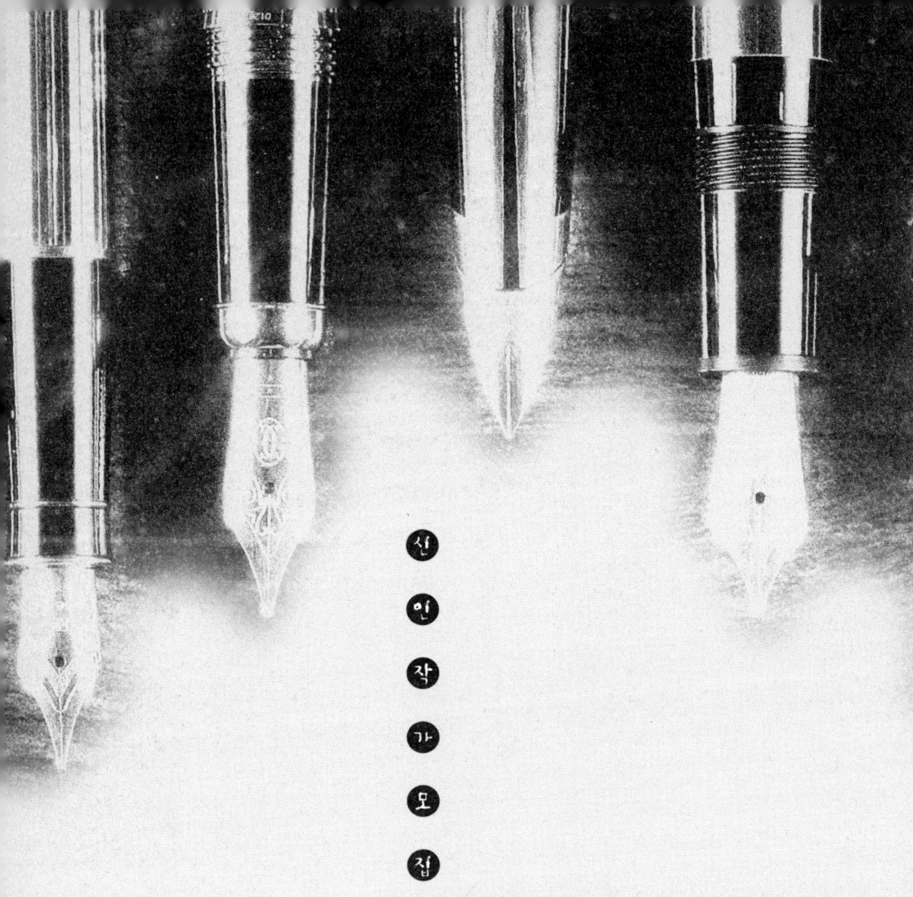

신 인 작 가 모 집

시작이 반이라고 했습니다.
작가의 길에 대한 보이지 않는 벽을 과감히 깨뜨리십시오!
청어람은 작가 지망생 여러분들의
멋진 방향타가 되어드리겠습니다.

저희 도서출판 청어람에서는
소설 신인 작가분들을 모집합니다.
판타지와 무협을 사랑하시는 분들의 많은 참여를 바랍니다.
소정의 원고(A4용지 150매)를 메일이나 우편으로 보내주시면
검토 후 출판 여부를 알려드리겠습니다.

주소:경기도 부천시 원미구 심곡1동 350-1 남성B/D 3F 우편번호420-011
TEL:032-656-4452 · FAX:032-656-4453
http://www.chungeoram.com
e-mail:chungeoram@chungeoram.com

초등학생이 반드시 읽어야 할 좋은 책 49권

각 학년별로 초등학생이 반드시 읽어야할 좋은 책을 선정하여 통합논술의 기본이 되는 '올바른 독서법'을 일깨워 줍니다.

교과서와 함께하는
초등학교 통합논술

초등1학년 | 값 12,000원 / 초등2학년 | 값 9,500원 / 초등3학년 | 값 11,000원 / 초등4학년 | 값 9,500원 / 초등5학년 | 값 9,500원 / 초등6학년 | 값 11,000원

♣ 혼자 할 수 있어요.

엄마가 책 읽는 방법을 가르쳐 주어도 좋아요.
독서지도하는 선생님이 가르쳐 주어도 좋답니다.
"초등 교과서와 함께하는 통합논술 시리즈"는
아이 스스로 독서할 수 있도록 꾸며진 책이에요.
엄마와 선생님은 요령만 가르쳐 주시면 된답니다.

♣ 교과서의 중요한 내용이 총정리되어 있어요.

각 학년별로 중요한 교과 내용이 함께 수록되어 있어요.
초등학생은 교과서 내용을 충실하게 공부해야합니다.
아울러 그와 병행한 독서가 대단히 중요하지요.
"초등 교과서와 함께하는 통합논술 시리즈"는
두가지 방법 모두 알려준답니다.

♣ 이 책은 훌륭하신 선생님들이 함께 쓰신 책이랍니다.

동화작가 선생님들이 쓰셨어요. 소설가 선생님도 쓰셨답니다.
국어 논술독서지도 선생님들도 함께 쓰셨지요.
"초등 교과서와 함께하는 통합논술 시리즈"는
엄마의 마음으로 모든 선생님들이 함께 꾸민 책이랍니다.

입소문을 통해 아는 분은 다 알고 계십니다!
올 한해 공인중개사 최고의 화제작!

1~2권 합본 | 이용훈 지음
3~4권 합본 | 이용훈 지음
5~6권 합본 | 이용훈 지음
용어해설 | 이용훈 지음

수험생 기본 필독서
만화 공인중개사